Christina Michels
Wahrheit schmeckt wie Mokkatorte

CHRISTINA MICHELS

Wahrheit schmeckt wie Mokkatorte

magellan

Mit quietschenden Bremsen hielt ich mein Fahrrad an. Das Hinterrad rutschte unter mir weg, doch ich schaffte es abzuspringen, ohne mit dem Gesicht im Matsch zu landen. Vor mir erstreckte sich ein einsamer Landwirtschaftsweg, ringsherum Felder, Wiesen, Bäume und sonstige frühlingsgedopte Vegetation. Keiner da, abgesehen von dem Frosch, dem mein Reaktionsvermögen gerade das Leben gerettet hatte. War ich hier überhaupt richtig? Mal ehrlich, was sollte Vroni auch an einem Reitstall? Falls es hier überhaupt so einen gab. Im Gegensatz zu ihrer Mutter zeigte sie wohltuend wenig Sinn für Pferde-Romantik.

Ich schob mein Fahrrad bis zur nächsten Biegung. Sollte auch da kein …

Wer sagt's denn!

Am Wegrand parkten mehrere Autos, die wohl den einen oder anderen Sattelquetscher hergebracht hatten, und da, bloß ein Stück weiter, entdeckte ich die Stallungen. Ich lehnte das Fahrrad an einen Zaun und tastete nach meinem Handy. Verdammtzumkuckuck … Das war ja klar. Zuerst durfte ich vor meiner Tür feststellen, dass mein Schlüsselbund fehlte. Nachdem ich den Rucksack frustriert auf die Fußmatte gepfeffert und sämtliche Möglichkeiten nach und nach ausgeschlossen hatte, fiel mir ein, dass sich der Schlüsselbund in meiner Make-up-Tasche befinden könnte, die ich Vroni zwischen Bio und Mathe ausgeliehen hatte. Auf meine – vor der verschlossenen Wohnung doch recht verzweifelten – Anrufe reagierte sie nicht, sodass mir nichts anderes übrig blieb, als bei ihr auf dem Festnetz durchzuklingeln. Worauf mir ihre Mutter mitteilte, Vroni wäre im Stall am Stadtrand, was sich aus ihrem Mund nach einer netten Umschreibung für »Lass meine Tochter lieber in Ruhe« anhörte. Was soll's. Hätte sie mich zum Mond verwiesen, wäre ich auch dahin geradelt, um das Date meiner Mum nicht zu sabotieren, indem ich ihr vorheulte, dass ich meine Schlüssel verloren hatte. Mal wieder.

Jetzt lagen der Rucksack vor unserer Wohnungstür und das Handy im Rucksack. Fantastisch.

Entschlossen steuerte ich eine Frau an, die ich an einer Koppel entdeckte, doch sie wusste weder, wo Vroni steckte, noch, wer Veronika Mayr überhaupt war. Eine Weile streifte ich durch die Gegend, ohne Erfolg. Langsam wurde es zu kühl für meine dünne Jacke. Wann genau wollte Mum im Restaurant sein? Wenn ihr Date blöd lief, könnte mein Schlüssel-Dilemma doch glatt als Rettung des Abends durchgehen. Ich wollte gerade um die Ecke biegen, um zurück zu meinem Fahrrad zu laufen, als ich von einer keuchenden Wucht umgemäht wurde. Mir blieb einen Moment die Luft weg.

»Vroni!«

Sogar der Rappe auf der Weide nebenan schnaufte empört,

und während ich noch versuchte, zurück in die Aufrechte zu kommen, stakste Vroni davon, die Arme seitlich angehoben wie eine heilige Erscheinung.

»Vroni? Mensch, warte doch! Wo willst du hin?« Erst an den nächsten Bäumen hielt ich sie auf. Sie ließ sich auf den Boden sinken und wandte das Gesicht zu mir. Rote, geschwollene Lider, blasse Haut, in jeder Silbe der Geruch nach billigem Tetrapak-Wein: »Haltmichfffest.«

Oh, oh. Ich hockte mich neben sie hin, legte meine Arme um sie und drückte ihren schlaffen Körper an mich.

»Hast du was getrunken?«, flüsterte ich. »Was ist passiert? Was machst du hier überhaupt?«

»Singste mir w-was?«

»Hä?«

»›Alle meine Entchen‹.«

»Ich soll singen? Die armen Entchen. Red keinen Stuss, und sag mir lieber, was los ist! Haben deine Eltern wieder …«

Sie presste mir ihre Hand auf den Mund, dann wurde ihr Druck schwächer, bis sie völlig in sich zusammensackte. So kauerte sie da und schluchzte vor sich hin, während ich sie streichelte.

Gott sei Dank war ich hergekommen. In der Gesellschaft von Tetrapak-Wein schlug sie oft über die Stränge. Vor einem Monat war sie mit einer Möchtegern-Bikerin nach Bielefeld abgehauen, um zweifelsfrei nachzuweisen, ob es die Stadt wirklich gab. Und auch ihr Einfall, dem Schuldirektor heimlich Hardcore-Pornohefte zuzustecken und ihn dabei zu filmen, wie er die unverhoffte Gabe fand, war mir noch gut in Erinnerung. In solchen Augenblicken prallte die Welt von ihr ab, als wäre sie unbesiegbar, als könnten ihr nichts und niemand etwas anhaben. Bis ihre Stimmung umschlug und man am besten zusah, sie heil nach Hause zu bringen.

Das Schluchzen ebbte ab.

»Geht's wieder?«

»'türlich!« Sie giggelte, so schrill und aufgedreht, dass sich in mir alles zusammenzog. »Wir Mayrs, wir stehen immer auf. Jawohl!« Ihr unruhiger Blick wanderte über mein Gesicht. »Was willste hier?«

»Eine blöde Geschichte. Hast du noch mein Make-up-Täschchen dabei? Ich glaube, dort sind meine Schlüssel drin. Mum ist ...«

»Ach.« Sie streifte ihren modischen Lederrucksack von den Schultern, in den alles Mögliche passte außer Schulsachen, wühlte darin und präsentierte mir feierlich den Kosmetikbeutel. »Hier isses.«

»Perfekt. Du bist die Beste!« Erleichtert kippte ich den Inhalt auf den Boden. Puder, Wimperntusche, Lippenstifte. Kein Schlüsselbund. Dafür aber ein Edding, und wenn der Edding hier war, wo war dann mein Eyeliner? Viel wichtiger: Wenn sich der Edding seit heute Morgen hier befand, hatte ich meine Lider im Halbschlaf vielleicht mit etwas nachgezogen, was dem Begriff »Permanent Make-up« eine völlig neue Bedeutung verlieh? Fragen über Fragen. Und verdächtig still um mich herum. Die kurze Unterbrechung hatte lange genug gedauert, um Vronis Gejauchze den Schwung zu nehmen. Bedrückt sah sie aus, wie sie vor mir hockte und auf ihre Handflächen starrte.

»Vroni, was ist los?« Meine Lippen brannten leicht. Ich kaute daran, aber davon wurde es nur schlimmer. »Na, komm schon. Spuck's aus.«

Sie zitterte, vermutlich vor Kälte. Wo hatte sie nur ihre Jacke gelassen? Ich wickelte sie in meine ein, auch wenn es nicht viel brachte.

»Alles in Ordnung bei dir?«

»Isss okay.«

»Hm. Hör zu, wir machen jetzt Folgendes …«

»Issss! Okay!« Sie schluckte krampfhaft. »Das hat … das hat er mir ge-geschrieben, der … der … Kackfrosch!«

»Warte.« Ich musste mich neu sortieren. Um ihre *perfect family*, in der sich alle ja so lieb hatten, ging es anscheinend nicht. »Sprechen wir hier gerade über deinen … äh … CR?« »CR« betonte ich dabei ganz besonders. Seit sie mir eingestehen musste, »irgendwie« einen Freund zu haben, gab es Infos über Typen bloß in homöopathischen Dosen. »Na gut, was hat der Kerl schon wieder angestellt?«

»Schon wieder«, wisperte sie. Jeder Ton wie gequetscht. »Das isses ja, Rinnchen! *Schon wieder.*«

»Schieß den Typen auf den Mond.«

»Als würde das was bringen.«

»Okay. Erzähl.« Ich setzte mich bequemer hin, in weiser Voraussicht, dass der Bericht länger dauern könnte. Vielleicht tat sie gut daran, mir ihren Typen nicht vorzustellen. Ich hätte ihm schon längst in den Allerwertesten getreten. Also, gleich nach dem ersten Mal, als sie sich bei mir über ihn ausgekotzt hatte.

»H-heute is' Freitag, richtig? Fast F-fra-freitagabend. Und … und was macht man an einem Freitagabend? Na? Na?«

Ich grinste, um ihre Laune wenigstens etwas anzuheben. »Wie es aussieht, mit der besten Freundin im Matsch sitzen und über Jungs tratschen.«

Doch Vroni war nicht milde zu stimmen. »Mit seinem *fucking Freund* ausgehen! Oder? H-hör dir das nur an, Rinnchen, hör dir das nur an.« Sie wühlte wieder in ihrem Rucksack, zückte ihr Handy und wischte mit einem zittrigen Daumen über das Display. »Da isses.« Sie verzog das Gesicht. »›Partys sind nicht so mein Ding. Sorry. Hab übermorgen ein Turnier.‹« Triumphierend sah sie zu mir auf. »Is' das zu fassen? Immer hat er zu tun, immer is' er bei dieser … dieser … Pferdewurst! Wenn ich nur ihren Namen höre. *Sugar Babe!* Und ja, ich weiß, was du gleich sagst. Ich muss völlig bekloppt sein! Hirnamputiert! Aber er hat es versprochen. Ver-sprochen. Verstehste? Praktisch geschworen, für mich da zu sein. Der Bratarsch.«

Er war also Reiter. Das erklärte zumindest den Stall. Vermutlich war seine Nachricht zwischen Mathe und Deutsch gekommen, denn ab da blieb Vroni unauffindbar. Und wenn sie es geschafft hatte, sich den Mut anzutrinken, um sich mit ihm endgültig zu überwerfen, war auch ihre gegenwärtige Verfassung nicht weiter überraschend.

»Beruhige dich.« Ich beugte mich zu ihr, um sie zu umarmen, doch sie schob mich beiseite.

»Ich soll mich beruhigen? Ich bin ruhig! Hab ihm voll ruhig ge-geschrieben, dass er sich zu seiner Schuggi verpissen kann, es is' aus zwischen uns, hab ich gesagt. U-und was hat er geantwortet? Na? Is' okay. Is' okay! Kannste dir das vorstellen?« Sie hielt inne. Ihr Gesicht war nicht mehr blass, sondern fahl. »Rinnie? Rinnchen? Ich … ich glaube, ich muss kotzen.«

»Das wird schon.« Ich zog sie auf die Beine und hielt sie fest. »Atme tief ein – und wieder aus. Ein – und wieder …«

Aber es war zu spät für Atemübungen. Vroni beugte sich vornüber, würgte und spie mir vor die Füße.

»Schon gut, schon gut«, redete ich auf sie ein, doch sie

schüttelte den Kopf und wischte sich mit einem Ärmel über die Lippen.

»Nichts ist gut«, keuchte sie. »Du hast keine Ahnung!«

Stimmt, nichts war gut, es ging ihr mehr als dreckig, aber das waren wir beide schon gewohnt. Damit würde ich schon fertig werden.

Schwer atmend richtete sie sich auf. »Der wird noch sein blaues Wunder erleben, hörst du? Der … der wird noch sehen. W-as-s es heißt … so … mit … Veronika! Mayr! Umzuspringen!«

»Schon klar. Aber jetzt lass uns nach Hause gehen, okay?« Ich versuchte, sie Richtung Landwirtschaftsweg zu ziehen, doch sie wand sich aus meinem Griff.

»Du verstehst ja überhaupt nichts! Er muss lernen … er muss lernen, dass man mich nich' einfach so stehen lässt, klar?«

»Sonnenklar.« Was übersetzt bedeutete: Houston, wir haben ein Problem. In diesem Zustand könnte sie alles, absolut alles tun. Zum Beispiel, sich eine Sugar-Babe-Pferdewurst an einem Elektroweidezaun grillen.

»… gesagt, aber das interessiert die Blödbratze nicht einmal! Is' das zu fassen?«

Sie redete sich in Rage, und wenn das so weiterging, würde auf dem Elektrozaun nicht nur die Pferdewurst brutzeln.

»Ich w-wünschte, es würden alle wissen, absolut alle, was für ein Heuchler er ist! Wie letzten Sommer. Ne?« Sie kicherte. »Heuchler haben es nicht anders verdient!«

Letzten Sommer … da hatte sie dem mayrschen Anwesen im Suff etwas mehr Farbe verliehen – ihre Meinung über den Auszug ihres Vaters war wochenlang das Small-Talk-Thema Nr. 1 für die ganze Nachbarschaft.

Ich seufzte. »Dass er ein Blödmann ist, wissen doch bestimmt auch so schon alle.« Vor allem, wenn Vroni ihren Emotionen hier weiter Ausdruck verlieh. »Jetzt lass uns nach Hause gehen.«

»Reiter sind kacke«, zeterte sie, bewegte sich jedoch keinen Millimeter von der Stelle. Kurz spielte ich mit dem Gedanken, sie huckepack zu nehmen und einfach wegzuschleppen. Aber wenn ich mir ihre wohlproportionierten 1,78 anschaute, musste ich bei mir einen erheblichen Realitätsverlust diagnostizieren.

»Kacke. Allesamt. Aufgeblasene, selbstgefällige Arschkrampen sind das!«

Sie wollte einfach nicht aufhören, nicht einmal auf mein flehendes »Lass gut sein« hin, bis ich sie völlig frustriert an den Schultern packte und durchschüttelte.

»Schon klar, Reiter sind blöd.«

Sie nickte. Ihre Augen wirkten erschreckend leer. Als redete etwas ganz anderes aus ihr, als wäre sie in Wirklichkeit nicht mehr da. »Aber sobald die in ihrem albernen Frack einen auf Affen machen, sind alle hin und weg. Zum Kotzen is' das, zum Kotzen!«

»Genau. Und alle sollen das wissen, hm?«

Denk nach, Sabrina Zeissner, denk nach! Mein Blick fiel auf eine Plane, mit der jemand Strohballen zugedeckt hatte. Vielleicht brauchte ihre Wut einfach nur einen Ableiter? Wie letztes Jahr im Sommer. Danach würde sie ein bisschen heulen, aber keine Kraft mehr haben, Widerstand zu leisten. Und wenn ich sie erst einmal nach Hause geschafft hatte … Genau, einen Schritt nach dem anderen, sie musste das Gefühl haben, in dieser CR-Geschichte den letzten Punkt gesetzt zu haben.

»In Ordnung, wir zeigen es ihnen, diesen Reitern, versprochen. Wir lassen die ganze Welt daran teilhaben, was für Idioten das sind. Allesamt. Aber dann gehen wir nach Hause, okay?«

In der Ferne schnaubte der Rappe. Vronis verschreckter Blick flog zu den Ställen. »Muss zurück. Ich muss sofort zurück.«

»Stopp, stopp, stopp! Du musst gar nichts. Ich mach das schon, vertrau mir. Und du versprichst mir, dass wir danach sofort nach Hause gehen, in Ordnung?«

Verwirrt blinzelte sie mich an. Dann nickte sie.

»Mach keine Dummheiten, verstanden?«

Wieder nickte sie.

Also gut. Dann ran an die Arbeit. Ich holte die Plane für unsere Botschaft an CR und sämtliche Reiter. Als Nächstes durchsuchte ich die Gegend nach einer Schnur, mit der ich unser Statement irgendwo befestigen konnte. Der erste Streifzug durch die Umgebung blieb ohne Ergebnis, vom Matsch an meinen Turnschuhen mal abgesehen. Es musste vor Kurzem geregnet haben, die Dinger saugten sich schnell mit dem Schlamm voll. Keine Ahnung, wie lange ich herumgeschlichen war, bis ich den Entschluss fasste, den Ställen einen Besuch abzustatten. Dort müsste doch etwas Passendes zu finden sein! Mitten auf dem Hof stand ein Pferdeanhänger, eine schwer beladene Silhouette verschwand gerade im Gebäude. Ich pirschte mich heran. Lauter unnützes und schwer definierbares Zeug, Decken, eine Kiste und an der Wand – eine Leine.

»Hey, du da!«, hörte ich eine Frauenstimme. Die Besitzerin war zurückgekehrt. Jetzt oder nie – ich kratzte all meine kriminelle Energie zusammen, schnappte mir die Leine und machte mich davon. Zum Glück war Vroni noch da, wo ich sie gelassen hatte. Ich breitete die Plane auf dem Boden aus. Mein Edding war ausgetrocknet – der heutige Tag meinte es echt nicht gut mit mir –, also zückte ich meinen Lippenstift. In Farbe Rot mit dem klangvollen Name »Revenge«. Stand mir eh nicht gut.

»Reiter sind blöd!«, setzte ich quer über die Plane, hoffentlich groß genug, um Vroni zufriedenzustellen. Wobei … Ich strich das Wort »blöd« durch und schrieb »KACKE« darüber. *Das* war eher ihre Kragenweite. Ob ich noch ein beherztes »CR, du Arschgeige« hinzufügen sollte?

Von den Ställen hallten Stimmen. Vroni rüttelte an meinem Ärmel. »Weg hier. Schnell.«

Recht hatte sie. Ich raffte die Plane zusammen und lief Vroni hinterher, die Richtung Landwirtschaftsweg stampfte.

»Hey, warte! Warte doch!«

Aber sie hatte im Sport nicht umsonst Bestnoten. Erst an einer Biegung schaffte ich es, sie einzuholen.

»Vroni, halt! Bei dem Tempo kommen wir bald am Nordkap an.« Ich schnaufte durch. Wo wollte sie nur hin? »Lass uns hierbleiben. Zwischen den beiden Bäumen da können wir das Ding perfekt aufspannen. Wollen wir?«

Mit der Leine zwischen den Zähnen erklomm ich eine Eiche zu meiner Rechten. Erst nach ein, zwei Minuten holte die Realität mich ein: Scheijeijei… war das hoch. Jetzt bloß ruhig bleiben. Konzentration.

Ich zurrte den Knoten fest und tastete mich hinunter, wobei mir am letzten Ast die Erdanziehungskraft zu Hilfe kam: Der Zweig brach unter mir ab, mein »Aaahhh« war recht kurz und endete mit einem schmerzvollen »Autsch!«.

Von diesem Missgeschick wollte ich mich jedoch nicht aufhalten lassen. Ich rappelte mich hoch. Mit einem Stock bohrte ich ein paar Löcher am oberen Rand der Plane und fädelte die Leine durch.

»Hilf mal!«, rief ich und kletterte auf den Baum gegenüber, das andere Ende der Leine fest im Griff. Bloß nicht zu viel darüber nachdenken, wie hart sich der Boden vorhin angefühlt hatte. Und wie hoch es war. Zumal ich nicht gerade das Gefühl hatte, Vroni würde mich tatkräftig unterstützen. Mehr schlecht als recht spannte ich die Plane, band die Leine an einem Ast fest und betrachtete mein Werk. Na ja. Das Transparent baumelte über dem Weg wie ein Duschvorhang, der rote Lippenstift war an einigen Stellen verschmiert, und ich sollte schleunigst aufhören, mit dem Baum zu kuscheln. Zu allem Überfluss hörte ich Hufgeklapper auf dem Asphalt und schon kam ein Pferd um die Biegung. Das Tier schüttelte den Kopf, tänzelte nach vorne und zur Seite, hopste schon fast lustig hin und her, trotz eines beruhigenden Brummens seines Reiters, der sich zum Pferdehals beugte und mit der flachen Hand darüberstrich. Wenn reiten so ging, brauchte ich dafür kein Pferd, eine Wippe hätte es auch getan.

Die beiden waren fast unter mir. Ich schmiegte mich noch enger an den Baumstamm, tastete mit dem Fuß nach einem anderen Ast, um mein Gewicht zu verlagern …

… und rutschte ab.

Meine Hände schrubbten an der Rinde entlang, ich merkte noch, wie Zweige und Blätter mir ins Gesicht peitschten, dann schlug ich auf dem Boden auf. Der Aufprall quetschte mir die Luft aus der Lunge, ich japste und rang um Sauerstoff, während unter meinen Lidern leuchtende Ameisen einen wilden Breakdance aufführten.

»Vroni …« Meine Lippen bewegten sich wohl, doch abgesehen von einem Keuchen brachten sie nichts Vernünftiges zustande.

»Alles in Ordnung?«, erklang eine Stimme über mir. Ein »Alles wird gut«-Versprechen mit einem tröstlichen »Ruhig, Brauner«-Touch. »Kannst du mich hören?«

»Mhm«, stöhnte ich und zwang mich, die Augen zu öffnen. Als Erstes sah ich einen Stein, fast schon einen Felsbrocken, den ich beim Sturz knapp verfehlt hatte. Dann drehte ich den Kopf.

Über mich beugte sich eine verschwommene dunkle Silhouette, die sofort anfing, mich von allen Seiten zu betatschen. Arme, Beine – als müsste ich erst zusammengeknetet werden, um wieder zu funktionieren, und spätestens bei den Rippen schob ich meinen ein bisschen zu couragierten Samariter beiseite.

»Pfoten weg.« An den Rippen war ich besonders kitzelig und allein der Gedanke ans Lachen tat mir verdammt weh.

»Ich will doch nur prüfen, ob du dir etwas gebrochen hast.«

»Alles dran. Kein Grund, auf Tuchfühlung zu gehen.« Ich richtete mich auf. Von dem Ruck begann die Umgebung, sich noch heftiger zu drehen, die leuchtenden Ameisen machten sich zu einer neuen Tanzrunde auf, doch ich beschloss, nicht in Ohnmacht zu fallen. Vor allem nicht vor so einem Möchtegern-Sanitäter, der vielleicht noch auf den Gedanken käme, mich von Mund zu Mund zu beatmen … Wobei: So schlecht sah der auch nicht aus. Dunkle Haare. Kaffeebraune Augen. Alles in allem: gerade noch gefehlt.

»Hey, du.«

Einfach nur:

Hey, du.

»Kennen wir uns?« Irgendwie kam er mir bekannt vor.

»Sag du es mir.« Die Grübchen auf seinen Wangen lachten mich frech an.

Ich entschied mich für ein klares »Nein«. Typen seines Schlages liefen mir äußerst selten über den Weg. Außer sie hatten vor, Vroni anzubaggern.

»Alles okay bei dir?«

»Aber klar!«

»Verstehe. Und warum guckst du so komisch?« Er hockte vor mir, einen Arm lässig auf sein Knie gestützt, ein wenig wie einer dieser Jungs der Schwarz-Weiß-Ära, die Mum heimlich auf Postkarten sammelte. Dazu trug er eine Reithose, die sich äußerst anmutig um seine Arschbacken schmiegte.

Spätestens da war es um mich geschehen. »Weil Männer mit einer Reitkappe so bekloppt aussehen«, kicherte ich los und wusste gar nicht, wie ich mich wieder einkriegen sollte, ohne an Sauerstoffmangel draufzugehen.

»Wenn du darüber lachen kannst, bist du wohl in Ordnung.« Er drehte den Kopf und sein Blick wanderte hoch zum Transparent.

Mein Lachen stockte. Da hatten wir es. Das Ende unseres gemütlichen Miteinanders.

»Hübsch, was?«, murmelte ich.

»Reiter sind also blöd. Um nicht zu sagen: kacke. Schon klar, dafür lohnt es sich, von einem Baum zu fallen.«

Haha. Witzbold. Glatt hätte ich ihn mögen können.

»Jetzt mal im Ernst. Geht es dir gut?«, fragte er und lächelte mich erneut an.

Mann.

Er sollte damit aufhören. Sofort. Bevor ich noch anfing, diese Grübchen auf seinen Wangen süß zu finden.

»Dein Pferd wird schon ganz eifersüchtig«, brummte ich. Das Tier kaute nervös auf der Trense und schüttelte den Kopf, als wolle es nur eins: weg von hier.

»Ach was, sie hat keinen Grund, eifersüchtig zu sein. Wahre Schönheit beginnt für mich erst ab sechshundert Kilo.« Schmunzelnd klopfte er der Stute auf den Hals.

»Du meinst, ich würde auch nach einer Tortendiät außer Konkurrenz stehen? Das ist bitter.« Moment. Flirtete ich gerade mit ihm? Verzweifelt sah ich mich um. Wo blieb eigentlich Vroni, um mich zur Besinnung zu bringen? Hoffentlich war sie nicht auf die Idee gekommen, zurück zum Stall zu laufen und etwas zu tun, was sie morgen mehr bereuen würde als ihren Kater. Augenblick mal. Dass ich diesen Typen hier traf … diesen wirklich gut aussehenden Typen …

»Bist du CR?«, schoss es aus mir heraus.

»Ähm. Mit Ronaldo hat mich noch keiner verwechselt.«

Kein Grund, so erleichtert aufzuatmen. Überhaupt kein Grund. Klar?

Sonnenklar.

»Gibt es viele pferdeverrückte Jungs in dem Schuppen da drüben?« Ich wies in Richtung Stallungen.

»Du meinst, die mit einer Reitkappe genauso bekloppt aussehen wie ich? Ein oder zwei.«

»Kennst du da einen CR?«

»Ich kenne einen Caspar Reschke, falls du den meinst.«

»Und wer ist dieser Caspar Reschke?«

»Mein Reitlehrer. Warum?«

Heiliges Pferdemett!

Das wirkliche Ausmaß von Vronis Beziehungsdesaster nahm ungeahnte Dimensionen an: CR war gar kein Junge aus der Schule. CR war ein erwachsener Mann. Daher also die Geheimnistuerei!

»Ist wirklich alles okay bei dir?«

»Wird schon. Bestimmt.« Ich probierte es mit frech. »Du kannst deinen Popo also ruhig auf dein edles Ross schwingen und in den Sonnenuntergang abzischen. Ich komm schon klar.« Der Wind frischte auf. Meine Füße spürte ich schon lange nicht mehr. Nun begann ich auch noch, mit den Zähnen zu morsen.

»Schon verstanden.«

»Was verstanden?«

Aber da hatte er bereits seinen Pullover ausgezogen und hielt ihn mir allen Ernstes hin.

»Lass mal.« Ich winkte ab.

»Nimm schon.« Er legte den Pulli in meine Hände. »Kannst ihn mir morgen vorbeibringen. Gewaschen, gebügelt und faltenfrei zusammengelegt.« Er grinste.

»Ach. Mehr nicht?«

»Handwäsche, bei dreißig Grad.«

Mann, fühlte sich der Stoff gut an. Körperwarm. Ich beeilte mich, in das gute Stück zu schlüpfen, bevor mein einsamer Reiter fragen konnte, warum ich seinen Pulli kraulte.

»Na dann.« Er richtete sich auf. »An deiner Stelle würde ich die Plane übrigens abnehmen.«

»Nach all den blauen Flecken, die ich davongetragen habe? Träum weiter.« Von der plötzlich erwachten Höhenangst erst gar nicht zu sprechen.

»Es gibt Pferde, die sich davor erschrecken können. Mach

das lieber ab. Während ich in den Sonnenuntergang abzische, okay?«

Er startete tatsächlich einen Versuch, sich in den Sattel zu schwingen, allerdings hatte er die Rechnung ohne das Pferd gemacht, das nervös zur Seite tänzelte. Mit einem Fuß im Steigbügel machte er ein paar Hüpfer hinterher.

Wir lachten beide.

»Ich gucke gar nicht hin, Cowboy«, neckte ich und wandte mich ab. Gerade rechtzeitig, um mitzubekommen, wie sich das eine Ende der Leine löste, durch die Blätter schnellte und die Plane zu Boden beförderte.

»Scheiße!« Nur aus dem Augenwinkel nahm ich den Ruck wahr. In der nächsten Sekunde schnellte der athletische weißgraue Leib an mir vorbei. Verschreckt taumelte ich zurück und sah zu, wie das Pferd mit leerem Sattel davongaloppierte.

Dann fuhr ich herum.

War sofort bei ihm.

Fühlte sein Blut an meinen Fingern.

Sein Blut an meinen Fingern.

Klebrig und körperwarm.

Ich spüre es an meinen klammen Händen, die verzweifelt versuchen, ihm seine Reitkappe abzunehmen.

Die Kappe ist gebrochen. An dem Stein. Den ich verfehlt habe.

Das warme Blutrinnsal läuft mir das Handgelenk entlang.

»Musst … sie zurückbringen.« Ich kann ihn kaum verstehen. Ich sehe nur, wie er die Lippen bewegt, wie er mühsam Luft holt. Und es noch einmal versucht, Wort für Wort. »Bitte. Musst. Sie. Finden. Bevor sie sich … verletzt.«

Er kann noch sprechen. Dann wird es doch nicht ganz so schlimm sein. Oder? Wenn er sprechen kann. Und nur sein Pferd im Sinn hat. Bestimmt bloß eine Gehirnerschütterung. Mit einer harmlosen Platzwunde.

Wegen der sich sein Haar so schnell mit seinem Blut vollsaugt.

Aber er wird es schaffen, oder?

Irgendwo in der Nähe knackst ein Ast.

»Vroni!« Sie ist bestimmt irgendwo in der Nähe. Und sie hat ein Handy.

Verdammt, ja, sie hat ein Handy dabei, sie muss einen Krankenwagen rufen! Er braucht einen Arzt. Mit seiner Gehirnerschütterung. Und der Platzwunde.

»Vroni!«, versuche ich es erneut, aber sie antwortet nicht. Scheiße. Ich beuge mich zu ihm hinunter. Der Geruch des vielen Blutes macht mich schwindelig. »Alles wird gut, hörst du? Bin gleich wieder da. Hole Hilfe.«

Seine Lider fallen zu. Ich spreche mit ihm, doch er schaut nicht mehr hoch. Nein, nicht darüber nachdenken. Vorsichtig bette ich seinen Kopf auf den Boden.

»Alles wird gut alles wird gut alles wird gut …«

Meine Hände zittern. Blutverschmiert.

Ich muss mich zwingen, meinen Blick davon zu lösen. Ich muss mich zusammenreißen.

Ich sehe, wie sich seine Brust hebt und senkt. Schwach und unregelmäßig.

»Vroni!«, brülle ich, um meine Angst wegzuschreien.

Irgendwo hier muss sie sein. Irgendwo hier.

»Vroni!«

Vielleicht hinter den Büschen.

Ich habe sie doch gehört!

Noch einmal blicke ich zurück.

Ganz still liegt er da.

Sie ist weg.

Ich kann sie nicht finden.

Sie antwortet nicht.

Ich stolpere durch ein Feld. Keine Ahnung, wie ich hierhergelangt bin. Hab aufgehört, nach ihr zu rufen. Das bringt nichts. Sie ist weg.

Mein Kopf ist gedankenleer, nur mit dem metallischen, süßlichen Geruch erfüllt.

Was soll ich tun?

Ich muss zurück.

Zurück. Ich darf ihn nicht allein lassen. Meine Beine wollen nicht gehorchen. Ich strauchele. Will nicht aufstehen. Aber ich muss. Zurück. Ich muss zurück.

Es ist jemand bei ihm.

Durch das Geäst sehe ich eine Gestalt, die neben ihm kauert. Höre ein panisches Stammeln. Irgendetwas davon, dass Hilfe unterwegs ist. Dass er durchhalten muss. Und dass alles gut wird.

Ich taumele zurück. Stürze. Rappele mich hoch. Sehe, wie sich die Gestalt umdreht und zu den Büschen, hinter denen ich stehe, späht. »Wer ist da?«, hallt es zu mir. »Wer ist da, verflucht noch mal?«

Ich renne davon.

Schnarcht die Frau beseelt ins Kissen,
war das Date nicht ganz beschissen.
Angeblich eine alte Bauernregel
Mama

Der neongrüne Post-it-Zettel klebte an unserer Eingangstür. Ich starrte ihn an. Ahnungslos, wie ich nach Hause gelangt war. Wo ich die ganze Zeit gewesen war. Und warum ich so zitterte.

PS: Ich habe im Wäschekorb deine Schlüssel gefunden. Du hast wieder einmal vergessen, die Taschen zu leeren.

Ich zupfte das Blatt ab, starrte auf das bunte Stück Papier in meinen Händen. Auf das Blut an meinen Fingern. Erkaltet. Verkrustet. Rostbraun.

*PPS: Ich warte nicht länger auf dich. Die Katzenklappe ist für den Fall der Fälle offen. *ggg**

Ich knüllte den Zettel zusammen.

Wir wohnten im Erdgeschoss. Wie angekündigt, war das Fenster zu meinem Zimmer nur angelehnt. Ich kletterte über den Sims. Meine Glieder wollten mir kaum gehorchen, ich schwankte und hielt mich am Vorhang fest. Lauschte.

»M-mama?«

Ich schaffte ein paar unsichere Schritte zur Tür, spähte ins Wohnzimmer. Mum hatte die Couch ausgezogen und sich in ihre Steppdecke eingemummelt, die auch im Sommer mit Biber-Bettwäsche bezogen wurde. Sie fror so leicht. Bestimmt hatte ich es von ihr. Dass ich nicht aufhören konnte zu zittern.

»Mama …« Ich traute mich nicht, sie zu wecken. Sie anzufassen. Mit den Händen, an denen noch Blut klebte.

Ich taumelte in den Flur. Im Bad stieg ich in die Wanne, drehte den Wasserhahn auf und kauerte mich auf dem Boden zusammen. Das Wasser tränkte meine Jeans und spülte den Matsch aus meinen Turnschuhen, der in einem schwarzen Strudel im Ablauf verschwand. Ich streifte den Pulli von mir, bevor er nass wurde, und drückte mein Gesicht in die Wolle. Auch jetzt noch roch jede Faser nach ihm. Nach … alles wird gut.

Mein Körper krampfte. Vielleicht vor Kälte. Vielleicht weil ich nicht weinen konnte, es aber trotzdem versuchte.

Vier Uhr nachts.

Du musst ins Bett.

Morgen – da sieht alles ganz anders aus. Bestimmt.

Es war hell. Verdammt hell. Ich blinzelte ins Licht. Die Sonne hatte den Weg durch einen Spalt zwischen den Vorhängen gefunden. Wie spät war es eigentlich? Mein morgendlicher Unwille schätzte es auf: »Der frühe Vogel kann mich mal.« Aber womöglich schimpfte ich zu Unrecht auf die Sonne: In der Küche polterte es. Mums Lieblingsbeschäftigung – mit Tupperdosen jonglieren. Oft nannte sie es auch »in der Küche ein bisschen Platz schaffen Schrägstrich aufräumen«, aber wie sie ausgerechnet auf diese Bezeichnung kam, war mir ein Rätsel.

Ich reckte mich. Mein nackter Körper stöhnte zusammen mit mir auf. Aus irgendeinem Grund hatte ich es nicht geschafft, mir einen Pyjama überzuziehen. Eigentlich war mir nicht einmal wirklich bewusst, überhaupt ins Bett gegangen zu sein, nachdem ich gestern doch …

… der halb abgerissene Vorhang vor dem Fenster …

… das Geräusch der Leine, die durch das Blätterwerk peitscht …

… ein Pferd, das völlig verstört an mir vorbeigaloppiert …

… alles nur Bruchstücke einer Wirklichkeit, die unmöglich passiert sein konnte. Nicht, wenn ich am nächsten Morgen in meinem Bett mit Sonnenstrahlen auf meinem Gesicht aufwachte, umgeben von den vertrauten, so friedlichen Geräuschen unseres Chaoshaushaltes.

Ich schlüpfte aus dem Bett, zog mich an und schlich aus

dem Zimmer. Von der Küchenschwelle aus beobachtete ich, wie Mum versuchte, ihre Tupperware in den viel zu kleinen Schrank zu quetschen.

»Morgen«, murmelte ich. Der Wunsch, zurück ins Bett zu kriechen und unter meiner Decke vor der ganzen Welt zu verschwinden, dehnte sich wie ein schwarzes Loch in mir aus und verschlang alles andere, sogar Mums Lächeln, das sie mir zuwarf, bevor sie sich wieder ihren Plastikdosen widmete. Es galt, den Gurkenbehälterlift in einen Reismeister zu hämmern: »Mahl-zeit-schon-wach?«

Ich schaute zur Küchenuhr, deren Zeiger unermüdlich, aber wenig zuverlässig den Spruch »Es ist immer Zeit für Schokolade« durchwanderten. »Mhm.«

»Gut ge-schla-fen?« Jetzt war der Shorty Torty dran – unsere Kuchenform.

»Mhm.« Ich ließ mich auf die Sitzecke fallen. Flink wurde mir ein Teller mit einer Scheibe Toastbrot unter die Nase geschoben. Daneben tauchte ein Glas Marmelade auf.

»Ich auch.« Sie setzte sich zu mir und wischte mit dem Finger einen Tropfen Marmelade von der Außenwand des Glases ab. »Gut geschlafen, meine ich. Wann bist du gestern nach Hause gekommen? Eigentlich dachte ich, du würdest bei Vroni übernachten.«

»Es ging ihr nicht gut.« Durch meine Gedanken peitschte die Leine. Ich zuckte zusammen. »Wie war dein Date?«, wechselte ich das Thema, als könne der gestrige Abend unwirklich werden, solange ich nicht daran dachte, dass irgendwo in einem Krankenhaus ein schwer verletzter Junge lag. Lebte er überhaupt noch? Was war, wenn … Mir wurde schlecht und vom Geplänkel meiner Mutter umso mehr.

»Berni? Okay. Also Berni. Hm. Er trägt Cordhosen und zieht einwandfrei gebügelte Hemden unter seinen s.Oliver-Pullunder. Nach zwanzig Minuten hat er mich gefragt, ob wir uns bald wiedersehen. Und ich dachte mir: Jaja, damit ich irgendwann seine Hemden bügeln darf?« Sie lachte. Zupfte verlegen an ihren Haarspitzen. »Er mag Mireille Mathieu und Édith Piaf, weißt du?«

Für einen Augenblick sah sie selbst aus wie eine dieser Diven auf alten Schwarz-Weiß-Fotografien, die verträumt und ein bisschen verwegen an einem unbedarften Bewunderer vorbeiblickten.

»Schon klar.« Ich probierte es einfach aus. Zu scherzen. Als wäre alles normal, als wäre nichts geschehen. Als würden meine Gedanken nicht wie die Geier über dem Bild kreisen, wie ich diesen Jungen in meinen Armen hielt. »Er mag kleine Frauen, die *Französisch* können.«

»Und er würde mit mir den ganzen Abend lang nur ›Casablanca‹ gucken. Rauf und runter. Hat er gesagt.«

»Hoffentlich nicht hier.« Ich verdrehte die Augen. Aber darum musste ich mir am wenigsten Sorgen machen. Mum hatte oft Dates, aber ich verließ mich darauf, dass sie mir keinen »Ersatzvati« vor die Nase setzen würde, solange ich noch zu Hause wohnte.

Sie beugte sich über den Tisch zu mir.

»Er ist definitiv ein Typ für ›Schau mir in die Augen, Kleines‹«, raunte sie.

»Toll.« Ich biss beherzt in den Toast. Eigentlich hatte ich keinen Hunger. Ich war mir nicht einmal sicher, ob ich auch nur ein Stück davon hinunterbekommen würde. Aber Mum durfte nicht merken …

»Und jetzt zu dir. Was ist los? Hast du dich mit Vroni gestritten?«

Sie merkte es natürlich trotzdem. Hatte längst gemerkt, dass nichts mehr stimmte.

»Nein.« Plötzlich hatte ich keine Kraft, aufzublicken und meiner Mum in die Augen zu sehen.

»Aber es ist etwas mit Vroni, stimmt's? Ist ihr etwas passiert?«

Nein. Ihr nicht.

Wobei: Nicht einmal das wusste ich mit Sicherheit.

»Mum …« Ich bekam kaum Luft. Wollte es ihr erklären, ihr alles sagen. »Es war ein … furchtbarer Tag. Vroni hat sich betrunken. Ich musste …«

Ja, was? Ein Pferd erschrecken? Damit ein Junge sich den Kopf einschlagen konnte? Die Worte klebten wie die zerlutschte Toastmasse an meinem Gaumen. Ein süßlich-metallischer Geruch schien mich zu umnebeln. Ich wusste nicht mehr, wie seine Stimme klang. Aber ich wusste, wie sein Blut roch. »Mum … ich wollte nicht … es ist …«

Ihr Blick.

Wie würde sie mich ansehen, wüsste sie …

Der Gedanke war wie ein Hieb ins Zwerchfell. Gänsehaut.

»Mama, ich …«

… habe etwas Schreckliches getan.

Ich schluckte. Schluckte die Wahrheit hinunter. Zusammen mit dem Toastbissen. Meine Stimme klang ruhig. Und kaum hörbar. »Ich glaube, ich muss weg. Zu Vroni. Du weißt schon. Nach ihr sehen. Ob alles okay ist. Es ging ihr gestern ziemlich dreckig. Ich habe sie nicht einmal nach Hause gebracht.«

Mum, halt mich auf, Mum. Lass mich es dir sagen.

»Sabrina! Warte mal!«

Ich …

… kann nicht.

Nein, ich konnte das einfach nicht, ich wusste nicht einmal, wie. Als wären alle richtigen Worte fort.

»Bin bald zurück, okay?«

Sag mir, was ich tun soll.

Ich brauche dich. Irgendjemanden.

Vroni. Ich musste zu Vroni.

Ich rannte.

Nicht sehr schnell, aber es reichte, damit Seitenstiche mich von den Gedanken ablenkten, die so laut in mir schrien. Ich hatte Mum nichts gesagt. Ich war weggegangen. Weggelaufen. Genauso wie am Abend zuvor.

Vor dem schmiedeeisernen Tor zum mayrschen Grundstück schnaufte ich durch. Es roch nach etwas Warmem, nach Meeresfrüchten mit einer erdigen Note. Aus weit aufgerissenen Fenstern wurde die Nachbarschaft mit einem Orchesterstück beglückt. Ein Wunder, dass in dieser Familie noch kein Versuch unternommen worden war, Vronis Vorliebe für R&B und Hip-Hop mit Exorzismus auszutreiben.

Das Tor war nicht abgeschlossen, also klingelte ich gleich am Haus. Nach einer Weile hörte ich hinter der Tür das hastige Klappern von Absätzen.

»Sabriiina!« Das strahlende Lächeln schien ihr wie ihr teures Permanent-Make-up ins Gesicht tätowiert zu sein, doch abgesehen davon wirkte Frau Mayr müde, die feinen Fältchen in ihrem Gesicht tiefer. »Wie schön, dich zu sehen!«

Sie hatte mich noch nie leiden können, und nach Vronis letztem Haarschnitt, den ich so inbrünstig befürwortet hatte, mochte sie mich umso weniger: Frau Mayr hielt einen Pixie-Cut für eine Punk-Frisur und mich für einen denkbar schlechten Umgang für ihre Tochter.

»Guten Morgen, Frau Mayr. Ist Vroni da?«

Wie aufs Stichwort bildeten ihre Lippen eine abweisende Linie. Spätestens jetzt dürfte ich eine Klage wegen Beleidigung oder der Verletzung von Persönlichkeitsrechten zu befürchten haben. Schließlich hatte sie ihre Tochter nicht Veronika genannt, damit irgendwer ihr einen Spitznamen wie einer bayrischen Kuh gab. »Und wenn ja, kann ich mit ihr sprechen?«, fuhr ich fort, als Frau Mayr schwieg.

»Ihr geht es nicht gut.«

»Ist sie …?« Oh nein. Was, wenn ihr gestern Abend doch noch etwas zugestoßen war?

»Nur Bauchschmerzen.«

»Ich muss sie sehen. Es ist wichtig!«

»Was immer du möchtest, es kann bis Montag warten. Auf Wiedersehen, Sabrina.«

Die Tür fiel ins Schloss.

Ich taumelte ein paar Schritte zurück. So weit, dass ich noch sehen konnte, wie eine Silhouette an einem der Fenster zurückwich. Vroni?

»Vroni!«, rief ich in die Musik, die mich umhüllte. Sie trug etwas Aufwühlendes, Bedrohliches in sich – wie ein unausgesprochenes Urteil über mich. »Vroni!«, versuchte ich es erneut, bis mich der Gedanke durchfuhr: Was ist. Wenn sie gesehen hat. Was du getan hast.

Die Musik verdichtete sich zu einer unerträglichen Kakofonie, die meinen Verstand bis in die letzte Ecke ausfüllte.

Du hast einen Unfall verursacht.
Das nennt man …
Schwere Körperverletzung.

Vielleicht …
Fahrlässige Tötung.

Endhaltestelle.

Zurück zu Hause, wählte ich Vronis Nummer.

»Nee, so leicht bin ich auch nicht zu haben«, schepperte mir ihre verzerrte Stimme entgegen. »Aber nach dem Piepton weißt du, was du zu tun hast. Pieeeeep. Haha! Verarscht. Aber jetzt.«

Ich versuchte es immer und immer wieder. Aber sie meldete sich nicht zurück, das ganze Wochenende nicht; und je länger ich auf meinem Bett hockte und ins Nichts starrte, desto unwirklicher schien alles: Vronis Schweigen, die abgerissene Plane, mein hingeflüstertes »Alles wird gut«-Versprechen, das … er nicht mehr gehört hatte.

Am Montag schaffte ich es zu verschlafen, obwohl ich das Gefühl hatte, die Nacht im Nirgendwo zwischen einnicken und hochschrecken verbracht zu haben. Mein Frühstück bestand allein daraus, »Mahlzeit!« in die Küche zu brummen. Mum nickte mir zu, den Hörer zwischen das Ohr und die Schulter geklemmt, und irgendetwas sagte mir, dass ihr verschmitztes Lächeln nicht mir galt.

»Bert?«, formte ich mit den Lippen.

Sie schüttelte den Kopf.

»Ah, Erni, richtig?«

»Berni«, korrigierte sie mich vorwurfsvoll und lachte kurz darauf in den Hörer: »Ja, sie grüßt dich auch unbekannterweise.«

Ich verdrehte die Augen. Mum lachte noch mehr, keine

Ahnung, ob wegen meiner broadwayreifen Mimik oder weil Berni etwas Lustiges gesagt hatte. Ich mochte ihr Lachen, und wenn es diesem Berni zu verdanken war, dann sollte ich mich für sie freuen. Ich selbst gab ihr im Moment nicht allzu viele Gründe zur Heiterkeit.

»Stimmt, muss Schluss machen«, hörte ich endlich. »Ja, dir auch.« Sie legte das Telefon beiseite, drehte sich schwungvoll zu mir und grinste mich an. »Was?«

»Nichts.« So beiläufig wie möglich zuckte ich mit den Schultern – solange wir bei Themen wie Berni blieben, hatte ich doch nichts zu befürchten, oder? »Bin nur froh, dass ihr noch nicht bei ›Du legst auf. Nein, du legst auf‹ angekommen seid. Mhm, ist es nicht ein bisschen zu früh, dass ich ihn schon unbekannterweise grüße? Und überhaupt. Muss man nach einem Date nicht drei Tage mit einem Anruf warten? Ich habe dich schon am Samstag ähnlich fröhlich zwitschern hören.«

»Nieder mit Konventionen, Sabrinchen! Ich bin zu alt, um drei Tage einfach so zu vergeuden.«

»Du bist sechsunddreißig«, gab ich zu bedenken. »Und klaust Tops aus meinem Kleiderschrank.«

»Ach, Sabrina!«

»Ach, Mama!« Nun grinste ich auch und gab ihr einen Kuss auf die Wange. Manchmal war ihre gute Laune nicht nur ansteckend, sie war lebensrettend. »Bis später. Jetzt muss ich mich wirklich beeilen.«

Mein Grinsen verschwand, sobald ich draußen war.

Vroni.

Ich wollte so sehr mit ihr reden, doch als ich sie so vor mir sah, verstummte alles in mir. Wusste sie, was ich getan hatte? Wusste sie es nicht? Ihr Äußeres verriet nichts. Sie wartete auf der anderen Straßenseite, an einen Gartenzaun gelehnt: die Lederjacke offen, das kurze Haar stachelig gestylt, ein forscher Ausdruck in den Zügen – als würde sie mich und die ganze Welt herausfordern. In diesen Momenten gelang es nicht einmal mir, hinter ihre coole Fassade zu blicken.

Ich ging näher. Was jetzt? Das Übliche? Wie geht es dir, was machst du hier, was weißt du über den Jungen, den ich verletzt zurückgelassen habe? Ich brachte keinen einzigen Ton heraus.

Sie stupste mich an und zog aus ihrer Jackentasche eine Zigarette. »Ach, Rinnchen-Mumpfel, was ziehst du nur für ein Gesicht?«

»Ich hab mir Sorgen um dich gemacht«, umschiffte ich das andere Thema.

Sie lachte heiser. »Tust du doch immer.«

»Hast du meine Nachrichten bekommen?«

Sie zündete die Kippe an, legte den Kopf in den Nacken und blies den Rauch gen Himmel. An guten Tagen konnte sie Einhörner in die Luft pusten. Sagte sie. Keine Ahnung, was sie *dafür* rauchen musste. Heute waren es keine Einhörner und ich musste husten.

»Anstellerin«, konstatierte sie und hüllte mich in eine weitere Wolke ein. Ich roch nur noch den Zigarettenmuff und »Hypnotic Poison«, das Parfüm, das sie ihrer Mutter zu gerne dreist klaute. »Na, was ist? Bist du hier festgewachsen? Hopp, hopp, wir kommen zu spät zur Schule.«

Ich trottete neben ihr her, ein wenig überrollt von so viel Enthusiasmus. »Wir müssen reden, Vroni. Was am Freitagabend passiert ist …«

»Stell dir das nur vor, ich kann mich überhaupt nicht mehr daran erinnern. Null. Nada. Njet. Der ganze Abend ist wie ausgelöscht.« Dieses Mal drehte sie den Kopf von mir weg, als sie an der Kippe zog. »Ich glaube, ich habe meinen ersten Filmriss gehabt, aber so richtig! Wahnsinn, oder? Alles weg.«

Ich räusperte mich, um das Kratzen im Hals loszuwerden. Die Worte schienen in meinem Rachen zu reiben: Glück gehabt, Glück gehabt. »Du weißt gar nichts mehr?«

»Nope.« Ihre Lippen gaben ein ploppendes Geräusch von sich. Sie legte einen Arm um meine Schulter, drückte mich an sich und kicherte in mein Ohr. »Sag Nein! Dem! Tetrapak-Wein!«, schmetterte sie und fragte mich, was los war, wo sie sich herumgetrieben haben könnte und boah – wenn ich nur eine Ahnung davon hätte, wie schlecht es ihr danach ging … »Echt, Rinnchen. Was für ein Absturz! Ich glaube, das sollten wir lieber keinem erzählen, was?« Sie boxte mir in die Schulter und schnippte den Zigarettenstummel weg. »Mist. Das war die letzte Kippe. Meinst du, ich könnte von dem da eine neue schnorren? Der sieht ja schnuckelig aus.«

Ich atmete tief ein. Und wieder aus. Der Typ, ja. Vergiss den Freitag. Ich beschleunigte meine Schritte, als könnte ich davor weglaufen, als müsste ich nur ein bisschen schneller gehen, um alles hinter mir zu lassen.

»Hey, du Verräterin, ich wollte den ansprechen!«, hielt Vroni mich zurück. Ich warf dem Kerl mit dem schlabberigen Rucksack und den riesigen Kopfhörern einen Blick zu.

»CR ist also vergessen?« Zu spät merkte ich, wie sie zusammenzuckte.

»Ist nicht so, wie du denkst.«

»Sorry. Ist mir irgendwie rausgerutscht. Ich finde es gut. Also, dass du ihn zum Teufel gejagt hast. Ehrlich.« Ich blieb stehen. Sie wollte weiter, doch ich hielt sie am Ärmel zurück.

»Caspar Reschke. CR. Ich meine: Er ist der Reitlehrer deiner Mutter! Oder? Als sie … du weißt doch … als du von ihrer *Ablenkung* gesprochen hast, seit dein Vater ausgezogen ist … Vroni …« Sie drehte sich zu mir um. Der Geruch ihres Parfüms erdrückte mich. »Ich hatte ja keine Ahnung! Im Ernst, meinetwegen können sich deine Eltern den Schädel einschlagen, aber nichts auf der Welt ist es wert, dass du dich so kaputtmachst! Mit einem Typen, der … der … Vroni! Sag doch was, Vroni … bitte!«

»Puh. Tja. Das ist …«

… was? Nicht deine Baustelle? Recht hatte sie. Was fiel mir ein, sie so zu überfallen? Und das nach all dem, wovor wegzulaufen ich immer noch versuchte.

»Ist halt nicht so einfach mit mir, stimmt's?«

»Vroni, was ich sagen will …«

»Das mit diesem Caspar, das bleibt doch unter uns, oder?«, fiel sie mir ins Wort.

»Natürlich. Ich würde doch nie …«

»Gut!«

So einfach war es bei ihr. Man redete nicht darüber. Vielleicht machte ich mir umsonst Sorgen? Vielleicht war alles gut. Und er kam mit dem Schrecken und einer leichten Gehirnerschütterung davon.

»Aber klar doch«, sagte ich mehr zu mir selbst als zu ihr, als bräuchten meine Gedanken Zuspruch: Alles wird gut, alles wird gut.

»Du bist halt eine Tolle. Mein Rinnchen-Mumpfel. Ich weiß, was ich an dir hab.« Sie zerwuschelte meine Haare, pflügte durch das morgendliche Gewusel des Schulhofs, dass ich kaum hinterherkam, und summte etwas, was entfernt an »Alle meine Entchen« erinnerte. Bis sie auf der Stelle kehrtmachte – und ich sie aus den Augen verlor.

Ich beeilte mich, zum Eingang zu kommen, fragte die Umherstehenden nach ihr, aber heute schien mich niemand beachten zu wollen. Je mehr ich herumirrte, desto mehr Unbehagen bereitete es mir. Hier und da hatten sich Grüppchen angesammelt, die merkwürdig still und ernst miteinander tuschelten.

»Schrecklich, einfach nur schrecklich«, schnappte ich im Vorbeigehen auf.

»Du weißt aber nichts Genaueres, oder?«, sagte jemand neben mir. Ich drehte mich weg, sah nur noch den Boden und unzählige Füße, die vor meinen Augen zu wimmeln schienen, dass mir schlecht wurde.

»Schlimm, was da passiert ist.«

»Ich weiß nicht, ich glaube schon.«

»Ein Reitunfall, habe ich gehört.«

Sein Blut an meinen Fingern. Klebrig und körperwarm. Ich war nicht schnell genug – der Freitag hatte mich eingeholt.

»Schon von dem Unfall gehört?« Ich wurde angestupst – die Frage galt wohl mir. Doch den Blick zu heben, schaffte ich nicht.

»Keine Ahnung«, murmelte ich zu den blauen Adidas-Sneakern, wem auch immer sie gehören mochten. »Muss los. Hast du Vroni gesehen? Nein? Egal, ist nicht so wichtig.«

»Rinnie!« Ich zuckte zusammen, als hätte man mich erwischt. Aber es war nur Annabelle, die sich bei irgendeinem Typen herumdrückte. Wenigstens hier war die Welt noch in Ordnung, auch wenn der Kerl so gar nicht in ihr Beuteschema passte. Erfahrungsgemäß verfiel sie eher einem verwegenen Heinrich-Heine-Typ als einem billigen Rocker-Abklatsch. »Rinnie, hast du schon gehört, was passiert ist?«

»Hi!«, erwiderte ich nur und huschte an ihr vorbei, doch ihr Kerl packte mich am Arm.

»Du, ähm, du bist doch …«

»Spät dran, genau.« Ich zupfte meinen Ärmel aus seinen Fingern.

»Mensch, warte doch! Ich bin Christians Freund!«

»Und ich die Cousine von Herzogin Kate.«

»Fuck, kannst du nicht einfach mal stehen bleiben?« Wieder griff er nach meinem Arm, fast hätte er mich von der Treppe heruntergezogen.

»Geht's noch?« Ich fuhr herum und stieß ihn von mir. Ich wollte nur noch fort. Weit weg vom Freitag, der mich verfolgte.

»Rinnie, warte!«, hörte ich Annabelle hinter mir. »Hast du es noch nicht mitbekommen? Christian ist auf der Intensiv!«

Mein Fuß verfehlte die nächste Stufe. Dass ich mich auf der Treppe langgemacht hatte, begriff ich erst, als der Schmerz in meinen Ellbogen schoss. »Was?«

»Christian. Wir waren alle zusammen in der Grundschule. Na ja, du nicht. Du bist ja erst später gekommen.« In meinem Kopf drehte sich alles, doch sie redete weiter, immer weiter, und ich hatte das Gefühl, in ihrem Wortschwall zu ertrinken: »Er hat einen schweren Reitunfall gehabt. Marcel hat es mir gerade erzählt. Ich kann es immer noch nicht glauben: Christian liegt auf der Intensiv!«

»Annabelle, ist gut.« Nur am Rande registrierte ich, wie dieser Marcel sich zu mir beugte und mir auf die Beine half. »Sabrina, oder?«

Ich starrte ihn an.

»Tut mir leid, dass ich dich so überfallen habe. Ich wollte nur mit dir reden.«

Sagte er.

Vielleicht.

Ich wusste nichts mehr. In meinem Kopf drehte sich nur noch eins: Intensiv.

Auf. Der. Intensiv.

»In welchem Krankenhaus?«, stieß ich hervor. Und erst dann: Mit mir reden? Woher weißt du …? Zum Glück schaffte ich nicht, noch etwas anderes von mir zu geben.

Das letzte Mal war ich in einem Krankenhaus, als ich eine Handvoll Münzen verschluckt hatte – meine ganz persönliche Antwort auf die Wirtschaftskrise. Insgesamt war ich auf neun Cent gekommen, und es hatte nicht einmal gescheppert, als ich zum Test gehüpft war. Anders ausgedrückt: Die dramatischsten Krankenhausszenen, die ich kannte, stammten aus »Grey's Anatomy«, und soweit ich es überblicken konnte, musste darin niemand eine Folge lang darauf warten, dass eine eifrige Dame hinter der Infotheke fertig telefoniert hatte. Endlich legte sie den Hörer ab, doch bevor ich auch nur einen Piep sagen konnte, bedeutete sie mir mit einer raschen Geste zu schweigen. Tippen konnte sie genauso energisch wie telefonieren, noch ein bisschen und die Tasten unter ihren Fingern würden SOS-Rauchzeichen von sich geben.

»So.« Eine mit Schmackes gedrückte Enter-Taste. Ihr Blick, der zu mir hochflog. Und nun?

Du hast hier.

Nichts.

Verloren.

Aber ich war hier und viele Möglichkeiten blieben mir nicht übrig. Außer weglaufen. Schon wieder weglaufen. Vor Fragen, vor Antworten, vor mir selbst.

»Ich höre?«

Augen zu und durch. »Am Freitag wurde hier jemand eingeliefert. Christian Steggen.« Ja, inzwischen kannte ich nicht nur seinen Namen, seine Haarfarbe und seine Körpergröße (1,82 ohne Reitstiefel), sondern auch seinen Lieblingszahnpastageschmack (Lakritz. Echt jetzt?) – »Details, Details, Details« lautete das Motto des Tages, und manchmal brachte es eben Merkwürdiges hervor. Zu seinem gesundheitlichen Zustand wusste der Flurfunk dagegen weniger zu berichten. Außer: Es war schlimm. Richtig, richtig schlimm. »Könnten Sie mir sagen, wie es ihm geht? Und ob man ihn besuchen darf?«

»Tut mir leid. Keine Patienteninformationen an Außenstehende.« Schon wandte sie sich ihrem Monitor zu.

»Warten Sie! Es würde mir sehr viel bedeuten, wenn Sie so freundlich wären …«

Doch »freundlich« stand offensichtlich nicht in ihrer Job-Beschreibung. »Keine Patienteninformationen an Außenstehende.«

»Aber es ist …«

Das Telefon klingelte erneut.

Egal. Wie schwer konnte es schon sein, eine Intensivstation zu finden? Also irrte ich ein Weilchen durch die Flure, bis ich an die blickdichten Türen gelangte, die sich jedem Anschein nach gegen mich verschworen hatten. Ich hüpfte und wedelte mit den Armen, doch der Bewegungsmelder ignorierte meine sportliche Verausgabung.

Irgendwann bemerkte ich eine Klingel.

Damit hatte ich nicht gerechnet. Es war eine Sache, zu ihm ins Zimmer zu schleichen und dann zu entscheiden, was ich als Nächstes tat. Eine andere, jemandem erklären zu müssen, was ich vorhatte. Und jetzt? Sesam, öffne dich?

Da glitten die Türen auseinander.

Ich fuhr zurück und machte einer resoluten Krankenschwester Platz. Ihr Gesicht hatte etwas von Winnie Puuh: pausbäckig mit einer Stupsnase – das war doch ein gutes Zeichen, oder nicht? Wenn sie nur wüsste, wie ich die Geschichten aus dem Hundertmorgenwald liebte!

»Entschuldigung? Entschuldigung, einen Augenblick bitte, ja? Könnte ich …?«

Schwungvoll drehte sie sich zu mir. »Was ist?«

Sie roch nach Zimtschnecken und frisch aufgebrühtem Kaffee. Noch ein gutes Zeichen. Ich liebte Zimtschnecken. Und ohne einen Schluck Kaffee war ich an manchem Morgen kaum funktionstüchtig. »Christian Steggen!«

»Was ist mit ihm?«

»Genau das möchte ich doch wissen! Dürfte ich vielleicht zu ihm?«

»Und Sie sind …?«

»Äh.« Ich merkte es schon an ihrem niedlichen Puuh-Gesicht: »Äh« war definitiv die falsche Antwort. »Eine Freundin?«

Die Schwester runzelte die Stirn. So klein und knuffig, wie sie war, wollte man sie für diesen Ausdruck einfach nur knuddeln. Auch wenn ihre Stimme höchst professionell blieb. Und so ganz und gar nicht knuddelig, wie ich feststellte. »Eine Freundin«, wiederholte sie bedächtig. »Soso.«

»Äh …« Nein, nein, auf keinen Fall »Äh«! »Seine Freundin?«

»Verstehe. Solange Sie nicht Äh-seine-Frau sind, müssen Sie leider draußen bleiben. Tut mir leid.«

Dieses »Tut mir leid« hatten die echt drauf hier. Und während ich fieberhaft überlegte, womit ich die eiserne Lady im Winnie-Puuh-Kostüm erweichen konnte, war sie weg.

Verdammt und zugenäht, ich war doch schon so weit gekommen! Ich wollte nicht weg. Nicht so.

Entschlossen drückte ich auf die Klingel.

Es dauerte, bis die Tür sich öffnete und vor mir ein junger Mann erschien – ein Christopher-Robin-Verschnitt mit einem Stethoskop um den Hals. Aber noch einmal machte ich nicht den Fehler, sein milchbubiges Disney-Aussehen für ein gutes Zeichen zu halten. Er trug dieselbe grüne Kleidung wie die Krankenschwester, dazu farblich abgestimmte Clogs, mehrere Kugelschreiber in den Seitentaschen seines Kittels und ein Buch. »Principles of Clinical Surgery« hieß es. Kurz ausgedrückt: Der Typ sah wichtig aus.

»Ich möchte zu Christian Steggen!«, verkündete ich.

Er betrachtete mich von Kopf bis Fuß. »Wenn du eine der Schulkameradinnen dieses Jungen bist, dann muss ich dir leider sagen, dass nur der engste Familienkreis zu ihm darf.«

»Ich bin seine Schwester, okay?«

»Hm.« Beinahe nachdenklich wanderte sein Buch von der rechten Hand in die linke.

»Halbschwester. Väterlicherseits«, fügte ich hinzu und schob mir selbstbewusst eine Haarsträhne hinter das Ohr.

»Hm«, kam es wieder. Nun musterte der Typ mich um einiges genauer. Alles klar. Der Vater des Patienten schien keine Segelohren zu haben.

»Ich … war bei ihm«, hörte ich mich reden. »Als der Unfall passiert ist, verstehen Sie? Ich wollte … ich muss …«

Nichts, absolut nichts fiel mir ein, um den Typen doch noch zu überzeugen, mich durchzulassen. Alles, was ich sagte, zu sagen versuchte, sagen … musste – das alles sollte nicht er hören, sondern der Junge, der meinetwegen mit einer schweren Kopfverletzung hier gelandet war.

»Ich wollte nur wissen, wie es ihm geht«, murmelte ich.

»War wohl eine blöde Idee.« Keine Ahnung, worauf ich wartete. Warum ich nicht wegging. Es fühlte sich richtig an, hier zu sein. Vielleicht wie das einzig Richtige überhaupt.

Der junge Mann seufzte. »Eigentlich darf er nach der OP nicht so viele Besucher empfangen. Nur Angehörige. Ach, ich weiß nicht …«

»Die Krankenschwester vorhin hat mir auch schon gesagt, dass nur engste Verwandte reindürfen. Aber Sie als Arzt können doch bestimmt etwas tun! Bitte. Es ist total wichtig, dass ich ihn sehe. Nach allem, was passiert ist … Verstehen Sie?«

Nein, natürlich nicht – wie sollte er auch? Und doch nickte er. Mit einem flüchtigen Lächeln, das er sich selbst zu gönnen schien. »Schon gut. Komm mit. Aber nur kurz, ja?«

»Nur kurz«, versprach ich und eilte ihm hinterher. »Verstanden, nur kurz.«

Da waren wir also.

Auf der Intensiv.

Wie bereitete man sich darauf vor, eins dieser Zimmer mit Schläuchen und piepsenden Monitoren zu betreten? Keine Ahnung. Mein Mut verpuffte, sobald die Türen hinter uns zugingen. Doch dann wurde mir Schutzkleidung in die Hände gedrückt, ich schlüpfte in einen Kittel, kämpfte ein Weilchen mit der Haube, unter die ich gewissenhaft jede Haarsträhne steckte, wechselte die Schuhe. Absolut unwirklich, das alles. Aber in einer solchen Aufmachung hatte ich wenigstens eine Chance, ein paar Worte mit ihm zu wechseln, bevor er mich erkennen und davonjagen würde, oder?

»Bereit?« Der freundliche Arzt kam zurück. Ich hatte kaum bemerkt, wie er rausgegangen war.

Bereit! Mein Herz schien unmittelbar in meiner Kehle zu pochen, es hallte in meinen Schläfen und tief im Magen. Ich folgte dem Arzt in den Korridor. Ich hatte das Gefühl, als würde ich eine Raumstation betreten. Als befände ich mich weit weg von allem Irdischen. Nicht hier, nicht jetzt – nirgendwo und überall zugleich. Vor einem der Zimmer blieben wir stehen. Kein Piepsen von Geräten. Es war so still, als wäre ich tatsächlich auf der ISS gelandet und nicht in einem Krankenzimmer. Ich schaffte es nicht, auch nur einen Schritt weiterzugehen – ins Schwerelose hinein, der Ungewissheit entgegen. Also blieb ich im Türrahmen stehen und betrachtete das Bett, in dem er lag.

Genauso stumm sah er mich an. Sein Blick war so leer, dass ich mich fragte, ob er wirklich noch lebte, dieser Junge, der sonst von Bäumen fallenden Mädchen auf einsamen Reitwegen half.

»Hey, du«, sagte ich.

Eine Weile starrten wir uns an. Dann zog er langsam die Kopfhörer aus den Ohren.

»Hey, du«, sagte er.

»Komm ruhig näher«, sagte der Arzt, ließ uns allein, und es fühlte sich an, als wäre alles, absolut alles bereits gesagt worden.

»Hey, du«, sagte ich wieder.

»Hey, du«, sagte er auch.

Ich bemerkte kaum die Schläuche und die Kabel, bemerkte kaum den Verband an seinem Kopf. Nicht einmal das unberührte Essen – Kartoffelpüree mit einem … Karottenbrei? Was ich bemerkte, waren seine kaffeebraunen Augen. Groß und matt in dem aschgrauen, ausdruckslosen Gesicht.

Einatmen. Ausatmen.

»Hey, du«, sagte ich wieder. Was wollte ich hier noch mal?

»Mein Gedächtnis wird nicht alle zwanzig Sekunden kurzgeschlossen. ›Hey, du‹ ist mir durchaus noch präsent.«

Seine Stimme klang fahl. Überhaupt wirkte alles an ihm fahl: die Haut, die Lippen, vor allem dieser Blick, mit dem er mich betrachtete.

»Und …« Ich räusperte mich. »Was macht die Kopfbeule?«

Ich hätte nicht hierherkommen dürfen. Ich hätte definitiv nicht hierherkommen dürfen!

»Tarnt sich als Schädel-Hirn-Trauma.«

Mein Mund fühlte sich ausgedörrt an.

»Vermutlich sollte ich dich erst einmal fragen, wie es dir geht, oder? Ähm. Genau. Wie geht es dir?«

»Ich pinkele in einen Plastikbeutel. Und wie ist es mit dir?«

»Na ja. Letzten Winter habe ich versucht, meinen Namen in den Schnee zu pinkeln. Von einem Balkon aus. Ich war etwas angetrunken!«, fügte ich schnell hinzu, weil er aussah, als wäre er kurz davor, auf seinen Panikknopf zu drücken. Immerhin regte sich etwas in seinem Gesicht. Ein Ausdruck, als würde er einen Verkehrsunfall beobachten. Ich räusperte mich. »Ich … ich sollte gehen, ja? Genau. Das wäre wohl das Beste.« Andere übten vor einem Spiegel, wenn es Wichtiges zu sagen gab. Würde mir auch nicht schaden. Beim nächsten Mal … Ja, beim nächsten Mal würde es besser laufen. Wenn ich mir die Worte erst einmal zurechtgelegt hatte. Beim nächsten Mal. »Ja, dann … dann gehe ich also. Du brauchst deine Ruhe. Hat der Arzt gesagt.« Rückwärts schob ich mich Richtung Flur.

»Wer bist du eigentlich?«

Ich stockte mitten in der Bewegung. »Hm?«

»Ich würde gern wissen, wer du bist. Bevor du gehst.«

»Was?«

»Auf keinen Fall meine Halbschwester. Da bin ich mir ziemlich sicher.«

»W-was?« Spätestens jetzt musste er mich schier für eine Intelligenzbestie halten. Ich tastete nach einem Stuhl. Nein, unmöglich, der Gedanke. »Warum erinnerst du dich nicht an mich?«

»Sollte ich?«

»J-ja?«

Seine Augen wurden wachsam. Suchend huschte sein Blick über mein Gesicht – und schien nichts zu finden. »Scheiße.« Beinahe erschöpft fiel sein Kopf zurück auf das Kissen. »Ich dachte, mein Blackout … tut mir leid.«

Blackout. Das einzige Wort, das ich begriffen hatte. Blackout.

»Du hast einen Blackout!«

Deshalb.

Nur deshalb ertrug er meine Anwesenheit.

»Ist halb so dramatisch.« Schwach tätschelte er meine Hand, mit der ich mich an seinem Bett abstützte und irgendein Kabel abdrückte. »Die Ärzte meinen, die Erinnerungen können jederzeit wiederkehren. Alles auf einmal oder häppchenweise. Gerüche, Geräusche, Bilder – alles könnte ein Auslöser sein. Ich muss nur geduldig sein. Blabla.«

»Mit anderen Worten: Sie haben keine Ahnung, hm?«

Etwas in seinen Mundwinkeln zuckte. Ganz vorsichtig, ganz zart. »So ungefähr.«

Wir schauten uns an.

Du musst es ihm sagen.

Das ist dir hoffentlich klar, oder?

Sonnenklar.

»Also, was die Sache angeht …«, murmelte ich. Leise. So leise, dass er mich nicht hörte.

»Egal.« Er rieb sich die Schläfen. »Ehrlich gesagt kriege ich Kopfschmerzen, wenn ich daran denke. An den Unfall, meine ich. Und trotzdem kann ich an nichts anderes mehr denken. Ach, lassen wir das. Im Moment geht mir ein ganz anderes Bild nicht aus dem Kopf.« Seine Mundwinkel zuckten wieder. Ein wenig selbstsicherer, wie es mir vorkam. »Und zwar, wie du von einem Balkon aus deinen Namen in den Schnee pinkelst. Wie geht *das* denn bitte schön?«

»Das willst du nicht wissen!« Ich drückte mein Gesicht in seine Matratze, wollte es, um genau zu sein – und erwischte mit der Stirn den Bettrahmen.

»Autsch!«

»Alles okay?« Mit einem Finger tippte er meine Schulter an. Ich fühlte nur die Messkappe, die seinen Herzschlag überwachte, aber diese Berührung … sie war ganz anders als das teilnahmslose Tätscheln von vorhin. Irgendwie menschlicher. »Bist du in Ordnung? Oder, wie man hier zu sagen pflegt: Wie füüühlen wir uns gerade?«

Ich musste lachen über so viel Anteilnahme. »Alles gut. Wollte nur in die Tischkante beißen. Beziehungsweise in ihrer Abwesenheit den Bettrahmen anknabbern.«

»Noch ein Bild, das ich nicht mehr aus dem Sinn bekommen werde.« Ich hörte ihn schmunzeln. Und … schmunzelte zurück.

Stopp, Rinnie. Halt. Seine Erinnerungen werden zurückkommen, und dann? Meinst du wirklich, du kannst ewig hier sitzen, seine Hand halten und … Warum hielt ich eigentlich seine Hand? Verschreckt ließ ich ihn los.

Durchatmen.

Gut so.

Du wirst es schon hinkriegen.

Es gab bloß ihn und mich und das, was ich zu sagen hatte. »Hör zu, was du über mich … über uns … wissen solltest …«

Hastige Schritte hinter mir. Ich drehte mich um und blickte ins wütende Winnie-Puuh-Gesicht. Daneben stand der junge Arzt, der alles andere als glücklich dreinschaute. Ich kannte ihn gut, diesen Ausdruck: Ärger für Rinnie im Anmarsch.

Schon polterte die Schwester los: »Wie kommst du hier rein? Habe ich nicht gesagt, dass nur enge Angehörige zu ihm dürfen? Der Rest der Welt kann ihn gerne besuchen, sobald er meine Intensiv verlässt.«

Ich schluckte. »Aber der Arzt da …«

»Was für ein Arzt da? Was für ein Arzt? Raus. Aber sofort.« Schon war sie bei mir, um mich aus dem Zimmer zu scheuchen. Ihr Redeschwall wollte einfach nicht aufhören und zwirbelte sich immer tiefer in meine Ohren, ich spürte schon ein leichtes Stechen in meinem Gehirn: »Der Arzt! Der Arzt! Ich fasse es nicht! Das sind mir die Liebsten. Einen Kittel überziehen und sich für die Allergrößten halten, was? Medizinstudenten! Kein Respekt vor irgendjemandem. Das wird noch Konsequenzen haben!«

»Aber sie hat gesagt, sie wäre seine Halbschwester«, rechtfertigte sich der junge Mann, während er hinter uns hertrottete.

»Halbschwester? Vor einer Viertelstunde war sie noch seine Freundin!«, echauffierte sich die Krankenschwester und schob mich umso bestimmter in den Korridor.

Im Rücken hörte ich ein schwaches »Hey, wie heißt du eigentlich? Und was war da mit uns?«.

Doch ich wurde schon den Flur entlangeskortiert, während der junge Kerl neben mir vergeblich versuchte, die Schwester zu besänftigen: »Er hat mit ihr geredet! Ich denke nicht, dass es ihm geschadet hat. Wenn man bedenkt, dass er sonst nur Löcher in die Wand starrt.«

»Denken sollen Sie bei Ihren Prüfungen, mein Lieber! Hier befolgen Sie Anweisungen. In diesem Fall meine.« Schwungvoll drehte sie sich zu mir. »Und was deine Besuche angeht: Nur über meine Leiche, ist das klar?«

»Sonnenklar.«

Ich beeilte mich, aus der Schutzkleidung herauszukommen.

Wenigstens weiß ich, dass es ihm gut geht, sagte ich mir. Alles im Lot. Bestimmt.

Zumindest bis seine Erinnerungen zurückkehrten.

Oder ich es ihm sagte.

Dass ich es war.

Das Mädchen, das …

Als ich am nächsten Morgen aus dem Haus kam, wartete keine Vroni auf mich. Seit ihr Vater ausgezogen war, bestand er häufig darauf, sie mit seinem Lexus bis ins Klassenzimmer zu bringen. Ich konnte mir gut vorstellen, dass Vronis alkoholbedingter Ausrutscher am Freitag ihn umso mehr angestachelt hatte, ihrer Mutter und deren Scheidungsanwälten unter die Nase zu reiben, wie unfähig sie war, auf ihre Tochter aufzupassen, und wie wunderbar er diese Aufgabe übernehmen konnte. Also reihte ich mich einsam und unwillig in den trägen Schülerstrom, der aus unterschiedlichsten Richtungen zum Schulzentrum floss. Eher unbewusst machte ich einen Schlenker zu unserem guten alten Nachbarn Gymnasium und kam mir selbst blöd vor, als ich mich dabei ertappte. Nur weil er hier zur Schule ging … Ich führte den Gedanken nicht zu Ende und beeilte mich, Richtung meiner »Gesamtschule mit Oberstufe« zu kommen, wie die Einrichtung neuerdings hieß. Aber auch nur, weil »The Dungeon« eine eingetragene Marke war.

Etwas abseits entdeckte ich Vroni, die sich hitzig mit diesem »Ich bin Christians Freund«-Typen unterhielt.

»Hey!«, rief ich, winkte und kam näher.

»… endlich in Ruhe, ich warne dich!«, wehte der Wind mir entgegen, bevor sie mich entdeckt hatte und mit einem »Rinnnnnchen!« auf mich zustürmte. »Na, du Knalltüte, hast mich gestern versetzt, was?«

»Hm?«, keuchte ich in ihrer Umarmung, die einem Wrestler-Griff gleichkam. So war sie nun einmal: kontaktfreudig mit einem charmanten Hang zum Tourette-Syndrom.

»Wir wollten doch gestern Abend bei dir abhängen. Aber deine Mum meinte, du wärst unterwegs und dem Geheimdienst lägen noch keine zuverlässigen Informationen vor, wo genau du dich herumtreibst.« Sie kicherte.

»Stimmt. Ich war …«

»… bei Christian im Krankenhaus?« Der Satz wurde für mich beendet – ich hatte schon ganz verdrängt, dass dieser Typ noch da war und uns beobachtete. »Ich könnte schwören, ich hätte dich dort gesehen.«

»Quatsch«, entfuhr es mir, bevor ich nachgedacht hatte.

»Was sollte sie auch da? Sie kennt ihn nicht mal!«, fauchte Vroni und hakte sich bei mir unter. »Komm, Rinnie. Wir haben gleich Deutsch.« Schon zog sie mich davon. Ich schaute zurück – der Typ stand noch an seinem Platz und beobachtete unseren Abgang.

»Was wollte er eigentlich von dir?«, fragte ich leise.

»Nichts. Also nichts Besonderes. Anscheinend ist er meiner Mutter so lange auf den Senkel gegangen, bis sie ausgeplaudert hat, dass ich am Freitag im Stall war.« Ihre Stimme brach. »Du … du weißt schon. Bei Casper. Caspar. Bleiben wir lieber bei CR? Na ja. Natürlich wollte Marcel wissen, ob ich gesehen habe, wer diese Plane aufgehängt hat. Dabei habe ich ihm schon tausendmal gesagt: Ich weiß nichts. Kann mich an nichts mehr erinnern. Der soll mich endlich in Ruhe lassen mit seinen Verschwörungstheorien.«

»Verschwörungstheorien?«

»Mach dir keinen Kopf, Rinnchen. Der Typ hat sie nicht mehr alle. Sag mir Bescheid, wenn er dich belästigt. Hm, hast du einen Stift für mich? Ich glaube, ich habe meine Federtasche vergessen.« Erst an unserem Klassenzimmer ließ sie mich frei.

Ich hatte mich in der Schule selten so unwohl gefühlt. In den Pausen war ich lieber allein, unfähig, am allgegenwärtigen Tuscheln teilzunehmen. Egal, wohin ich ging, schwebte es in der Luft:

… dass so etwas Furchtbares passieren musste …

… und so ein süßer Typ!

… wie schrecklich. Einfach nur schrecklich …

Als wäre die Sache weniger schrecklich gewesen, hätte er Pickel im Gesicht gehabt. Wenn ich das nur hörte! Sie hatten keine Ahnung. Sie hatten ihn nicht gesehen. Das blasse Gesicht auf dem weißen Kissen, die Augen wie Kaffeebohnen und dieses Lächeln, das sich nicht traute. Das mir galt. Auch wenn er bestimmt nicht mehr gelächelt hätte, würde er sich daran erinnern können, was bei seinem Unfall wirklich passiert war.

Schluss jetzt. Nichts sehen, nichts hören, nichts sagen – und am besten auch nichts denken. Irgendwann kühlte jede Gerüchteküche ab.

»He, Sabse aus der Klapse!«

Noch ein bisschen und ich wäre gegen Sören gelaufen. Mit einer Hand stützte er sich an der Wand ab, in seiner ganz eigenen Darbietung eines Möchtegern-Machos. Ich hatte irgendwann den Fehler begangen, ihm seine Hausaufgaben vorbeizubringen. Seitdem war er der Meinung, er müsste nur seinen zweifelhaften Charme ausspielen, um mich rumzukriegen.

»Ein paar Kumpels von mir und ich wollen heute zu einer

Party. Kommst du mit oder machst du lieber weiter auf Spaßbremse?«

»Beim Bremsen bist du eher der Vollprofi.«

Kapierte er natürlich nicht, was meine These nur noch stützte. »He, warte doch!« Er versperrte mir den Weg und setzte sein breitestes Grinsen auf. Strahlend wie Fukushima. »Ich bin noch nicht fertig mit dir.«

»Sag ich doch. In den meisten Belangen bist du eben nicht der Schnellste, was?«

Er lief schon ganz rot an. Unsere Konversationen endeten oft in liebevollen Hasstiraden, die er in meine Richtung ausstieß. Hoffentlich kriegte er dabei noch genug Luft. Ihn Mund zu Mund zu beatmen, war keine angenehme Vorstellung.

»Für wen hältst du dich eigentlich?« Er schubste mich.

»Aua. Hast du es schon mit Yoga versucht, um gegen deine Stimmungsschwankungen anzugehen?«

»Ich zeig dir gleich Yoga!« Wieder grinste er, sein Gesicht tief zu meinem gebeugt. »Und wenn du magst, Kamasutra auch gleich mit.«

»Verschwinde«, tönte es hinter uns. Ich beschloss, der Aufforderung besser Folge zu leisten, solange mein liebestoller Schulkamerad abgelenkt war, wurde jedoch zurückgehalten. »Du nicht. Ich muss mit dir reden.«

Erst jetzt realisierte ich Marvel-Marzel-Marzahn-Marzipan neben mir, und wenn ich seine Miene richtig deutete, sollte ich mir lieber Sörens Gesellschaft zurückwünschen. Aber Sören war weg – und die anderen Schüler zogen unbeeindruckt an uns vorbei.

»Hi. Du.« Viel mehr wollte mir einfach nicht einfallen. »Du bist doch … ähm …«

»Marcel«, half er mir auf die Sprünge. »Aber die meisten nennen mich Marshal.«

»Du treibst dich so oft bei uns herum, man könnte glauben, du wärst zu schlecht für dein Gymnasium.«

»Keine Sorge. Ich mach es mir hier schon nicht gemütlich. Eigentlich könnte es mit mir sogar ziemlich ungemütlich werden.«

»Oh, oh. Tja, ich habe gleich Englisch, also …«

»Ich muss mit dir reden.« Zögernd pulte er an seinen Fingernägeln. So draufgängerisch wie vorhin sah er nicht mehr aus. »Über das, was passiert ist. Ich habe das Gefühl, da steckt mehr dahinter. Veronika …«

»Lass sie aus dem Spiel! Sie hat genug um die Ohren, da musst du ihr nicht auch noch auf die Pelle rücken. Sie hat mit der Sache nichts zu tun. Es war ein Unfall, oder nicht? Die Plane hat das Pferd erschreckt. So ist es doch gewesen, hab ich recht?«

Ich brach ab. Etwas in meinem Redeschwall schien ihn aufhorchen zu lassen.

»Moment mal.« Seine schwarzen, gegelten Strähnen kamen mir wie Einschnitte auf seinem blassen Gesicht vor. Wie spitze Nadeln. Das knackende Geräusch seiner Fingernägel jagte Gänsehaut über meinen Leib. Worüber grübelte er? War ich zu unachtsam, hatte ich zu viel verraten? Ich wollte ihm keine Zeit zum Nachdenken lassen.

»Da waren wohl ein paar Öko-Aktivisten am Werk. Wie willst du sie ausfindig machen? Lass es sein.« Ich hörte, wie die Worte kamen, doch meine Lippen spürte ich nicht. Als wäre alles an mir taub geworden.

»Ich weiß nicht. Er hat mir zwar eine Whatsie geschickt,

dass es bei ihm gerade etwas stressig ist. Aber ich habe mir nicht viel dabei gedacht, und Kathi – sie hat sich schon so lange darauf gefreut, sein Pferd zu streicheln.«

»Kathi?«

»Meine kleine Schwester. Sie ist zwar erst drei, aber schon völlig pferdeverseucht. Also sind wir zum Stall.« Er hielt inne. »Aber da war er nicht. Dann kam sein Pferd völlig verstört zurück. Ich bin den Weg entlanggelaufen – und da lag er.«

Also war er es, pochte es in meinen Schläfen – dunkel, dumpf wie mein eigener Herzschlag. Er war es. Der Christian gefunden hatte. Der bei ihm geblieben war. Der wusste, was es für ein Gefühl war, fremdes Blut an den Händen zu spüren.

»Da lag er.« Knicks-knacks. Eine Weile hörte ich nur das unregelmäßige Geräusch der Nägel und seinen Atem, der sich langsam beruhigte. »Welcher Öko-Aktivist würde eine Plane ausgerechnet mit einem Lippenstift beschriften?«

Gefühle, Gedanken – als würde sich die Taubheit immer mehr ausbreiten. »Ich …«

Es klingelte. Zum Glück.

»… muss weg. Hab Englisch. Sorry.«

»Warte!« Er versuchte, mich zurückzuhalten, doch ich wand mich unter seinen Händen hervor. »Verdammt! Du weißt doch etwas, oder?«, rief er, und ich hörte Verzweiflung in seiner Stimme. »Du bist ihre beste Freundin, du musst doch etwas wissen!«

»Nur dass sie damit nichts zu tun hat.«

Regungslos starrte er mich an. »Was verheimlicht ihr?«

»Nichts.« *Das* war mehr als mein Schweigen. Das war eine Lüge. Aber die Wahrheit gehörte Christian. Und erst dann allen anderen. »Ich muss dann mal. Tschüss.«

»Meinst du, ich finde nicht heraus, was da bei euch läuft?«, rief er mir hinterher.

Ich fuhr herum. »Meine Güte! Was willst du denn von mir hören? Ich kenne deinen Christian nicht einmal! Jetzt lass mich endlich in Ruhe! Kapiert?«

Völlig atemlos huschte ich in den Klassenraum. Manchmal konnte auch Englisch eine Erlösung sein.

Keine Ahnung, was ich mir dabei gedacht hatte. Karminrot schrie mich die Aufschrift wach und alles davor war wie ein einziger Kurzschluss meines Verstandes.

Dressur ist Tierquälerei
Schaut! Nicht! Weg!

Ich senkte die Hand mit der Spraydose und taumelte einige Schritte zurück. Na, gut genug für ein paar Öko-Aktivisten?, stieg eine fiese Stimme in mir hoch, und mir wurde ganz flau. Ich brauchte doch nur ein bisschen Zeit. Zeit, um es ihm zu sagen.

Hör auf, Rinnie.

Dein Gestammel macht es auch nicht besser.

Ich warf die Spraydose in meinen Rucksack. Am besten, ich verschwand von hier, und zwar schleunigst. Mir einzureden, dass es richtig gewesen war, würde ich sowieso nicht schaffen. Und es zu bedauern, dürfte mehr als spät sein – so leicht ging die Graffiti-Farbe von Stallwänden nicht ab. Manchmal konnte selbst ein harmloser Lippenstift wie in Stein gemeißelt sein. Getan war getan. Ich schulterte meinen Rucksack und drückte mir das Käppi tiefer ins Gesicht.

Bereits von Weitem sah ich mein Fahrrad, das am Zaun lehnte, der stumme Zeuge, der mich jederzeit verraten konnte. Ich musste mich zügeln, um nicht hinzurennen, mir meine Roströhre zu schnappen und alles hinter mir zu lassen. Aber ein

Mädchen, das hektisch quietschend davonradelte, würde zu viel Aufmerksamkeit auf sich ziehen. Zumal mir gerade zwei Frauen entgegenkamen, und die Blicke, die die beiden mir zuwarfen, schienen mehr als skeptisch zu sein. Rasch drehte ich mein Gesicht weg. Machte mich damit umso verdächtiger. Oder bildete ich es mir nur ein? Was ich mir definitiv nicht einbildete, waren Stimmen, die vom Hof tönten. Die beiden Frauen blieben stehen, tuschelten, doch obwohl ich immer näher kam, verstand ich kein Wort. War meine Botschaft entdeckt worden? So schnell? Ich verlangsamte meine Schritte, auch wenn ich lieber rennen wollte, und als eines der Gebäude die Sicht auf den Hof freigab, hielt ich inne.

Christians Pferd, was machten die mit seinem Pferd?, pochte es in meinen Schläfen und verdrängte jeden anderen Gedanken. Es stand mit gesenktem Kopf da, umgeben von ein paar Menschen, die es festhielten. Einer von ihnen wickelte behutsam einen Verband ab, der die gesamte Brust und den Torso des Tiers umspannte. »Mobile Tierarztpraxis« las ich auf der Seitenwand eines Vans, der in der Nähe parkte.

Zum Dübel mit der ganzen Vorsicht!

Ich lief auf den Hof zu, war fast da, als sich ein Mann aus der Gruppe löste und zu den Stallungen ging. Ich schnaufte ihm hinterher; meine Sachen, allen voran die Spraydose, klapperten im Rucksack, als wäre die Augsburger Puppenkiste hinter mir her, doch ich beachtete die Geräuschkulisse nicht, dachte nicht daran, dass es mich verraten könnte – ich hatte nur eins im Sinn: »Warten Sie! Hallo? Warten Sie! Können Sie mir sagen, was passiert ist?«

»Ein Unfall«, warf der Mann mir über die Schulter zu, ohne anzuhalten.

»Ich weiß, ich weiß! Es gab einen Unfall … Mit dem Pferd, was ist mit dem *Pferd* passiert?«

Endlich blieb er stehen: vielleicht Ende vierzig, klein, muskulös-kompakt, mit Wuschelhaar, das vermutlich einem Hardcore-Hippie geklaut worden war. Schweigend sah er mir zu, wie ich vor ihm druckste und meine Finger knetete, an denen nicht mehr das Blut, aber bestimmt winzige Farbsprenkel klebten.

»Das Pferd«, erklärte er schließlich, »ist in einen Stacheldrahtzaun gelaufen.«

Ich schluckte. Mit einem Mal fühlte sich mein Mund ganz trocken an, und das einzige Wort, das ich hervorbrachte, schien auf meiner Zunge kleben zu bleiben: »Schlimm?«

»Es hat sich die Brust aufgerissen. Also ja, schlimm.«

Die Welt war plötzlich wie in Watte gepackt.

Nur langsam tropften seine Worte in meinen Verstand, Silbe für Silbe, wie ein tiefes, beruhigendes Brummen: »Es ist in guten Händen. Das wird schon wieder. Keine Angst.« Zögernd tätschelte er meine Schulter. Und als ich es endlich geschafft hatte, wieder zu atmen, war er schon weg.

Ich brauchte einen Moment, um das »Alles wird gut« zu begreifen, um den verlorenen Blick des Pferdes einzufangen, den es mir auf die Entfernung zuwarf, um mich zu fragen, was ich getan hatte.

»Bist du eine Freundin von ihm?«

Ich zuckte zusammen. Hinter mir stand eine der Frauen, der ich auf dem Weg zu meinem Fahrrad begegnet war, groß und korpulent – allein aus ihrem kleinen Finger hätte man eine ganze Adele formen können. Was für ein Zugpferd sie auch immer tragen musste, es tat mir ziemlich leid.

Offensichtlich hatte die Dame mein Zusammenzucken als Ja interpretiert: »Wie geht es ihm denn? Man hört ja so einiges.«

Irgendetwas schien mich zu verraten. Die Frau sah mich an, als wäre sie sich nicht mehr sicher, ob ich eine fiese Lügnerin war, die den Stall ausspionierte, oder doch noch ein wunderbarer Grund für die nächste Tuschel-Aktion mit ihrer Freundin. Die nicht lange auf sich warten ließ: »Maria? Wer ist das?«

»Sie sagt, sie ist eine Freundin von Christian Steggen.«

»Der arme Junge! Ich hätte mir nie vorstellen können, dass so etwas ausgerechnet ihm passiert, ich weiß auch nicht, ich denke immer wieder daran, wie ich am Freitag …«, sie schaute zu ihrer Freundin auf, redete weiter, mit mehr Nachdruck, als müsse sie unbedingt etwas richtigstellen, gar beweisen. »Erinnerst du dich? Als ich zurückmusste, weil ich meine Sachen vergessen habe? Ich könnte schwören, da habe ich gesehen, wie …«

… ich die Leine klaute? Die Präsenz der beiden drohte mich zu erdrücken, jedes »Was wollen Sie von mir?« im Keim zu ersticken.

»Richte ich ihm aus!«, stieß ich hervor und stolperte ein paar Schritte rückwärts. »Die schönen Grüße und so. Jetzt muss ich los, tut mir leid.«

Ich machte auf der Stelle kehrt, und auch wenn ich wie in einem Mantra auf mich einredete, nicht zu hastig zu gehen, merkte ich schon bald, wie meine Schritte immer schneller wurden.

Doch weit kam ich nicht. Vor dem Zaun, direkt neben meinem Fahrrad, stand Marshal. Wie ein Mahnmal schien er überall aufzutauchen, wo ich heute hinging. Suchte er nach Spuren? Hinweisen? Beweisen?

Vielleicht hatte er mich noch nicht bemerkt.

Ich drehte mich um und rannte in die andere Richtung, weg von den Frauen und weg von Marshal, mit meinem hüpfenden und rumpelnden Rucksack und diesen Blicken in meinem Nacken, die ich zu spüren glaubte. Zurückzusehen wagte ich nicht.

Wenn der Pelz auf dem Geschirr zu dir
zu sprechen beginnt, so antworte höflich.
Irgendwie Konfuzius
und Mama

Ich pflückte den quietschorangen Zettel vom Geschirrspüler und überlegte kurz, die restlichen Teller einzuräumen und das Ding endlich einzuschalten. Aber alles in mir sträubte sich ganz entschieden gegen jegliche Hausarbeit. Ich klebte den Zettel zurück, plünderte das Eisfach – zum Glück war die Langnese-Packung noch voll –, holte eine Flasche Cola, dazu eine Tüte Chips, nur für alle Fälle, und machte es mir auf der Couch vor dem Fernseher gemütlich. Dass mich ausgerechnet KIKA mit vorbeigaloppierenden Bibi und Tina begrüßte, verleitete mich fast dazu, die Fernbedienung in den Bildschirm zu werfen. Meine Gemütsverfassung drohte nachdrücklich mit einem schweren Nervenzusammenbruch, wenn ich auch nur eine Sekunde länger fröhlichen Pferden und singenden Reitern zusah. Ich schaltete ab, beförderte mir einen großen Löffel Eis in den Mund und half mit einer Handvoll Chips nach.

»Oh, oh.« Noch in ihren Mantel gehüllt, kam Mum herein. Treffsicher warf sie ihre Schlüssel in die Krimskramsschale auf der Kommode, ohne den Blick von mir abzuwenden. »Ich habe noch eine Notration Schokolade in meiner Nachttischschublade. Interesse?«

»Wieso bist du denn schon zu Hause?«, brummte ich statt einer Antwort.

»Kopfschmerzen. Wenig zu tun. Mütterliche Vorsehung.« Sie zuckte mit den Schultern, schlüpfte aus ihrem Mantel und pfefferte die Schuhe in eine Ecke. »Nenn es, wie du willst.«

»Aha. Und ich dachte, du hättest es endlich geschafft zu kündigen. Um dein Leben nicht weiter in einem Callcenter zu vergeuden.« Frustriert pustete ich mir den Pony aus der Stirn. *Pony* …Wurde ich die Einhufer nie mehr los?

»Magst du darüber reden?« Mum setzte sich zu mir. Ein Bein unter den Po geschoben, betrachtete sie mich von der Seite. »Oh, doch so gesprächig?«, meinte sie schließlich mit einem schalkhaften Blitzen in den Augen. »Dann lass uns gleich die Liste durchgehen, ja: schwanger?«

»Na klar, in meinem Fall ist es doch viel wahrscheinlicher, von einem Alien als Brutkasten auserkoren zu werden.«

»Drogen?«

Nun hatte sie mir doch noch ein Lächeln entlockt. Ich deutete auf die Flasche vor mir: »Zählt die Überdosis Cola dazu?«

»Ich bin gewillt, es zu übersehen.« Ihre Stimme wurde ernst. »Was beschäftigt dich dann?«

Zu viel, um es noch in Worte fassen zu können. Womöglich gab es dafür auch gar keine Worte mehr.

Schweigend kuschelte ich mich an sie und hörte dem regelmäßigen Schlagen ihres Herzens zu. Sie legte einen Arm um mich. »Na, wenn eine Teenagertochter Schmuseeinheiten einfordert, muss es echt schlimm sein«, hörte ich ihre leise Stimme …

… und spürte, wie sich in meinen Augen die Tränen sammelten.

»Du kannst es mir sagen, das weißt du doch, oder?«

Ich spürte ihre Hand, die zärtlich über meinen Kopf strich. Wie in den Kindertagen, als man mit Puste-Puste jeden Kummer und jedes Wehwehchen wegzaubern konnte. Ich schloss die Lider und da kamen die Tränen doch noch.

»Wenn du mich brauchst, bin ich für dich da, Schatz«, flüsterte sie. »Egal, was passiert.«

Ich bin für dich da – es blieb irgendwo zwischen uns schweben, hilflos wie wir beide.

Abends kramte ich mein Kinder-Nachtlicht hervor, eine Plüschschildkröte mit einem leuchtenden Plastikpanzer. Aber auch der schwache Schein meines Fonsels konnte mich nicht über die stumme Dunkelheit hinwegtrösten, vor allem nicht über die in mir drin. Ich grub das Gesicht in mein Kissen und drückte Fonsel fest an mich. »Ich habe Angst«, flüsterte ich. Dass Marshal alles erfährt, dass Christian sich erinnert, dass ich alle, die mir wichtig sind, durch das, was ans Licht kommt, verliere. Aber die Angst war nichts im Vergleich mit der Schuld.

Das Scheppern des Weckers läutete brutal den Morgen ein. Wie oft hatte ich mir ein Radio gewünscht, das diese Aufgabe ein wenig sanfter übernehmen würde! Mit einem beherzten »Guten Morgen, liebe Sorgen« zum Beispiel. Nur nicht mit dem Lärm einer Pseudo-Blaskapelle, der mich jedes Mal dazu verleitete, das Ding in eine Ecke zu pfeffern.

Mum schlief noch. Ich wollte sie nicht wecken, also schlich ich an ihr vorbei in den Flur, meine Klamotten und Schulsachen im Arm. Kurze Zeit später lief ich aus dem Haus, war schnell an der Hauptstraße, um im alltäglichen Trott endlich unterzutauchen.

»Rinnnnnieeeeeeeee! Na, du untreue Tomate? Wolltest du ohne mich los?« Kumpelhaft schlug Vroni einen Arm um mich, dass mir fast die Luft ausblieb.

»Nein, Quatsch.« Ich stupste sie an. »Sorry, bin in der letzten Zeit nur etwas neben mir.«

»Ach guck. Der schon wieder.« Grinsend deutete sie auf einen Typen mit Kopfhörern, der in Baggy-Jeans vor uns schlenderte, und bevor ich ihn auch nur ansatzweise einsortieren konnte, schwatzte sie ihm bereits eine Zigarette ab. Jede Wette, den Trick hätte sie auch bei einem Nichtraucher fertiggebracht. Vroni konnte Leute umgarnen, sie einschüchtern, durcheinanderbringen – und manchmal alles gleichzeitig, sodass sie nicht wussten, wie ihnen geschah, und sie ihr Feuer zur gerade erbettelten Kippe reichten. Schwungvoll lief sie weiter, ich musste mich sputen, um sie einzuholen. Hinter uns blieben der verdutzte Typ zurück, der nicht schnell genug war, Vroni nach ihrer Handynummer zu fragen, und ein Lexus, der die Straße entlangschlich.

Moment mal. Ich drehte mich um und zupfte Vroni am Ärmel. »Ist das nicht dein Vater?«

Sie schaute zurück, streckte ihre Zunge raus und zeigte dem Lexus einen Mittelfinger in der besten Miley-Cyrus-Manier.

»Vroni? Ist was los?«, drängte ich. Sollte sie wieder einmal zwischen die elterlichen Fronten geraten sein, musste ich es wissen. Um die eine oder andere Tetrapak-Wein-Tüte vor ihr in Sicherheit zu bringen.

Aber sie winkte nur mit ihrer Zigarette ab. »Mach dir keinen Kopf drum.«

»Ja, klar, und worum geht es dieses Mal? Will dein Vater die Vase seiner Großmutter zurückhaben und deine Mutter sämtliche Manschettenknöpfe, die sie ihm zu den Hochzeitstagen geschenkt hat? Wenn ich raten müsste, würde ich sagen, dass du heute die Vase zerbrochen und die Knöpfe das Klo runtergespült hast, stimmt's?«

Ich hörte, wie eine Autotür aufging. Ihr Vater stieg aus: ein kräftiger Mann mit einer rasierten Glatze. In einen maßgeschneiderten Anzug gekleidet, war man bei seinem Anblick nie sicher, welchem Ideal er mehr nacheiferte, dem rücksichtslosen Mafioso oder einem durchtriebenen Manager.

»Veronika?«, rief er, und seine brüchige, kleinmütige Stimme passte zu keinem der Vorbilder. »Warte doch bitte, ich werde dir alles erklären! Es tut mir leid. Ehrlich. Ich weigere mich einfach einzusehen, warum ich für etwas zahlen muss …«

»Da entlang!«

Vroni packte meinen Arm und zog mich zu einem kleinen Laden, der gerade aufgemacht hatte, um die Passanten mit frischem Kaffee und Tagesschlagzeilen zu versorgen.

»Haben Sie einen zweiten Ausgang?«, fiel Vroni über eine junge Verkäuferin her, die gerade einen Ständer mit Zeitungen auf den Bürgersteig räumte. »Der Typ da verfolgt uns schon die ganze Zeit. Muss irgendein Perverser sein. Helfen Sie uns, bitte!«

»Vroni«, zischte ich, doch sie schob mich bereits in den Laden. Die Gänge zwischen den Regalen waren eng, der Raum – nur spärlich beleuchtet. Die Auslagen boten alles an von Kühlgetränken und Zigaretten bis zu Gummibärchen. Hinter uns kam die verdutzte Verkäuferin herein, hastig machte sie die Tür zu und spähte durch das Glas.

»Ich Polizei rufen?«, stammelte sie mit rollendem R und harten Konsonanten.

»Ja, die Polizei – das ist eine gute Idee! Der Typ hat es nicht anders verdient. Jungen Mädchen nachzustellen! Jemand muss ihm beibringen, was sich gehört.«

»Vroni«, versuchte ich es noch einmal, allerdings waren meine Bemühungen, sie zur Vernunft zu bringen, selten von Erfolg gekrönt.

»Ein zweiter Ausgang?« Schon zog Vroni mich den Gang entlang in das Innere des muffigen Ladens. »Danke!«

Wir polterten aus der Tür in einen kleinen Hof, in dem an der Wand entlang aufgestellte Mülltonnen ihren Geruch ausdünsteten. Irgendwo hinter den Häusern rauschte ein Zug vorbei, ansonsten: keiner zu sehen oder zu hören.

»Den sind wir erst einmal los«, verkündete Vroni. Unter dem Saum ihrer Jacke zog sie ein Jägermeister-Fläschchen heraus, schraubte den Verschluss auf – »Prost! Willst du auch was?« – und kippte sich den Inhalt in den Mund.

»Oh Gott, wo hast du das denn her?«, protestierte ich, reichlich spät, denn das Fläschchen war bereits leer und flog in den Müllcontainer.

Mit einem Nicken deutete Vroni zum Laden.

»Du hast es einfach mitgenommen? Ehrlich, ich weiß nicht, was ich schlimmer finden soll: dass du im Vorbeigehen klaust oder dass du trinkst, wo es nicht einmal acht Uhr ist.«

»Ach, Rinnie.« Sie rümpfte ihre Stupsnase. »Du bist manchmal so eine Spielverderberin. Ich hab's gebraucht, okay?«

»Nein, es ist nicht okay! Außer du sagst mir endlich, was los ist, dass du schon um diese Uhrzeit einen Shot brauchst!«

Ihr Blick huschte hin und her, beinahe ungläubig, dass ich ihr das tatsächlich ins Gesicht warf.

»Vroni, bitte. Sag doch was!«

Der Ausdruck in ihren Augen wurde weicher, als würde ihre übliche »Ärger? Du kannst mich mal!«-Maske nach und nach abbröckeln und ihr ganzes Unglück darunter blank legen. »Weißt du noch, wie Paps mich vorletzte Woche ins La Isola ausgeführt hat? Ganz schick mit allem Pipapo.«

»Klar. Ich habe immer noch Plattfüße nach der Wahnsinns-Shoppingtour, die wir zu dem Anlass veranstaltet haben.«

»Er hat mir die Ohren vollgesäuselt, wie sehr er mich vermisst, dass er mehr Zeit mit mir verbringen möchte, dass es ihm so megaleid tut, was ich gerade alles durchmachen muss … blablabla und sülz und alles.« Sie biss sich auf die Unterlippe. »Ich glaube, ich habe ihm erzählt, dass Mutter befördert wurde. Nein, ganz sicher habe ich das, ganz sicher.«

»Ja, und?«

»Ja, und?«, äffte sie mich nach und verdrehte die Augen. »Gott, Rinnie, du kannst echt froh sein, dass dein Vater sich aus dem Staub gemacht hat, als du noch ein Baby warst. Begreifst du das nicht? Das Arschloch war mit mir essen, um mich weichzuklopfen und auszufragen!« Schrill gellte ihre Stimme durch den leeren Hof. Dann wurde es still. »Sein Anwalt meint jetzt, Vater ist nicht mehr verpflichtet, meiner Mutter etwas zu zahlen.«

»Und was sagt deine Mutter dazu?«

»Was sie dazu sagt? Gar nichts. Sie hat heute Migräne.« An der Wand entlang rutschte Vroni in die Hocke und senkte den Kopf in die Handflächen. »Sie liegt im abgedunkelten Schlafzimmer und weint.«

Ich kauerte mich neben sie. »Das tut mir echt leid. Willst du … willst du heute zu uns? Wenn du magst, kannst du bei uns übernachten.«

»Mal gucken. Danke.« Sie seufzte und rieb sich über das Gesicht. »Was hältst du davon, wenn wir blaumachen? Ehrlich gesagt hab ich heute keinen Bock auf die Schule.«

»So weit kommt's noch.« Ich zog sie auf die Beine. »Wir gehen ganz brav zum Unterricht. Mich haben sie nur auf Probe versetzt, und hast du letztens nicht in Physik behauptet, dass Schrödinger die Katze erfunden hat?«

Nach einer Weile schaffte ich es tatsächlich, sie Richtung Schule zu bewegen, und wenn sie eins konnte, dann sich nichts anmerken zu lassen. Schon auf der Hauptstraße war sie ganz die Alte, und als wir vor dem Schulzentrum auf Sören trafen, lief sie zu Höchstform auf.

»Guck mal einer an, die Bohnenstange und ihr Airbag!«, begrüßte er uns mit seinem unverwechselbaren sörenschen Charme, voll nach seiner ganz persönlichen Auslegung des Spruchs ›Was sich neckt, das liebt sich‹, woraufhin sie konterte: »Ein Airbag hätte dir auch nicht geschadet, wenn ich mir deine Fresse ansehe.«

Das hieß wohl: Der Schultag hatte begonnen.

Vor dem Schuleingang wartete Marshal auf mich, daneben stand Annabelle, die ihm etwas zuflüsterte, woraufhin er bedächtig nickte.

Während Vroni selbstsicher auf die Schule zusteuerte, trat ich einen geordneten Rückzug an. Klar, ich würde nicht ewig davonlaufen können. Aber das brauchte ich auch nicht, beteuerte ich mir. Das Einzige, was ich wollte, war doch, mit Christian zu reden, bevor die Wahrheit über den Unfall ans Licht kam.

Ich fuhr zu ihm, um es endlich zu sagen.

Ich fuhr zu ihm, damit das alles ein Ende fand.

Die Clogs der Krankenschwester quietschten geschäftig über den Linoleumboden. Nur über meine Leiche, junge Dame, nur über meine Leiche, versicherte mir ihr Wachpuuh-Blick, und ich wusste: Nicht einmal die Zimtschnecke, die ich in der Bahnhofsbäckerei gekauft hatte, würde sie milde stimmen. Ich seufzte, stützte die Ellbogen auf meine Oberschenkel und beugte mich über mein Schulzeug, mit dem ich mich vor der Intensiv ausgebreitet hatte. Ich hasste Polynomdivision. Zumindest im Moment. Irgendwie schaffte Mathe es immer wieder, etwas hervorzubringen, was ich noch mehr hasste als alles andere zuvor. Und langsam musste ich feststellen, dass sie sich nicht einmal als eine gute Ablenkung von meinen Gedanken eignete. Hier zu sitzen, war, wie in einer ganz anderen Welt mit ihren ganz eigenen Gesetzen zu verweilen, fernab von blöden Sören-Sprüchen oder pausenfüllenden Konversationen über die neuesten Taschentrends, die sich die Hälfte der Mädchen eh nicht leisten konnte. Ich stellte fest, dass ich gern hier war. Unter Menschen, die ich überhaupt nicht kannte und die über mich genauso wenig wussten.

Diejenigen, die nach den Anweisungen des Wachpuuhs draußen bleiben mussten, entpuppten sich als erstaunlich gesprächige Gesellen. Denn reden war das Einzige, was ihnen noch blieb, während sie lernten, auf die Fähigkeiten der Ärzte zu vertrauen. Ein Kerl Mitte zwanzig erzählte mir, er käme als seelische Unterstützung für seine Freundin – ihre Oma war bei einem Autounfall verunglückt, inzwischen außer Lebensgefahr. Ein tiefes Aufatmen. Ein Lächeln und ein erfreutes Winken – seine Freundin kam gerade heraus, eine zierliche junge Frau, die mich ein wenig an eine Stewardess erinnerte, die jeder Turbulenz standhielt. Ob sie morgen noch einmal käme, wollte ich wissen. Ob sie einem Jungen vielleicht einen Gruß von mir bestellen würde, sollte sie an seinem Zimmer vorbeikommen? Damit er wenigstens wusste, dass ich da war.

Irgendwann schaffte ich es, mich wieder in die Aufgaben zu vertiefen – was konkret bedeutete, dass ich alle Potenzen in Gänseblümchen verwandelte –, da glitten die Türen der Station auseinander. Ein Pfleger rollte ein Bett heraus, das einer Mini-Intensiv auf Rädern glich: Kabel, Schläuche, blinkende Monitore, alles dabei, ein Wunder der Technik, und mittendrin –

»Christian!«

Ein Glück, dass mir nichts peinlich war. Auch nicht, den Namen eines hübschen Jungen durch den Krankenhausflur zu brüllen.

Der hübsche Junge schaute mich perplex an. Sein Blick glitt über das Chaos zu meinen Füßen, dann wieder hoch zu meinem Gesicht. »Was machst du hier?«

Ich sprang auf, meinem hüpfenden Herzen hinterher. Keine Ahnung, warum es in diesem Augenblick beschlossen hatte, wilde akrobatische Kunststücke vorzuführen. »Polynome misshandeln. Und du?«

»Einen Ausflug zum CT unternehmen.«

Der Pfleger machte halt. Als spüre er etwas, als würde er auf mich warten. Dass ich etwas Wichtiges sagte, sagen musste, das, warum ich hierhergekommen war …

»Eigentlich wollte ich …« Ich bekam kaum Luft. Was wollte ich? Nicht jetzt, auf keinen Fall jetzt. So zwischen Tür und Angel. »Nun ja, diese Sache mit Polynomen. Du hast nicht zufällig eine Ahnung, was man mit einem Monsterding anstellt, damit man es durch ein anderes Monsterding teilen kann?«

Seine Augenbrauen zuckten hoch. »Muss zugeben, das hat mich heute noch keiner gefragt.«

Ich trat näher. Sein Gesicht wirkte eingefallen, die hohen Wangenknochen zeichneten sich zu deutlich unter seiner Haut ab, das Kinn erschien mir beinahe spitz.

»Was ist?« Erst da bemerkte ich seine ausgestreckte Hand. »Zeig schon her.«

»Ähm … echt jetzt?«

»In den letzten Tagen habe ich irgendwo meinen Sinn für Humor verloren. Wenn du ihn findest, bring ihn mir zurück. Bis dahin: Ja, echt jetzt.«

»Okay, Einstein. Wie du meinst.«

»Einstein war eher Physiker. Wenn schon, dann Évariste Galois.«

Aha. Seinem Blick nach zu urteilen, nahm er tollkühn an, ich wüsste, von wem er sprach.

»Nachhilfe in Physik würde ich auch nicht ablehnen. Wie wär's gleich mit Chemie? Dafür nenne ich dich sogar Marie Curie, wenn du willst.«

Etwas Freches, beinahe Lebendiges blitzte in seinen Augen auf und ich mochte diesen Anblick, ich mochte ihn so sehr!

»Marie Curie? Geht klar. Du musst dich aber beeilen, wir machen hier nicht den ganzen Tag Rast.«

Ich schnappte mir den Collegeblock mit meinen Arbeitsblättern vom Boden und hastete dem Bett hinterher, das der Pfleger weiter Richtung Aufzug schob.

»Hier!« Aus voller Kraft wedelte ich mit den Zetteln. »So eine vermaledivte Drecksaufgabe!«

»Vermaledeite. Mit den Malediven hat das leider nichts zu tun. Auch wenn ich da viel lieber wäre als hier.«

»Oho. Schade, dass du mit deinem Sinn für Humor nicht auch deinen Sinn für die Erbsenzählerei verloren hast.«

Endlich sah ich, dass er mir vorsichtig zulächelte, und lächelte zurück.

»Bist du dir sicher, dass du es dir anschauen willst? Das Zeug ist absolut un-ge-heu-er-lich und nur bedingt für angeschlagene Schädel geeignet.« Keine Ahnung, warum ich flüsterte. Als hätte ich Angst, sein Lächeln zu verschrecken.

»Keine Sorge«, flüsterte er zurück. »Ich werde hier von allen so sehr geschont, dass ich froh wäre, in meinen angeschlagenen Schädel irgendwas anderes zu bekommen als das Gerede darüber, wie sehr ich mich schonen sollte.« Er nahm mir den Block und den Kugelschreiber aus der Hand. »Bis nachher dann.«

Der Aufzug kam. Der Pfleger schob das Bett hinein, die Anzeige sprang auf »Krankentransport« um. Ich durfte nicht mit, schon klar – nur zuwinken. »Aber mit einem Lösungsweg, hörst du? Unbedingt mit einem Lösungsweg!«

Ich glaubte fast, ihn lachen zu hören, als die Türen zugingen, und mein Herz hüpfte wieder.

Er würde es schaffen.

Nicht nur Polynome in die Knie zwingen, sondern dieses Krankenhaus verlassen, sich auf sein Ross schwingen und in den Sonnenuntergang abzischen. Und vielleicht wäre dann auch meine Wahrheit nur halb so schlimm, sodass wir irgendwann zusammen darüber … lachen könnten. Vielleicht.

Ich hatte mein Handy stumm geschaltet. Nun wieder allein und ohne Matheaufgaben holte ich es hervor, um nachzuschauen, ob mich jemand zu erreichen versucht hatte, und siehe da: ein verpasster Anruf meiner Mum. Dazu unzählige Nachrichten von Vroni, angefangen mit »Mir ist langweilig« (der Uhrzeit nach zu urteilen aus dem Reli-Unterricht), dann »Laaaaaaaaaaaaaaaaaaaangweilig«, was nicht weiter verwunderte, und schließlich »Melde dich. Sofort. Ich muss dir unbedingt etwas erzählen« bis zu: »War grad bei dir zu Hause. Jetzt rate mal, wem deine Mutter den Kopf abreißen will, weil sie die Schule schwänzt, obwohl sie nur auf Probe versetzt wurde.«

So ein … Misteldingens! Was schwänzen anging, lag die Humorgrenze meiner Mum noch unter der von Clownfischen. Jetzt galt es, Schadensbegrenzung zu betreiben. Ich wählte Vronis Nummer.

»Auf der Skala von eins bis hundert, wie sauer ist meine Mum wirklich und wohin sollte ich am besten auswandern?«, stieß ich statt einer Begrüßung hervor, sobald abgenommen wurde.

»Keine Ahnung.«

Ich konnte beinahe spüren, wie sie eine Schnute zog, um mir zu zeigen, wie sehr ich mich schämen sollte. Schließlich erbarmte sie sich meiner.

»Mensch, Rinnie, ich wollte dich doch nur ans Telefon kriegen! Was weiß ich, ob deine Mutter zu Hause ist. Wo treibst du dich nur den ganzen Tag rum? Und das, wo du mir doch vorgesäuselt hast, wie wenig wir es uns leisten können, die Schule zu schwänzen!« Sie schnaufte.

»Sorry«, murmelte ich in die Pause. »Es ist ein wenig kompliziert im Moment, echt. Ich erklär dir alles. Ich schwöre. Sobald ich es kann, werde ich dir alles erklären.«

»Was redest du da für eine gequirlte *Kacke*?«

»Vroni …« Verzweifelt suchte ich nach Worten – und fand keine. »Ich weiß es doch selber nicht«, gab ich schließlich zurück. Beinahe die Wahrheit.

»Na toll. Das hilft mir aber prima weiter! Du hast mich im Stich gelassen. Und dann ist da auch noch dieser Typ, der mir mit seiner Fragerei auf den Geist geht. Eine gute Freundin bist du, aber echt!«

»Marshal?« Ich schreckte hoch. »Was wollte er von dir?«

»Deswegen wollte ich dich doch erreichen! Während du wegen dieser äußerst komplizierten Sache durch die Weltgeschichte streunst, habe ich versucht … für dich noch was geradezubiegen! So!«

»Äh. Hä?«

»Dein Fahrrad wurde in der Nähe des Stalls gefunden! Die olle Roströhre. Er hat es schon am Freitag dort gesehen, sagt er.«

»Was?« Meine Gedanken rotierten, dass mir schwindelig wurde. »Nein, hör zu, das bedeutet noch lange nicht …«

Aber genau das bedeutete es doch.

Genau. Das.

»Heulst du jetzt etwa?«, drang Vronis Stimme aus dem Telefon zu mir.

Rasch wischte ich mir über die Augen. »Quatsch. Natürlich nicht.« Ich holte tief Luft. »Hat er mich gesehen? Weiß er, dass ich da war, um es zu holen?«

»Wobei soll er dich gesehen haben? Keine Ahnung, was du meinst. Jedenfalls habe ich ihm gesagt: Rinnies Fahrrad, das hat ja überhaupt nichts zu bedeuten! Richtig?«

»Du hast es ihm gesagt? Dass es *mein* Fahrrad ist?«

»Ich meinte nur, dass ich mich eh an nichts mehr erinnere

und er mich in Ruhe lassen soll. So. Wie auch immer. Was ich damit sagen will: Ich bin für dich da, okay? Pass mit diesem Kerl auf. Gruselig, wie er mich da ausgequetscht hat. Sonst hätte ich es ihm natürlich niemals verraten …«

»Jaja. Schon gut. Danke.«

»Und deinen Lippenstift, ›Revenge‹, den hat er auch gefunden. Also, ich hab ihm natürlich nicht gesagt, dass es deiner ist. War es denn überhaupt deiner?«

»Der Lippenstift?« Unsicher fuhr ich mir durch die Haare. Natürlich, ich hatte alles ausgekippt und nicht wieder eingesammelt. »Wer ist nur so verrückt, da herumzukriechen und nach Lippenstiften zu suchen? Verflucht, das ist doch Irrsinn!«

Schon war der Frust raus. Die Verzweiflung blieb, wie die Stummheit in mir. Hatte ich wirklich gedacht, dass ich keine Spuren hinterlassen würde? Dass ich aus dieser Sache heil herauskommen würde? Ja, klar. Christian wird gesund. Und wir lachen alle über einen roten Lippenstift auf einer halb abgerissenen Plane.

»Ich sag es ja: Der Typ ist irre«, holte Vronis Stimme mich zurück. »Der macht mir Angst.«

»Ja«, flüsterte ich. »Mir macht er auch Angst.« Seltsam, dass ich mir über die möglichen Polizeiermittlungen wegen Körperverletzung bei Weitem weniger Gedanken machte. Die Polizei würde mich nicht gleich lynchen. Aber einem wie Marshal traute ich alles zu.

»Ähm. Rinnie?«

»Ja?«

»Es wird alles gut. Wir kriegen das schon hin.«

»Klar.«

»Ich bin für dich da.«

»Ja. Und du weißt wirklich nicht, was an diesem Abend passiert ist?«

»Nope!« Schon wieder dieses ploppende Geräusch, das in meinem Kopf wie ein Luftballon platzte. Die Glückliche. Bei manchen Sachen konnte es nicht genug Tetrapak-Wein geben. Was sollte ich nur tun? Das Karussell meiner Gedanken wurde jäh unterbrochen, als die Türen der Intensiv aufgingen. Auch das noch.

»Ich muss Schluss machen!«, stammelte ich, als das Energiebündel Wachpuuh herauswackelte und mich mit einem durchdringenden Blick aus dunklen Augen anvisierte. Ich dachte, die Frau würde gleich losschimpfen, doch sie nickte mir bloß zu. »Immer noch da?«

»Ja, Ma'am!«

»Und? Hast du ihn gesehen?«

»J-ja?«

Sie lächelte mir zu. Sie lächelte mir tatsächlich zu! »Gut.«

Dann eilte sie fort.

Mein Handy … Ich hatte das Gespräch noch immer nicht beendet. Aus dem Telefon tönte Vronis beinahe entrüstete Stimme: »Moooooment. Wo genau bist du gerade? Und wer zum Teufel ist *er*, den du da gesehen hast? Rinnie? Rinnie, hörst du mich? Rinnie!«

Auflegen.

Schnell auflegen.

»Hey, du.«

Christian.

Seine Stimme war wie die einzige Realität, die mich mit einem Mal umgab.

»Hier.« Er warf mir meinen Block zu, den ich ungelenk auffing.

Mein »Und wie war's?« blieb mir in der Kehle stecken. Er sah völlig fertig aus. Als wäre er von Außerirdischen entführt und erst zurückgebracht worden, nachdem sie an ihm genug von ihren Experimenten ausprobiert hatten. Ich wollte nicht wissen, was sie mit ihm gemacht hatten.

»Danke. Gern geschehen. Ist nicht der Rede wert«, sagte er. Ganz matt.

Erst dann holte mich alles andere ein.

Das Krankenhaus, das Bett, der Pfleger, ein anderer, der keine Pause machte, sodass ich mich beeilen musste, um hinterherzukommen, während ich ihm trotz allem zuzulächeln versuchte. »Nicht der Rede wert. Soso. Angeber. Eine Belohnung kriegst du trotzdem.«

Und während der Pfleger kurz nicht hinschaute, schob ich die Tüte mit der Zimtschnecke unter Christians Bettdecke. Meine Hand berührte sein nacktes Bein. Ich wurde schrecklich rot, ich spürte es, aber er merkte nichts davon.

Weder mein Rotwerden.

Noch die Berührung.

Mum war noch auf der Arbeit. Das Eis war alle, Chips und Cola ebenfalls. Dafür wartete im Kühlschrank eine Tupperdose mit Essensresten auf mich. Vegetarische Klopse oder das, was Mum dafür hielt. Der Geruch, der mir entgegenschlug, war nicht einmal das Schlimmste im Vergleich zu der glibberig-grauen Soße, die nur einem meldepflichtigen Unfall aus »Hell's Kitchen« entstammen konnte. Ich zupfte einen Post-it-Zettel vom Block, der neben dem Kühlschrank auf die geistigen Ergüsse der Familie Zeissner wartete, griff nach einem Kuli und kritzelte meine Botschaft auf das Blatt:

Zwei Dinge sind unendlich,
das Universum und die Haltbarkeit
von Mutters Klopsen.
Einstein. Und deine Rinnie

In grellem Pink machte sich die Notiz perfekt auf dem lilafarbenen Deckel. Im Wohnzimmer schredderte ich ein paar Kekse, machte den Fernseher an, damit er im Hintergrund leise vor sich hin blubberte, und verzog mich mit meinen Hausaufgaben auf das Sofa.

0157 52 55 54 02
Christian

Seine Telefonnummer war das Erste, was ich sah, als ich den Block aufschlug. Als Zweites: die Ergebnisse der Aufgaben. Drittens: ohne Lösungswege. Und last but not least: Er hatte eine absolut grausige Handschrift. Sozusagen einen Picasso unter den Handschriften.

Wollte er, dass ich ihn anrief?

Unsicher holte ich mein Handy hervor und klickte erst einmal Vronis Nachrichten weg, die nach dem belauschten Gespräch mein Handy überschwemmten. Normalerweise wäre sie die Erste gewesen, die erfahren hätte, dass ein Junge mir seine Telefonnummer gab. Aber wie hätte ich ihr erklären sollen, dass ich im Krankenhaus war, um Christian Steggen zu besuchen? Manchmal war schweigen die größte Lüge überhaupt.

Es war schön, dich zu sehen. :)

Sag es ihm. Wie eine plötzliche Übelkeit stieg sie in mir auf, diese Stimme, die meine Gedanken lähmte: Sag es ihm. Sag ihm die Wahrheit, an die er sich nicht erinnern kann.

Wie besessen quetschten meine Finger das Display mit der eingeblendeten Tastatur. Aber die Wahrheit konnten sie einfach nicht hergeben.

Es war schön, dich zu sehen. :) Auch wenn's nur kurz war.

Noch nicht. Irgendwann würde ich es ihm sagen. Irgendwann würde er es wissen, schon klar.

Meine Daumen verharrten über dem Display.

Doch was ist.

Wenn er sich gar nicht erinnern würde?

Und nichts, aber auch wirklich nichts.

Erfahren würde?

Heute Abend würde ich nicht daran denken. Heute Abend würde es nur mich und die Lüge geben, die mich aufrecht hielt. Nur heute Abend.

Du hast übrigens die Ergebnisse ohne Lösungswege hingeschrieben, Einstein.

Ich schmunzelte in mich hinein und drückte auf »Absenden«.

Und jetzt? Warten?

Warten, dass er antwortete. Oder dass Marshal herausfand, wer hinter dem Unfall steckte. Natürlich würde er es herausfinden. Er wusste vom Fahrrad. Er hatte den Lippenstift. Und dann die Plane – mit meiner Handschrift. Aber er war doch kein Grafologe. Woher sollte er wissen …

Ich weiß.

Die Nachricht kam so unvermittelt, dass ich fassungslos auf

die Worte starrte. Bis mein Verstand realisierte, dass es nur eine Antwort auf meine Whatsie war. Und nun? Während ich noch grübelte, wie ich seine Worte interpretieren sollte – Genervt? Erschöpft? Sollte ich ihn lieber in Ruhe lassen? –, kam eine neue Nachricht an:

(4x^3-6x+7):(x+2)=...

Anscheinend hatte er meine Aufgaben abfotografiert oder sie sich notiert. Oder sie sich gemerkt, was schon ziemlich freaky wäre und ein Zeugnis dafür, wie langweilig es in einem Krankenhaus zugehen konnte. Der zweiten Nachricht folgte die dritte:

Schritt 1: Die höchsten Potenzen betrachten 4x^3 durch x = 4x^2 <----- Teil der Lösung

Und noch eine. Sie wollten kaum aufhören: Palüm-palüm-palüm, verausgabte sich mein Handy. Okay, das sollte wohl eine Mathe-Nachhilfestunde werden. Ich machte es mir auf dem Sofa gemütlich.

Ein paar vertilgte Kekse später:

Schritt 3: 4x^3+8x^2 vom ersten Term abziehen

Dann kam nichts mehr. Akku alle? Keine Lust mehr? Kopfschmerzen? Mir wurde mulmig zumute: Was, wenn es ihm nicht gut ging? Und ich wartete wie bekloppt, dass er mir seine nächste Nachricht schickte, ohne zu ahnen, dass keine kommen würde.

?, palümpte mein Handy erneut.

Okay, Entwarnung: Er wartete bloß auf meine Antwort. Äh. Worauf? Dieses Zeug vom ersten … Dings … Term abziehen?

:), schickte ich ihm zurück. Im Sinne von: sehr witzig. Ob sich sein Sinn für Humor bereits eingefunden hatte?

Mach schon, drängte mein Handy.

Na toll. Andere Jungs verlangten nach heißen BH-Fotos. Hatte ich zumindest gehört. Was solche Fragen anging, lag meine Kompetenz leider auf BRAVO-Niveau. Vor einem Typen, der bei einer spätabendlichen Unterhaltung erwartete, dass ein Mädchen Terme von anderen Termen abzog, hatte die BRAVO noch keinen gewarnt.

Ich schlug erst einmal das Wort »Term« nach – Begrifflichkeiten waren noch nie meine Freunde gewesen – und versuchte, wenigstens ein bisschen nachzuvollziehen, was mein Einstein von mir wollte.

?

Ja doch! Bin schließlich kein D-Zug.

Oder ein Taschenrechner.

Weck mich, wenn du so weit bist :), lautete seine Antwort.

Ich hatte mich verrechnet. Drei Mal.

Zuerst, weil ich das Minuszeichen übersehen hatte, dann, weil ich zwei unterschiedliche Potenzen zusammenrechnen wollte, und zuletzt, weil ich einfach nur zu doof für diese Dinger war.

Ist wenigstens unterhaltsamer als diese Restaurant-Soap, schrieb er auf mein endgültiges *Sorry*, nachdem ich ihm wieder einmal voller Stolz mein falsches Ergebnis präsentiert hatte. Die Sendung lief bei mir auch, stellte ich fest, eine dieser Restaurant-Tester- oder Restaurant-Aufräumer-Dokus, jedenfalls etwas mit Essen, und in diesem Fall: mit Torten. Ich ertappte mich dabei, wie ich eine Weile verträumt hinstarrte, wie jemand eine Hochzeitstorte dekorierte. Als würde er mitschauen, als wären wir zusammen auf dieser Couch und ich könnte mich an ihn lehnen und alles vergessen. Vor allem Mathe.

Palüm!

:) Und wieder Schritt 1

Was? Nein. Das meinte er doch nicht ernst!

Doch.

Tat er.

Irgendwann endeten auch meine Bemühungen in einem richtigen Ergebnis. *Ich habe dir die Zimtschnecke eindeutig zu früh gegeben. Wenn du mich dafür mit so etwas quälst*, tippte ich, damit das klar war.

Darüber, wie grausam das Leben ist, kann ich viel besser nörgeln, glaub mir. Gegen mich hast du keine Chance.

Wenn du nur wüsstest! Mit Mathe komme ich auf Hochtouren, was Nörgelei angeht.

Ein Glück, dass wir nicht auch noch Chemie durchgenommen haben. Also, wie weit bist du? Hab ich wieder Zeit für ein Nickerchen?

Mach ruhig gleich einen Winterschlaf daraus, schrieb ich, und als ich vom Display aufblickte, sah ich Mum auf der Schwelle zum Wohnzimmer stehen. Wie lange beobachtete sie mich schon? Ich hatte weder das Schloss gehört noch den Absturz der Schuhe in der Ecke. Nun lehnte sie den Kopf gegen den Rahmen und lächelte.

Wie sieht es aus? Wenn wir so weitermachen, bin ich der ausgeruhteste Mensch des gesamten Krankenhauses. Mal von denen in der Leichenhalle abgesehen.

»Ausgeruhteste! Das Wort gibt's doch gar nicht. Mum?«

Sie lachte. »Von dir höre ich meistens nur, wie gechillt alle sein müssen, aber ja. ›Am ausgeruhtesten‹ ist der Superlativ des Adjektivs ›ausgeruht‹, so komisch es auch klingen mag.«

»Echt jetzt? Mist.« Wenn ich sonst im Tippen nicht die

Schnellste war, ihm meine Klugscheißer-Whatsie zu schicken, hatte ich natürlich geschafft.

Mum deutete auf die ausgebreiteten Notizen. »Schön, dass du so eifrig Hausaufgaben machst. Ich glaube aber, du wärst um einiges produktiver, wenn du das Handy weglegst. Vroni siehst du doch morgen wieder.«

»Es ist nicht Vroni.«

»Ach so? Wer ist es dann?«

»Mein Freund. Quatsch. Ein Freund.« Ich biss mir auf die Unterlippe. »Definitiv *ein* Freund. Also, eigentlich ein … Nachhilfelehrer. Sozusagen.«

»Ein Freund. Aha. Eigentlich dein Nachhilfelehrer.« In ihren Augen blitzte etwas. Sie war wie ein gut konditionierter Fährtenhund, wenn das Gespräch auch nur ansatzweise das Thema Jungs streifte. Welches bis jetzt nie eine Chance hatte, aktuell zu werden. Sie rieb sich die Hände. »Details, ich brauche Details!«

»Mum! Da ist nichts. Er hilft mir bloß in Mathe. Guck doch selber.« Ich rief eine seiner Whatsies auf und hielt mein Handy hoch. Das sich im gleichen Moment meldete. Jede Wette zum Thema Superlativ.

»Soso.«

Es schien sie schier zu entzücken, dass mein Nachhilfelehrer in Sachen »am ausgeruhtesten« vollkommen ihrer Meinung war.

»Na gut.« Sie schmunzelte. »Wenn er dir die Polynomdivision besser als ich erklären kann, dann muss ich ihn einfach kennenlernen.«

»Mum!«

Sie würde ihn lieben, kein Zweifel. Aber eine Gelegenheit,

ihn zu treffen, würde sie nicht bekommen. Was auch immer er und ich hatten, wir hatten es nur heute Abend. Das hatte ich mir versprochen.

»Schon gut, schon gut. Bin praktisch weg.« Mum hob kapitulierend die Hände, drehte sich um und ging in die Küche. Vermutlich, um eine neue Jonglage mit Tupperdosen einzustudieren.

Wo waren wir?

Ach so.

Keine Ahnung, wie lange ich an den Hausaufgaben gesessen hatte und für den unterhaltsamsten Abend aller Zeiten auf der Intensivstation sorgte. Schließlich hatte ich tatsächlich alle Lösungswege hergeleitet und war teilweise ganz alleine auf die richtigen Ergebnisse gekommen. Dafür hatte ich glatt ein Sternchen verdient. Genau genommen ein ganzes Sternbild.

»Das ist doch wirklich erstaunlich, dich so eifrig an den Hausaufgaben sitzen zu sehen«, meinte Mum, bevor ich mich auf mein Zimmer verabschiedete, weil ihr verschmitztes Lächeln, das sie mir ab und an zuwarf – in der Küche war sie schon längst fertig geworden –, kaum noch zu ertragen war. »Mach nicht so lange, okay?«

Klar, ich war ja auch schon fertig. Na ja – fast.

Danke, schrieb ich zurück. Und: *Gute Nacht.*

Ich wartete. Auf etwas wie *Gern geschehen.* Aber es kam nichts. Rein gar nichts. Ich seufzte. Es war wirklich spät und er brauchte Ruhe. Vielleicht hatte ihm der Wachpuuh gewaltsam das Handy entrissen.

Ich zog meinen Pyjama an, putzte mir besonders gewissenhaft die Zähne, warf noch einen letzten Blick auf das Handy und kroch unter die Bettdecke. Er war vorbei, der schönste Abend meines Lebens. Licht aus, Fonsel fest in meinem Arm. Wann wirst du es ihm sagen, verdammt, wann? Die Gedanken kribbelten unter meiner Kopfhaut wie hyperaktive Ameisen.

Das Handy vibrierte.

Es vibrierte und vibrierte und wollte einfach nicht aufhören. Klingeln, bis der Akku rauchte – das konnte nur Vroni sein. Klar, dass sie einen neuen Versuch unternehmen würde, die Einzelheiten aus mir herauszubekommen. Und offensichtlich wollte sie dieses Mal nicht aufgeben, bis ich genervt aufstand und das Handy von meinem Schreibtisch holte.

»Ja?«, brummte ich unwillig.

»Gute Nacht.«

Seine leise, müde Stimme.

Und: »Danke für die Zimtschnecke.«

Ich war mit seiner Stimme in meinem Kopf eingeschlafen, ich hatte sie um mich herum gehört, gespürt wie eine Umarmung.

Und war mit zweifelhaften Gesangseinlagen aufgewacht: »DIE HÖLLE MORGEN FRÜH IST MIR EGAL! EGAL, OB DU MIR SAGST, ICH HAB ’NEN KNALL!« Wo blieb nur das wohltuende Scheppern meines geliebten Weckers? Stattdessen stand Mum vor meinem Bett, die Arme ausgebreitet, und reimte brüllend »egal« auf »Knall«.

»Das ist doch nicht dein Ernst«, stöhnte ich, als sie zu einer neuen Strophe ansetzte, und zog mir die Decke über den Kopf, die das Grauen wenigstens etwas dämmte.

Doch die Decke wurde mir entrissen. »Aufstehen, du Schnarchnase.« Ihr Lachen! In dieser Frühe! Konnte es noch grausamer werden?

Ja, konnte es, weil meine Mum der Meinung war, unsere Unterhaltung, wenn schon nicht reimend, dann zumindest trällernd, fortführen zu müssen: »Du warst doch diejenige, die mit Musik geweckt werden wollte.«

»Aber doch nicht von dir! Sind das überhaupt gesetzlich geprüfte und von der EU genehmigte Töne?«

»Ich interpretiere. Na komm schon, das Frühstück ist fertig. Hopp, hopp!« Und mit diesen Worten tänzelte sie aus dem Zimmer.

Was hatte sie jetzt schon wieder vor? Mütter mit guter Laune waren mit Vorsicht zu genießen und meine ganz besonders. Zu gut war mir noch das letzte Osterfest in Erinnerung: Bei all den von ihr angemalten Ostereiern in unserer Wohnung hatte ich das Gefühl gehabt, in einem Bällebad zu hausen. Vielleicht sollte ich das Ganze lieber aussitzen. Besser gesagt: ausliegen. Ich machte es mir unter der Decke gemütlich und zog das Handy unter meinem Fonsel hervor. Vronis Nachrichten drückte ich weg. Ich wollte nur an ihn denken, bei ihm sein. Zumindest ein bisschen.

Sehen wir uns?, tippte ich mit unsicheren Fingern. *Falls du wieder einmal einen Ausflug durch das Krankenhaus unternehmen magst – ich bin da.*

Auf seine Antwort musste ich nicht lang warten.

Guten Morgen :)

Ich kuschelte mich tiefer in die Kissen, konnte kaum anders, als sein Lächeln zu erwidern: *Guten Morgen, Sonnenschein! Schlager kann ansteckend sein ... wenn du nur wüsstest *g**
Was hätte es auch Besseres geben können, als kurz nach sieben »Schein« auf »sein« zu reimen und in das Handy zu schmunzeln. Auch wenn es mir vermutlich überhaupt nicht zustand, ihn »Sonnenschein« zu nennen. *Hast du gut geschlafen?*, schob ich schnell hinterher.

Nicht wirklich.

Oh. Wenn ich schuld daran war, dann tat es mir … nicht unbedingt leid, nein. Schließlich hatte ich seit dem gestrigen Abend auch nur noch an ihn gedacht. Wobei er natürlich viel mehr als ich seine Ruhe und seinen Schlaf brauchte. Um schneller gesund zu werden. Und mir endlich verzeihen zu können, all das, wovon er noch gar nichts wusste.

Warum denn?

Ich kann einfach nicht auf dem Rücken einschlafen.

Zugegeben, es klang prosaischer, als ich es mir vorgestellt

hatte. Wobei – eigentlich hatte ich überhaupt keinen Grund, mir etwas vorzustellen, oder? Was zwischen ihm und mir auch sein mochte …

Tust du mir einen Gefallen?

Klar!

Schaust du bitte nach meinem Mädchen?

Was??? Prosaischer ging es wohl kaum mehr. Der Punkt war: Ich wusste nichts über ihn. Nicht einmal, ob er eine Freundin hatte.

Niemand sagt mir hier irgendwas. Ich will einfach nur wissen, ob es ihr gut geht.

Aha. Löblich, wenn er sich so um seine Freundin sorgte. *Von welchem Mädchen sprechen wir hier gerade?*

Von meinem Pferd.

Okay. Puh! Mit anderen Worten: *Kein Problem. Mach ich.* Am besten noch vor der Schule – ich wollte mich nicht zu früh Vronis bohrenden Fragen stellen oder Marshal über den Weg laufen. Und allzu wichtige Fächer standen heute eh nicht auf dem Plan: Ich war in allen schlecht genug, dass mein Fehlen kaum ins Gewicht fiele.

Voller Elan sprang ich aus dem Bett und leerte meinen Kleiderschrank. Ziemlich mickrig, die Ausbeute. Die helle Stretchhose war eine Nummer zu klein, allerdings das Beste, was meine Garderobe hergab. Dazu ein schickes Shirt, das ich einst von Vroni ausgeliehen und – oh Schreck – immer noch nicht zurückgegeben hatte. Aber wenn ich heute Christian wiedersehen sollte, wollte ich mich modetechnisch nicht lumpen lassen. Ich schlüpfte in die Klamotten, drehte mich vor dem Spiegel hin und her und beeilte mich, ins Bad zu kommen. Zuerst zum Stall, dann direkt zu ihm. Ein guter Plan.

Über das Waschbecken gebeugt, nahm ich Mum nur aus dem Augenwinkel wahr.

»Na, du bist ja heute bemerkenswert gut drauf«, meinte sie.

»Jep.«

»Hübsch, hübsch«, fuhr sie fort, nachdem sie meinen in die Stretchhose gequetschten Hintern inspiziert hatte.

»Findest du?« Die Hose sammelte sich im Schritt, ich musste sie bei jeder Bewegung glatt zupfen.

»Steht dir gut«, sagte sie, und ich spürte es wie ein aufziehendes Sommergewitter: Es ging nicht um die Hose. »Wie heißt er denn? Dein Nachhilfelehrer, meine ich.«

»Wifffian.« Zum Glück schäumte die Zahnpasta so gut – ich konnte unmöglich damit reden, und wenn, gab ich dabei meine erfolgreichste Interpretation eines tollwütigen Lamas zum Besten. Vielleicht reichte es ihr aber auch und sie ging. Denn wenn sie mich über ihn ausfragte, was sollte ich ihr sagen? Dabei erzählte ich ihr doch sonst alles …

»Wollt ihr nach der Schule vielleicht hierher zum Lernen kommen? Ich habe heute zwar frei, werde aber nichts Peinliches veranstalten. Indianerehrenwort!« Feierlich hob sie die Hand. »Und zum Abendbrot mache ich etwas Leckeres. Ravioli mit Gemüse in Tomatensoße? Die magst du doch gerne.«

»Jaja, Maggi lässt grüßen.« Ich verdrehte die Augen. »Meine Güte, seit wann bist du so aufdringlich?«

Das Lächeln fror auf ihren Lippen ein. »Seit du so verschlossen bist. Was ist denn los mit dir?«

»Nichts. Alles ist gut. Ich bin okay und mir geht's blendend. Kein Grund, sich Sorgen zu machen.«

»Verstehe.« Sie zögerte. »Jetzt mache ich mir wirklich Sorgen.«

»Warum?« Ich drehte mich zu ihr und musterte ihr Gesicht.

»Sag du es mir.« Im Gegensatz zu mir blieb sie ruhig. Es war kaum zu ertragen, wie ruhig sie blieb. »Irgendetwas ist passiert, was dich völlig fertigmacht, das merke ich doch.«

»Nichts ist passiert! Ich habe einen Typen kennengelernt, er bringt mir Polynomdivision bei. Ende.« In meinem Kopf drehte sich alles. Lüge, Wahrheit und irgendwas dazwischen. Ich machte den Wasserhahn auf und spritzte mir kaltes Wasser ins Gesicht.

»Es tut mir leid, ich wollte dich nicht bedrängen.« Sie schwieg. Sie schwieg ihr besorgtes Schweigen.

»Dann ist es gut.« Ich beugte mich vor und studierte mein Spiegelbild. Durchschnittlich graue Augen, das zerzauste straßenköterblonde Haar – vielleicht ließ Mum mich in Ruhe, sobald sie merkte, wie beschäftigt ich mit dem Nachzählen meiner Sommersprossen war? Dabei hatte ich es doch versucht. Ich hab's wirklich versucht, Mum, es dir zu sagen, alles zu sagen. Doch inzwischen war das Schweigen in mir allgegenwärtig geworden.

»Sabrina …«

»Lass es gut sein.«

»Ich wollte mich nicht mit dir streiten. Es tut mir leid, wenn ich …«

»Dann streite dich eben nicht, verdammt!«, brüllte ich. Und mit einem Mal war die ganz Kraft aus mir herausgebrüllt. »Muss mich beeilen. Sorry.«

Ich schob mich an ihr vorbei in den Flur.

»In Ordnung. Sabrina?«

Ich hielt inne.

Als könnte ich noch zu ihr zurückfinden, mich überwinden

und ihr alles erzählen. Das brauchte ich doch. Das brauchte ich so sehr!

»Ich hab dich lieb, mein Schatz.«

»Jetzt wirst du doch noch peinlich.« Ich gab ihr einen flüchtigen Kuss auf die Wange und floh aus der Wohnung. Weglaufen konnte ich immer noch gut.

Der Tag versprach, schön zu werden. Über den Feldern lag Nebel, in der Luft schwebte der Gülledunst, und während ich immer weiterlief, dachte ich, dass ich noch nie freier geatmet hatte als hier, weit weg von allem. Stille umhüllte die Landschaft, wie die Stille in mir – nur hoffnungsvoller, reiner, und ich wünschte, ich könnte etwas davon in mich aufnehmen.

Mein Fahrrad stand nicht mehr da, eine Erkenntnis, die sich wie ein Schlag ins Zwerchfell anfühlte. Hatte Marshal es mitgenommen? Was machte er damit? Zu gern hätte ich gewusst, was für Theorien er aufstellte und ob er etwas davon Christian erzählt hatte. Ich presste die Lippen aufeinander – nicht daran denken. Ich war nicht deswegen hier. Und noch redete Christian mit mir, also blieb mir ein bisschen von der Gnadenzeit.

Auf dem Hof war keiner zu sehen. Ich hätte natürlich vorher fragen sollen, wo sein Pferd stand, oder wenigstens, wie es hieß. Gerade als ich mein Handy ausgepackt hatte, um die Eckdaten zu klären, hörte ich das Klappern von Eimern. Ich folgte dem Geräusch und entdeckte den kleinen, kräftigen Mann, dem ich bereits das letzte Mal begegnet war.

Er bemerkte mich, noch bevor ich etwas gesagt hatte, ließ die Eimer stehen und lächelte mir zu. »Du schon wieder?«

Die meisten Menschen lächelten nur flüchtig bei flüchtigen Bekanntschaften, sein Gesicht dagegen ähnelte dabei einer

Harmonika – mit den ganzen Fältchen hätte er ohne Mühe »Because I'm happy« spielen können.

»Ja, ich schon wieder. Wollte nur fragen, wie es dem Pferd geht.«

Sein Lächeln verschwand. Keine Patienteninformationen an Außenstehende? Das hätte mir gerade noch gefehlt.

»Christian hat mich gebeten, nach seinem Pferd zu sehen«, erklärte ich schnell.

Er nickte langsam, offensichtlich noch unsicher, ob er mich herumführen sollte, dann winkte er mir zu. »Komm mit.«

Er schritt voraus, in einer Gangart, als käme er direkt aus dem Wilden Westen, ich trabte hinterher, bis wir einen der Ställe erreichten. Hinter der Schwelle erstreckte sich ein breiter Gang, sauberer gefegt als unser Flur an manchen Tagen. Durch die großzügigen Fenster fiel natürliches Licht herein, es roch nach Tier und Stroh, doch die Luft fühlte sich beim Atmen nicht angestaut an. Ab und zu streckte mir ein neugieriges Pferdewesen seinen Kopf entgegen, ich entdeckte sogar meinen Rappen, der mich in seiner geräumigen, mit frischem Stroh ausgelegten Box freudig prustend begrüßte.

Wir hatten die Stallgasse fast bis zum Ende durchwandert, als mein Begleiter stehen blieb. Unbeweglich und mit gesenktem Kopf verharrte Christians Pferd an der hinteren Wand der Box. Mit einem Mal wurde die Stille in mir beinahe greifbar und so drückend wie die plötzliche Enge um mich herum.

»Wie geht es ihr?« Ich musterte den blütenweißen, vermutlich frisch gewechselten Verband.

»Die Wunde hat sich entzündet, aber sie wird gut versorgt. Der Arzt sieht jeden Tag nach ihr.«

»Dass sie sich verletzt hat …« Was ist, wenn sie es nicht

schafft? Der Gedanke wuchs in meinem Kopf wie ein Geschwür. Das habe ich doch nicht gewollt! Nichts von alldem habe ich gewollt! »Sie wird doch wieder gesund, oder?«

»Es wird dauern, aber sie schafft es.«

»Und dann wird sie ganz die Alte, stimmt's? Turniere und so. Wenn sie erst einmal gesund ist, kann sie doch wieder auftreten und – keine Ahnung – Preise gewinnen, hab ich recht?«

»Sie ist ein vielversprechendes Dressurpferd. Und sie hatte … einen vielversprechenden Reiter.« Langsam strich er mit einer Hand über die Tür der Box. »Ich kann mir immer noch nicht erklären, was genau passiert ist.«

»Was soll da schon passiert sein?«, schnaubte ich. »Die Plane hat sie erschreckt.«

»So einfach ist das, hm?« Er warf mir einen nachdenklichen Blick zu, der sämtliche Alarmglöckchen in mir zum Schrillen brachte. Ahnte er etwas? Hatte mein Ausruf mich verraten? »Ich weiß nicht. Das Pferd war geländesicher. Wofür haben wir denn so lange ein Desensibilisierungstraining gemacht, wenn nicht genau für einen solchen Fall?«

»Ein Desibi… was?«

Er runzelte die Stirn. Als würde tief in ihm etwas arbeiten, seine Gedanken ankurbeln, als müsse er plötzlich jedes Detail noch einmal genau durchgehen. »Ich wünschte mir, ich hätte ihn davon abgehalten auszureiten. Er war nicht bei der Sache. Und das Pferd …«

»Es war halt auch … nicht bei der Sache«, fiel ich ihm ins Wort. Tief durchatmen. Er wusste nichts. Er verdächtigte mich nicht. Er sah mich einfach nur an. Ich deutete zu der Stute. »Lassen Sie mir noch eine Minute? Ich bin dann auch gleich weg. Versprochen.«

Die Furche zwischen seinen Augenbrauen wurde tiefer. »Hier gehen komische Sachen vor. Ich kenne dich nicht.«

»Christian wollte, dass ich hier vorbeischaue und nach seinem Pferd sehe, mehr nicht. Wenn Sie möchten, zeige ich Ihnen seine Nachricht. Was soll ich hier auch anstellen?« Jede Menge. Wozu ich fähig war, hatte ich vor wenigen Tagen nicht einmal geahnt.

Er zögerte. Nickte. »Na gut. Eine Minute. Aber ich bin gleich dahinten.«

Da waren wir also.

»Es tut mir leid.« Ich drückte meine Stirn gegen die Pferdebox, atmete tief den Geruch des frischen Strohs und des warmen Pferdekörpers ein. In den Tiefen des Stalls hörte ich das Klappern der Sachen, die hin und her geräumt wurden, eine Schranktür wurde aufgemacht – offensichtlich hielt der Mann es nicht ohne eine Beschäftigung aus. »Tut mir leid«, versuchte ich es erneut. »Schon klar, es ist zu wenig. Hätte ich nur …«

Ich verstummte. Offensichtlich brauchte ich weniger als eine Minute. Weil ich nichts sagen konnte, was das Geschehene irgendwie gutmachen würde. Gegen mich half eben nicht einmal ein Desensilibi-was-auch-immer-Training.

Der Mann wartete am Ende der Stallgasse auf mich.

»Danke«, sagte ich.

»Kein Problem«, meinte er und begleitete mich nach draußen. Sein Gesicht war immer noch nachdenklich. Irgendetwas schien ihn zu beschäftigen. Was wäre, wenn er doch noch dahinterkäme, was ich getan hatte? Nein, wie denn.

»Bestell Christian Grüße von mir.«

Ich zuckte zusammen. Wie so oft in der letzten Zeit. »Klar.«

»Du hast nicht zufällig eine Ahnung, wofür er eine ganze Dose Capsaicin-Salbe benötigt haben könnte?« Sein Blick forschte in meinem Gesicht.

»Cap-was? Nein.«

»Egal. Er und seine Eltern haben im Moment bestimmt andere Sorgen. Richte ihm einfach meine Grüße aus, okay?«

»Sicher. Ja. Ähm. Okay.« Warum stammelte ich so? Er machte mich nervös, und je länger ich hierblieb, desto schneller würde er merken, dass mit mir etwas nicht stimmte. »Noch einmal vielen Dank für alles. Die Grüße – die richte ich aus. Und Sie sind …?«

»Caspar Reschke. Sein Reitlehrer.«

»Was?«

Nein. Nie, nimmer, nicht! Mit diesem Mann sollte Vroni etwas am Laufen gehabt haben?

»Na, danke aber auch.« Er verzog das Gesicht. »Eilt mein Ruf mir so voraus?«

Dass er sich mit Schulmädchen vergnügte?

»Keine Ahnung. Soll ich vielleicht auch Veronika Ihre Grüße ausrichten, wenn ich schon dabei bin?«

Er zuckte mit den Schultern. »Wenn du magst. Als ich sie das letzte Mal gesehen habe, war sie ziemlich aufgelöst.«

Er stritt es nicht einmal ab, dass er sie kannte! Ungläubig starrte ich ihn nieder.

»Na dann, mach's gut.« Schon war er weg, um irgendwo in der Nähe weiter mit seinen Eimern zu klappern, während ich vergeblich versuchte, nach alldem auch nur ansatzweise einen klaren Kopf zu kriegen.

Warst du schon im Stall?

Die Nachricht hatte ich erst entdeckt, als ich gefühlte zehn Kilometer durch die Gegend gelaufen war, um die Bekanntschaft mit Caspar Reschke auszublenden und alles, absolut alles zu verdrängen. Joggen, von den eigenen Gedanken verfolgt, entwickelte sich langsam zu meiner bevorzugten Sportart.

Warst du da?, kam es nach einiger Zeit.

Wegzulaufen brachte nichts, das war schon klar. Reiß dich zusammen.

Ja. Hab schlechte Nachrichten. Die Zeilen abzuschicken, schaffte ich nicht. Er durfte doch nicht aus einer blöden Whatsie erfahren, dass sein Pferd krank war! Wie konnte ich ihn damit alleinlassen?

Ich fuhr zum Krankenhaus, doch die Türen der Intensiv blieben für mich verschlossen. Ich breitete mich mit meinem Zeug davor aus und wartete. Wartete so lange, bis die Besucherzeiten vorbei waren. Christian sah ich nicht. Dafür aber die Krankenschwester, die mir im Vorbeiflitzen ein rasches »Morgen!« zurückließ.

»Ein bisschen zu spät für ›Guten Morgen‹, aber danke! Ihnen auch einen schönen Tag!«, grüßte ich unwillig, als sie zurückgeflitzt kam. Immerhin war sie es, die mich nicht zu ihm durchließ, trotz allen Bettelns und aller Bestechungsversuche.

Sie blieb zwischen den geöffneten Türen stehen.

»Morgen«, sagte sie noch einmal, das Gesicht weich, rund und Puuh-knuddelig. »Vielleicht siehst du ihn morgen.«

Dann hatte die Intensiv sie verschluckt.

Nachts drehte ich mich unruhig hin und her. Mal verhedderte ich mich in der Bettdecke, mal strampelte ich mich frei. *Vielleicht siehst du ihn morgen* ... Nur daran wollte ich denken. Einzig und allein daran. Doch wie sollte ich ihm beibringen, dass sein Pferd krank war? Und dass ich Schuld daran trug?

Mein Kopf fühlte sich schon ganz mürbe an. Die Dunkelheit drückte mich nieder und nicht einmal Fonsels Schein half mir da raus. Ich dachte an Polynomdivisionen, die ich unbedingt lösen musste, kriegte aber nicht einmal das kleine Einmaleins hin, halt mich fest, schluchzte Vroni neben mir und summte die Entchen, doch nicht sie war es, die ich festhalten musste, sondern Christian, weil wir von alldem wegschwimmen mussten, direkt ins offene Meer, wo wir uns treiben lassen und Seepferdchen streicheln konnten. Halt mich fest – solange wir zusammen waren, konnten wir doch nicht untergehen, wir trugen sogar unsere Schwimmflügel, quietschorange wie Mums Post-it-Zettel. Nur dass seine immer mehr Luft verloren und schlaff wurden, und plötzlich war ich mir nicht mehr sicher, ob wir es schaffen würden. Ringsherum tuschelte das Meer; ich hörte, wie es mir zuflüsterte und raunte: Du warst es, du warst es, wach auf –

Ich schreckte hoch, mit dem lähmenden Gefühl in den Gliedern, in diesem Wispern endgültig zu ertrinken: Das wird kein gutes Ende nehmen, pulsierte es in mir, du wirst ihn nicht heil da herausbekommen …

»Sabrina, Sabrina, was ist denn los?« Licht flutete mein Zimmer, ich blinzelte, kniff die Augen zusammen und erkannte erst dann meine Mum.

»Nichts.« Mein Mund war ganz trocken. Dafür fühlten sich meine Wangen nass an. Hatte ich im Schlaf geweint? Oder war es tatsächlich das Meer? Ich rieb mir über das Gesicht, um alles fortzuwischen. »Nur schlecht geträumt.«

Sie setzte sich auf die Bettkante und drückte mich an sich.

»Geht's wieder?«

Ich nickte.

»Möchtest du ein Glas Wasser?«

Ich schüttelte den Kopf. Es tat gut, ihre Nähe zu spüren, einfach nur bei ihr zu sein, als würde ihre Umarmung mich von allen Sorgen abschirmen.

»Versuch, noch ein bisschen zu schlafen, ja?« Sie gab mir einen vorsichtigen Kuss auf den Scheitel. »Ich bin da, wenn du mich brauchst.«

Nein, Mum, du kannst mir nicht helfen. Ich muss da allein durch, ganz allein.

Als sie ging, holte ich Christians Pullover, strich mit den Fingern über die weiche Wolle, zog ihn meinem Fonsel über und drückte meine Wange daran.

Vielleicht siehst du ihn morgen, klang es noch lange in mir nach. *Vielleicht siehst du ihn morgen.*

Aus meinem Dämmerzustand weckten mich nicht das Scheppern des Weckers und zum Glück auch nicht Mums Schlagerdarbietungen, sondern mein aufgewachtes Handy.

Heute werde ich in die Neurochirurgie verlegt.

Eine Nachricht von ihm, die beinahe auch mich zum Vibrieren brachte. Schon war die Müdigkeit wie weggeblasen, die zermürbende Nacht schien Ewigkeiten her zu sein. *Ist das jetzt gut oder schlecht?*, tippte ich rasch zurück, heimlich vor mich hin grinsend.

Hängt davon ab, woher genau man kommt, las ich nach einigen Minuten, in denen ich in Windeseile aus dem Bett gehüpft war und mich angezogen hatte. Und das, obwohl der Wecker unsägliche sechs Uhr morgens anzeigte. *Wenn der Weg aus der Intensiv führt, ist es definitiv gut.*

Nun grinste ich nicht bloß heimlich. *Okay, solange sie aus dir keinen RoboCop machen, klingt das tatsächlich nicht schlecht. Oder einen Frankenstein.*

»Sabrina? Bist du schon wach?«, tönte Mums verschlafene Stimme aus den Tiefen der Wohnung. Die Nacht hatte anscheinend auch ihr zugesetzt. Doch als mein Handy erneut vibrierte, grübelte ich nicht mehr darüber.

:) Kommst du mich besuchen?

Ja! Natürlich! Was für eine Frage!

Mein Gejauchze dürfte er sogar im Krankenhaus mitbekommen haben und auch, wie ich durch die Wohnung hüpfte, um mich schnell fertig zu machen.

»Ich nehme an, es ist wieder bloß Mathe?« Mum schmunzelte. »Dieses Grinsen habe ich bei dir nur bei Polynomdivisionen gesehen.«

»Polynomdivision ist klasse, Mum!«

»Ich merke es schon, ja.«

Fünf Minuten später stand ich draußen. An Schule war nicht mehr zu denken. Ich holte mein Handy hervor und öffnete den WhatsApp-Verlauf, während ich fast blind die Straße entlanglief.

Irgendwann würde das alles enden.

Aber nicht heute, nein, heute würde ich ihn endlich wiedersehen. Weil er mich gebeten hatte, zu ihm zu kommen. Mich. Das Mädchen, das …

… einfach nur bei ihm sein wollte.

Ich brauchte ein wenig, um die richtige Station zu finden. Die letzten Meter zum Zimmer lief ich, ohne mich noch zügeln zu können. Von Vorfreude beflügelt, drückte ich auf die Klinke und lugte hinein. *Hey, du*, tanzte es mir auf der Zunge, *was macht die Beule?* Doch nichts davon brachte ich heraus.

Er war nicht allein. Neben seinem Bett stand eine Frau in einem Kittel, auf ihrem Gesicht lag ein freundlicher und doch sehr konzentrierter Ausdruck. Christian saß aufrecht da. Die Decke war zurückgeschlagen, er stützte sich mit den Händen an der Matratze ab und rutschte, hoppelte mit dem Po zur Bettkante, Stück für Stück, und jeder gewonnene Zentimeter schien eine Anstrengung zu sein, die sich immer tiefer in sein Gesicht grub. Geräuschvoll stieß er die Luft aus, als hätte er keine Kraft mehr. Die Frau war sofort da, wollte seine Beine packen, ihm helfen, sie über die Kante zu hieven.

»Ich schaffe das schon«, knurrte er sie an, und etwas Bissiges, Wütendes lag in seiner Stimme, wovor ich erschrocken zurücktaumelte. »Ich schaffe das, klar?«

Schritt für Schritt wich ich zurück, bis die kalte Wand des Flurs mich nicht weiterließ. Lautlos glitt die Zimmertür zu. Und erst dann hatte ich den Rollstuhl neben seinem Bett nicht mehr im Blick.

Keine Ahnung, wie lange es gedauert hatte, bis die Frau im Kittel das Zimmer verließ. Die Minuten dehnten sich in die Unendlichkeit aus, bis ich die Tür hörte.

»Willst du zu ihm?« Erst mit ihrer Frage schien die Welt sich weiterzudrehen.

»Ja«, flüsterte ich.

»Warte einen Moment, okay?«

Ich sah zu ihr auf. »Sind Sie Ärztin?«

»Physiotherapeutin.«

»Ist er …« Weiter konnte ich nicht. Er wird es dir niemals verzeihen, fuhr es durch mich hindurch. Niemals. Ganz egal, welche Wahrheit du ihm sagen wolltest, es wird nichts daran ändern. Denn du bist das Mädchen, das …

… sein Leben zerstört hat.

Erst nach einer ganzen Weile war ich in der Lage anzuklopfen. Die Frau, die zur Mittagszeit das Essen verteilt hatte, schaffte es sogar, die Tabletts wieder einzuräumen.

»Herein!«, hörte ich seine Stimme und wusste nicht einmal, ob ich das konnte. Einfach so hereinkommen. Als wäre nichts geschehen, als hätte ich nichts gesehen. Aber sogar zum Weglaufen war ich zu schwach.

Ich zwang mich, die Tür zu öffnen und über die Schwelle zu treten. Ich sah ihn an, ich sah ihm direkt in die Augen – und brachte keinen Ton hervor. Nicht einmal unser »Hey, du«.

Wegen mir würde er vielleicht nie wieder gehen. Wie konnte er da nur so unglaublich schön lächeln, wenn er mich betrachtete?

»Okay.« Sein Lächeln schwand. In jeder Silbe hörte ich seine Enttäuschung, nein, mehr als bloß Enttäuschung: Verbitterung. »Wenn du mich so anguckst, dann kannst du gleich wieder gehen. Mitleid kriege ich von anderen genug.«

»Wie gucke ich dich denn an?«, wisperte ich. Meine Stimme gehorchte mir nicht, etwas darin zitterte und drohte, in ein haltloses Schluchzen umzukippen.

»Wie einen halb überfahrenen Welpen. Von dir habe ich anderes erwartet.«

»Zum … Beispiel?«

»Ein paar Zimtschnecken vielleicht?«

Na komm schon, Rinnie. Er wollte dich sehen. Dich. Dein anderes Ich.

»Tut mir leid, dich zu enttäuschen, aber Mitleid habe ich gerade nicht dabei.« Meine Stimme zitterte weiter, doch mit jedem Wort fand ich mehr und mehr zurück zu *uns*. Schon klang ich beinahe lässig. Beinahe wie früher. »Allerdings auch keine Zimtschnecken.«

»Das ist in der Tat enttäuschend.«

»Na ja, an meiner Fußsohle könnte noch die Nacktschnecke kleben, in die ich heute früh reingetreten bin. Falls das irgendwas bringen sollte.«

»Überzeugt. Mitleid mit mir scheinst du wirklich nicht zu haben.« In seinen Augen blitzte etwas, dieser schelmische Ausdruck, den ich von unserer allerersten Unterhaltung kannte und danach nie wieder gesehen hatte. »Du bist echt einmalig.«

»Komplimente bringen dich nicht weiter, Einstein.«

»Haben wir uns nicht auf Galois geeinigt?«

Ich verdrehte die Augen. »Erbsenzähler.«

»Verzeihung.« Er lachte. »Was fällt mir auch ein, ein hübsches Mädchen mit solchen Kleinigkeiten zu langweilen.«

»Soso. Ein hübsches Mädchen?« Ich räusperte meine Verlegenheit weg. »Ich dachte, wahre Schönheit beginnt für dich erst ab sechshundert Kilo.«

Das freche Blitzen schwand aus seinen Augen, das Gesicht erstarrte, als würde ihm alles entgleiten – seine Mimik, seine Gedanken, das Jetzt.

Dachte er daran, dass er sich nie wieder auf sein Pferd setzen würde? Dachte er an den Unfall, der ihm alles genommen hatte? Und daran, wie wir kurz davor noch miteinander geblödelt hatten?

»Alles gut«, murmelte ich, um ihn zu beruhigen, um ihn wieder zu mir zu holen. »Alles gut.«

Sein Blick flog zu mir, eindringlich, hart – wie ein Hieb ins Zwerchfell. »Sag das noch einmal.«

Nein. Nein, bitte nicht! Erinnere dich nicht daran, nicht schon jetzt!

»Sag es«, wiederholte er tonlos.

»Dass alles gut wird?«

Er musterte mein Gesicht. Noch ein bisschen und er würde es sehen. Wer ich wirklich war hinter dem, was ich vorgab zu sein. Doch dann wurde sein Blick weicher.

»Manchmal, da …« Er schüttelte den Kopf. »Ich weiß auch nicht. Als würde ich mich gleich erinnern. So wie jetzt, da ist dieses Flüstern in meinem Kopf: Alles gut, alles gut, alles gut … Aber dann kommt nichts, absolut nichts.«

Sein Blick glitt seinen Körper entlang, zu seinen Beinen, verharrte auf den Fußspitzen, die unbeweglich die Decke wölbten.

»Vielleicht sollte ich loslassen. Wirklich alles loslassen und mich mit den Tatsachen abfinden.«

Sein Tonfall machte mir Angst. »Ist es so endgültig? Sagen dir das die Ärzte?«

»Es ist egal, was sie sagen.« Er schaute zum Fenster, vor dem eine Kastanie mit welken, fast rostigen Blättern stand – von Frühlingsgrün keine Spur.

»Aber wenn es auch nur die kleinste Chance gibt, dass du wieder gehen kannst, dann darfst du doch nicht schon jetzt aufgeben!«

»Was bringt es, wenn ich mir falsche Hoffnungen mache? Hm?«, fuhr er mich bissig an.

»Hey«, stammelte ich durch meine verengte Kehle. »Das … das …«

… das wird schon? Wollte ich ausgerechnet *so etwas* zu ihm sagen?

»Warst du im Stall?«, fiel er mir ins Wort – als wäre nichts gewesen, als würde alles von ihm abprallen. »Du hast mir versprochen, nach meinem Pferd zu sehen, weißt du noch?«

»Klar. Ich war da.«

»Ist alles in Ordnung?«

Ich schluckte.

»Keiner sagt mir irgendetwas! Fängst du jetzt auch damit an? Mich einfach anzuschweigen?« Wie schnell es bei ihm ging – von Albernheiten über Verzweiflung bis zu aufkeimendem Zorn.

»Okay, okay. Tut mir leid«, stammelte ich. »Hab leider keine guten Nachrichten. Dein Pferd hat sich an einem Drahtzaun verletzt, aber es wird gut versorgt, und wenn du magst, kann ich es jeden Tag besuchen und dir berichten.« Ich redete und redete. »Mach dir keinen Kopf, okay, ich bin mir sicher, dass sich alle gut um dein Pferd kümmern, glaub mir. Konzentrier dich erst einmal darauf, dass du hier bald rauskommst.« Rauskommst. Was für ein schreckliches Wort. Aber ich redete weiter, um mir selbst nicht zuhören zu müssen: »Alle wollen, dass du gesund wirst. Jetzt, wo du nicht mehr so abgeschirmt wirst wie auf der Intensiv, kommen dich bestimmt bald deine Freunde besuchen.« Richtige Freunde. Bessere, als ich es bin – aber diese Bemerkung schluckte ich einfach. »Und hast du eine Freundin?« Ich lachte nervös auf, was falsch klang, wie alles, was ich gerade von mir gab. »Verflixt und zugeknöpft, ich habe echt nie gefragt, ob du eine Freundin hast. Was sie wohl von meinen Besuchen bei dir halten würde. Jedenfalls …«

»Eine *Freundin* kann ich im Moment am wenigsten gebrauchen.« Seine Stimme klang seltsam schwach.

»Dann eben Freunde. Jeder braucht Freunde.«

»Ich brauche eine Krankenschwester.«

»Irgendwann wirst du auch ohne sie auskommen. Ganz sicher!«

»Ich meine es ernst«, flüsterte er. »Irgendwas stimmt gerade nicht mit mir. Es rauscht so komisch in den Ohren …«

Wie blass er war!

»Christian!«

Schon war ich an der Tür und stürzte aus dem Zimmer. Der Fußbodenbelag pufferte meine Schritte. Bumm-bumm-bumm. Keine Ahnung, ob es nur das Trampeln meiner Füße war oder mein Herz, das verzweifelt gegen meinen Brustkorb hämmerte. Ich lief den Flur entlang, brach atemlos ins Krankenschwesternzimmer ein. »Er … er … hat so ein komisches … Rauschen! In den Ohren! Hat er … gesagt!«

Die drei Schwestern, die am Tisch saßen, fuhren herum und starrten mich an, als wären sie sich nicht einig, ob nicht ich diejenige war, die Hilfe brauchte.

»Christian!«, stieß ich endlich hervor. Da sprang eine der Schwestern auf, schnappte sich ein Blutdruckmessgerät und eilte an mir vorbei.

Ich schaffte es gerade noch, zurück in den Flur zu schwanken, um zu sehen, wie sie in Christians Zimmer verschwand.

»Es ist besser, wenn du jetzt gehst«, hörte ich. Eine andere Krankenschwester war bei mir, legte mir beinahe entschuldigend eine Hand auf die Schulter. »Vielleicht war das ein bisschen zu viel für ihn. Wir müssen es langsamer angehen, was Besuche betrifft.«

»Wird er …?«

»Mach dir keine Sorgen, wir passen gut auf ihn auf.« Sie lächelte mir aufmunternd zu. »Versprochen. Aber jetzt solltest du gehen.«

Nachts war ich immer wieder versucht, Fonsel in den Pullover zu wickeln, der nur noch schwach nach Christian roch. Ihm würde nichts passieren, solange ich ihn umarmte. Ihm *konnte* einfach nichts passieren. Kurz vor Morgengrauen dämmerte ich ein, bis meine unruhigen Träume mich aufweckten. Ich machte mich fertig, schnappte mir meinen Rucksack und lief aus der Wohnung, bevor Mum Gelegenheit hatte, mit meinem Gemütszustand auf Tuchfühlung zu gehen. So war es doch besser für alle, ich wollte ihr nicht noch mehr Kopfschmerzen bereiten, und die Morgenkälte unter der aufgehenden Sonne lud eh zu einem Spaziergang ein. Ich nahm einen Umweg zur Schule, um die schlaflose Nacht endlich abzustreifen, prüfte unterwegs immer wieder mein Handy, aber es blieb stumm. *Alles in Ordnung bei dir?*, tippte ich schließlich in eine Whatsie. Doch die Antwort blieb aus. Vielleicht schlief er noch. Vielleicht machte er einen Ausflug zu irgendeiner Untersuchung. Oder versuchte ganz allein, seine Beine über die Bettkante zu hieven …

Das Schulgelände wirkte wie ausgestorben. Warnschilder mit der Aufschrift »SCHULZENTRUM« – fast genauso wirkungsvoll wie »NATURSCHUTZRESERVAT: Betreten der Zone verboten, Hunde anleinen, wilde Tiere kreuzen Wege« – hielten die meisten Passanten fern. Nur der eine oder andere Unbedarfte verirrte sich hierher auf der Suche nach einer Abkürzung. Einsam tauchte ich durch den Schuleingang, lief zur

Treppe – und prallte gegen eine durchtrainierte Brust, die wie aus dem Nichts vor mir aufgetaucht war.

»Jetzt können wir in Ruhe miteinander reden, was?«

Marshal. Hier. Jetzt. Überall.

»Was. *Willst du?*«, fauchte ich direkt in das freche Skelettgrinsen seines Megadeth-T-Shirts, was weder Marshal noch das bleiche Gerippe zu beeindrucken schien. Reiß dich zusammen. Denk gut nach. Über jedes verdammte Wort, das ab jetzt deine Lippen verlässt – bloß nichts Falsches sagen.

»Was ich will? Reden. Über Christians Unfall und was du darüber weißt.« Er klang beinahe sanft. Mit einer Hand auf das Geländer gestützt, sah er auf mich herab, wartete.

»Verfolgst du mich?«

»Quatsch. Eigentlich bin ich hier mit jemandem verabredet«, er sah umher, »nicht wichtig. Es trifft sich gut, dass ich dich hier allein erwische. So haben wir unsere Ruhe, oder?«

»Keine Ahnung, was du von mir hören willst.« Sicherheitshalber wich ich einen Schritt zurück. Noch drei oder vier mehr, und ich würde über die Schwelle gelangen und könnte … laufen! So schnell wie möglich. Auch wenn ich mit meiner Ausdauer vermutlich nicht einmal über die Stadtgrenze käme. Geschweige denn über alle Berge.

»Weißt du, was?« Seine Augen verengten sich zu Schlitzen. Mit einer zusammengekniffenen Miene starrte er mich nieder. »Je länger ich über alles nachdenke, desto mehr glaube ich, dass du bei der Sache eine viel größere Rolle gespielt hast, als ich vermutet habe. Oder? Dein Fahrrad beweist doch, dass du da warst. Nein, hör mir jetzt gut zu«, meinen Protest unterbrach er mit einer raschen Geste, »und komm nicht auf die Idee, es abzustreiten. Ich habe mit einer Frau gesprochen, die an dem Tag jemanden gesehen hat, auf den deine Beschreibung gut passt. Und hast du diesem Praktikanten auf der Intensiv nicht erzählt, du hättest den Unfall unmittelbar gesehen oder so ähnlich?«

Ich biss mir auf die Lippe. Der Gute war also nicht nur bei mir so redselig.

»Du hättest ihm doch auch alles erzählt, um durchgelassen zu werden, oder?«, versuchte ich es mit einem Argument, das sogar mir selbst viel zu lahm erschien.

»Du warst da. Punkt.« Er rückte auf mich zu. »Was hast du dort gemacht? Was willst du von Chris? Er hat dir doch nichts getan!« Seine Hände legten sich auf meine Oberarme.

»Du tust mir weh«, fiepte ich, aber so leicht würde er mich nicht davonkommen lassen, schon klar.

»Ist es nicht merkwürdig, dass du ihn besuchst, obwohl du ihn angeblich gar nicht so gut kennst? Also kennst du ihn! Und willst – ja, was?«

»Nichts, verdammt – ich will rein gar nichts von ihm, kapiert?«

»Was soll dann dieses Theater im Krankenhaus, hm?«

»Ich wollte nur wissen, wie es ihm geht«, rief ich und hörte mich selbst kaum. Leugnen war zwecklos. Aber die Wahrheit – das konnte ich einfach nicht. »Was passiert ist, hat uns doch alle ziemlich erschüttert!«

»Was ist denn genau passiert?« Er beugte sich zu mir. Sein Griff um meine Arme wurde stärker. »Was weißt du darüber? Los.«

Nichts. Alles. Absolut alles. Ich öffnete den Mund, doch es kam kein einziges Wort heraus.

Er schüttelte mich durch. »Was versuchst du dann zu verschleiern? Bist du wirklich so naiv zu glauben, es fällt nicht auf? Wie du diese Öko-Aktivisten ins Spiel bringst und dann taucht eine passende Inschrift auf einer Stallwand auf? Und das ausgerechnet an einem Tag, an dem du – so ein Zufall aber auch – ebenfalls gesehen wirst?«

Ich wollte etwas erwidern, ihn endlich zum Schweigen bringen, es ihm erklären, doch was kam, stammte nicht von mir: »Es reicht!« Vroni stürmte auf uns zu. Wo auch immer sie plötzlich herkam. »Jetzt lass sie endlich in Frieden! Komm, Rinnchen, du musst dich nicht mit diesem Typen abgeben!«

Marshal taumelte, als Vronis unbändige Energie ihn beiseiteschubste, doch so leicht war er nicht aus dem Konzept zu bringen.

»Halt!«

Seine Finger gruben sich umso tiefer in meinen Oberarm. Noch ein bisschen und die beiden würden Tauziehen mit mir veranstalten. Vermutlich hätte er sogar gewonnen. Doch Vroni ließ es nicht auf einen Versuch ankommen – Kräftemessen entschied sie auf ihre ganz eigene Art für sich.

»Jetzt hör mir mal gut zu.« Mit ihrem Zeigefinger pikte sie ihn an, so heftig, dass ich Angst um ihre French Nails bekam. Sie waren frisch aufgelegt, wie ich feststellte, ihre Fliegenpilz-Kreation, die ich ihr vor Kurzem verpasst hatte, trug sie schon nicht mehr. »Wenn du uns weiter belästigst, sorge ich dafür, dass du aus dem Leben deines besten Freundes ziemlich schnell so ziemlich verschwindest.«

»Ach.« Spöttisch lehnte er sich zurück. »Bist du nicht ein bisschen zu überzeugt von dir? Glaub mir, ihm ist es ziemlich strunz, was du von mir hältst.«

»Seinen Eltern auch? Ist denen egal, dass du gern nackt in

fremde Pools springst? Oder dass du einen alten HVV-Bus geklaut hast, um darin eine Party zu schmeißen?«

»Hat Chris dir das erzählt? Was geht dich das an?«

»Seine Eltern werden ja entzückt sein, davon zu erfahren, wo du deinen besten Freund überall mit reinziehst«, zischte sie durch die zusammengepressten Zähne. »Also überleg es dir gut, ob du dich mit mir anlegen willst. Mag sein, dass die Meinung seiner Eltern euch früher wenig interessiert hat. Aber soweit ich weiß, ist dein Freund im Moment etwas *eingeschränkt*. Wenn sie es wollen, wirst du ihn nie wiedersehen. Kapiert?«

Er zuckte mit keinem Muskel. Doch die coole Fassade konnte niemanden mehr täuschen, nicht einmal mich.

»Du kleine, fiese …«

»Bitch? Damit kann ich leben.« Vroni lächelte. Wenn sie wollte, konnte sie richtig gruselig sein. »Komm endlich, Rinnie. Was stehst du da wie angewachsen?«

Sie schob mich die Stufen hoch.

»Ich weiß, dass ihr etwas verheimlicht!«, hörte ich Marshals Ruf in meinem Rücken. »Und ich werde herausfinden, was!«

»Denk gut darüber nach«, konterte Vroni, packte mich – anscheinend war ich ihr zu langsam – und zog mich weiter. »Mach dir keine Sorgen, diesen Marcel werden wir schon los, verlass dich drauf. Ach, Rinnchen!« Plötzlich umarmte sie mich. So heftig, dass mir die Luft wegblieb und ich mich in einer Wolke von »Hypnotic Poison« wiederfand. »Ich habe dich so vermisst, du untreue Tomate. Wo warst du die ganze Zeit? Erzähl!«

»Tut mir leid. Hör zu. Das mit Marcel – das war einfach nur fies.«

Sie schnaubte. »Mach dir keinen Kopf drum. Vergiss ihn, klar?« Dann seufzte sie und umarmte mich wieder. »Ich bin bei dir, zusammen stehen wir alles durch. Wenn nicht ich, wer sonst? Du kannst auf mich zählen.«

Sie sagte noch mehr, sie sagte unglaublich viel, aber dieser Stimme hörte ich nicht länger zu – zu sehr geisterte noch Marcels verächtlicher Gesichtsausdruck durch meine Gedanken.

Im Klassenraum tauchten wir kurz vor dem Klingeln auf. »Hi«, murmelte ich zum Gruß, Vroni strengte sich nicht einmal an. Seit dem Unfall war das übliche Herumgegröle und Getratsche leiser geworden, alles wartete: auf Neuigkeiten um Christian Steggen, auf neue Gerüchte, neue Details, neue Spekulationen. Vielleicht aber kam es mir nur so vor, dass es bei jedem Tuscheln einzig und allein um ihn ging. Und unweigerlich auch um mich. Er war da, unsichtbar und allgegenwärtig, ich ertrug es nicht, ich ertrug *ihn* nicht und wollte doch nur noch zu ihm. Vollkommen verrückt.

Rasch verzog ich mich auf meinen Platz. Neben mir breitete sich Vroni gewohnheitsgemäß aus: Hefte, Stifte, Kassenbons, eine Tüte Mokkabohnen, die sie sofort wieder zurück in die Tasche steckte. Chaos pur, das sie großzügig über den ganzen Tisch verteilte. Aber heute versuchte ich nicht einmal, meine Hälfte zu verteidigen. Das Display meines Handys blieb tot. Keine Antwort von Christian, kein Lebenszeichen von ihm. Ich vergrub das Gesicht in meinen Armen und hoffte, die Müdigkeit würde mich irgendwann übermannen, damit ich nichts von der Welt um mich herum mitbekommen würde, bis er endlich antwortete.

Den Zettel entdeckte ich vor der letzten Stunde im Seitenfach meines Rucksacks, als ich einen kurzen Halt auf der Mädchentoilette gemacht hatte.

Samstag. 15 Uhr.
Am Dorfteich.
Ich spendiere dir ein Eis
und du mir die Wahrheit.
M.
PS: Ich weiß, dass du anders bist
als Veronika.

Auf ein Eis war ich noch nie eingeladen worden. Nicht einmal zum Spaß, geschweige denn zum bitteren Ernst.

»Hey, was ist denn jetzt los? Du bist ja total von der Rolle!«

Vroni rüttelte in Windstärke 13 an meinem Ärmel. Heute hatte sie beschlossen, mich nicht mehr aus den Augen zu lassen. Marshal musste unentdeckte Talente als Zauberkünstler haben, wenn er mir die Notiz ungesehen zustecken konnte.

»Was hast du da? Zeig!«

»Alles gut.« Rasch knüllte ich den Zettel zu einer winzigen Kugel zusammen und schnippte sie betont lässig in den Mülleimer. »Volltreffer! Bin ich gut oder bin ich gut?« Ich zwinkerte Vroni zu.

»Mal im Ernst, hat dich schon wieder einer blöd angemacht? Wem soll ich eine reinhauen, damit Ruhe ist?«

»Ein Kreuz mit diesen Verehrern, oder?« Ich versuchte mich an einem Lächeln, das sich wie eine Gesichtsentgleisung anfühlte. Also rieb ich mir über die Wangen, um alles loszuwerden: dieses Lächeln, dieses Gefühl, die Worte, die wie Geier in meinem Verstand kreisten: *15 Uhr. Am Dorfteich. Die Wahrheit.*

»Lass mich raten: Sören, das Vollkornblödchen?«

»Jo.« Es war viel zu leicht, dieses »Jo« von mir zu geben. Als würden die Grenzen zwischen Wahrheit und Lüge immer mehr verschwinden. Zu gern wollte ich daran glauben, dass alles nur ein böser Traum war, dass irgendjemand mir etwas Furchtbares anhängen wollte, wogegen ich mich mit allen Mitteln, mit allen Sinnen wehren musste.

Meinem Zettel flog ein Joghurtbecher hinterher, mit dem die in das Mädchenklo hereingeflatterte Annabelle ihre Treffsicherheit unter Beweis stellte. Wie sie sich dabei gab, hätte man beinahe denken können, Joghurtbecherweitwurf wäre eine fest definierte Challenge bei »Germany's Next Topmodel«.

»Na, Mädels? Alles in Ordnung bei euch?« Sie beugte sich zu einem Spiegel und rieb ihre Lippen aneinander, um den Gloss darauf besser zu verteilen.

»Na, Belle?«, flötete Vroni zurück, als steckte sie mit Annabelle in einem Säuselrap-Battle. »Noch nie was von Mülltrennung gehört?« Gleich darauf langte sie in den Mülleimer, fischte den Becher heraus und drückte ihn der verdutzten Annabelle in die Hände. Auf den berechtigten »Wie bist du denn drauf?«-Einwand konterte Vroni mit »Komm, Rinnchen!« und schwang ihren Hintern durch die quietschende Tür. Bestimmt noch eine wichtige Topmodel-Challenge, bei der eine Mädchentoilette zu einem Catwalk mutierte – in dem Punkt lagen die beiden voll auf einer Wellenlänge, nur ich guckte dumm aus der Wäsche.

»Ist sie okay?«

»Was? Wer?« Ich war bereits mit einem Fuß draußen, doch

Annabelles Frage klang so unerwartet ernst, dass ich haltmachte. »Meinst du Vroni?« Ich schaute ihr nach, sie stand bereits vor unserem Klassenraum und winkte mich ungeduldig herbei.

»Wen sonst?« Ich konnte beinahe hören, wie Annabelle die Augen verdrehte. Und es seitlich im Spiegel sehen. »Na los, lauf ihr hinterher. ›Komm, Rinnchen‹ bedeutet doch zu folgen, und zwar sofort. Du musst dich sputen, oder nicht? Bei der Gelegenheit frag sie ruhig, was sie im Schilde führt und was mit ihr wirklich los ist.«

Ich trat einen Schritt zurück, spürte das Waschbecken und hielt mich daran fest. »Du weißt doch genau, was mit ihr los ist.«

»Wirklich?« Nachdenklich drehte Annabelle den Joghurtbecher in den Fingern, bis sie ihn zurück in den Mülleimer warf. »Weißt du es auch?«

Ich spürte, wie meine Wangen glühten und die Gedanken rasten. »Lass die Spielchen! Ihr Vater versucht, sie bei jeder Gelegenheit auszuhorchen, ihre Mutter hat Migräne, sobald es auch nur ansatzweise auf das Thema Scheidung kommt, und kocht alle Probleme lieber in ihrer Luxusküche weg – wie würdest du an ihrer Stelle drauf sein, hm?«

»Dann ist ihre Mutter der Grund dafür, dass sie sich in der Nacht des Unfalls auf dem Stalldachboden versteckt hat? Und irgendwann später in einer völlig aufgelösten Verfassung von einem Reitlehrer gefunden worden ist, der sie nach Hause bringen musste? Oder ist ihr Vater dafür verantwortlich, dass es ihr so mies ging? Vielleicht aber liegt es daran, dass sie etwas mitbekommen hat?« Sie hob die Augenbrauen. »Was könnte es nur sein?«

»Moment, warte – wie meinst du das?«

»Sag du es mir.«

Meine Wangen glühten nicht mehr. Alles Blut wich mir aus dem Gesicht, mir war schwindelig und übel zugleich.

Natürlich hatte Vroni etwas gesehen, höhnte eine fiese Stimme in mir. Wie du die Plane präpariert hast, zum Beispiel.

Also war Vroni zurück zum Stall gelaufen, um Hilfe zu holen? Schaffte es aber nicht in ihrem Zustand, weswegen sie sich einfach nur irgendwo verkroch.

Nein, nein. Bleib ruhig.

Vroni hatte einen Filmriss, sie würde dich nicht verraten!

»Wie auch immer.« Annabelle zuckte die Schultern. »Du siehst gerade auch etwas blass um die Nase aus.« Sie holte einen Lippenstift aus ihrer Tasche und warf ihn mir zu. »Hier, ein bisschen Farbe würde dir nicht schaden, schätze ich.«

»Aha?« Der Lippenstift kullerte durch das Waschbecken. Nur mit Mühe hielt ich mich aufrecht, meine Beine fühlte ich kaum.

»Schenke ich dir.«

Sie spendierte mir ein flüchtiges Lächeln und stolzierte an mir vorbei. Ich tastete nach dem Ding, das sie mir zugeworfen hatte, drehte es bis zum Anschlag heraus. Nur ein winziger Stummel lugte hervor – rot wie »Revenge«.

Mein Herz klopfte wie in einer Kamikaze-Mission, bis zur völligen Erschöpfung, schneller, schneller, schneller. Ich ballte die Finger um den Lippenstift, taumelte zur Tür hinaus – und fiel Vroni in die Arme.

»Da bist du ja. Was wollte denn unsere Belle the Hell von dir?«

»Nichts.«

Nur dass sie von meiner Tat wusste. Oder es zumindest ahnte. Das Einzige, was sie vielleicht noch brauchte, war Vronis Bestätigung all dessen, was sie sich zusammengereimt hatte.

Aber Vroni wusste nichts.

»Alles okay?«

Ich schob sie beiseite. Nein, Vroni, lag es mir auf den Lippen, ich fühlte jedes einzelne Wort – und blieb stumm. Nein, Vroni, nichts ist okay. Der Schulflur schien um mich herum zu schrumpfen, die Blicke der anderen gingen mir unter die Haut, schon bald würde darin nur der Hass auf mich liegen: Da – seht ihr? –, da ist das Mädchen, das … Die Verachtung meiner Mum, ihr Entsetzen darüber, mit so einer Tochter bestraft zu sein – ich spürte, wie es sich um mich legte und mir jeden Atemzug abschnürte, mit jedem Schritt durchlebte ich in meinen Sinnen, wie ich alles verlor. Alles. Und Christian.

Sag es ihm.

Sag es oder Annabelle tut es für dich.

Deine Zeit ist abgelaufen.

10:22 Zug endet hier, leuchtete die Anzeigetafel.

Ich beobachtete das leer werdende Bahnhofsgleis. Ein Stillleben. Die Bezeichnung »Kreisstadt« hörte sich nämlich nur auf den Ortsschildern wichtig an, ansonsten ließ sich ohne schlechtes Gewissen behaupten, dass so manches Dorf in der Umgebung mehr rockte.

Mein Blick wanderte die Schienen entlang, wo das rote Auge der Ampel zu mir herüberleuchtete. Viele Möglichkeiten blieben mir nicht übrig. Ich könnte mich auf die sehr mitgenommene Bank setzen. Oder zur Bushaltestelle gehen, einsteigen, ein Weilchen fahren, aussteigen …

… kurzum: einer der Krankenschwestern so lange auf den

Senkel gehen, bis ich erfahren hatte, wie es um den Jungen stand, der nicht mehr mit mir reden wollte.

Keine Ahnung, wie ich letztendlich zum Krankenhaus gelangt war. Vermutlich nur ferngesteuert: Du musst mit ihm reden, du musst mit ihm reden – du musst es ihm sagen. Doch bereits im Flur, der zu seinem Zimmer führte, wusste ich, dass etwas nicht stimmte.

»Lasst mich einfach in Ruhe!«, hallte es durch die Station, und ich erkannte kaum noch seine Stimme, so wutverzerrt, wie sie klang. »Lasst mich in Ruhe! Nein, ich werde nicht *irgendwann wieder gehen*. Vielleicht will ich es auch nicht! Vielleicht will ich nur, dass das alles einfach *aufhört*! Aufhört, klar?«

Aus seinem Zimmer trat eine Frau. Sie war klein und beinahe zerbrechlich, trug eine elegante Hose, Pumps und eine weit geschnittene himbeerfarbene Bluse, die ihrer ermatteten Blässe ein bisschen Farbe entgegensetzte.

»Willst du zu Christian?«, fragte sie.

Hinter ihr kam ein drahtiger, großer Mann, der nichts fragte – er legte einen Arm um sie und führte die Frau davon. Ich hörte das Quietschen seiner Schuhsohlen und das zaghafte Klappern ihrer Absätze, als ich auf die Schwelle zu Christians Zimmer trat.

Sein Blick streifte mich flüchtig. »Verschwinde.«

»Verstanden.« Ich lächelte ihm zu. »Eintritt nur mit Zimtschnecken, stimmt's?«

»Hau ab!« Sein Ton traf mich wie eine Ohrfeige.

Weißt du es?

Jagst du mich deswegen davon?

Eine Antwort bekam ich nicht.

Mum war auf der Arbeit, stellte ich erleichtert fest, als ich zu Hause ankam. Ich pfefferte den Rucksack in eine Ecke, doch allzu lange ertrug ich die Stille und meine darin rasenden Gedanken nicht. Vielleicht sollte ich etwas Sinnvolles tun und mich erst einmal auf die Hausaufgaben stürzen. Das hörte sich vernünftig an. Sogar so vernünftig, dass es kaum noch nach mir klang, aber im Augenblick war ich für alles offen.

Mathe legte ich gleich beiseite – ohne Évariste Galois würde ich es eh nicht kapieren. Chemie packte ich auch weg, meine Marie Curie war nicht zu erreichen. Physik gesellte sich gleich dazu, da Einstein nicht mehr mit mir sprach. Biologie klang ganz nett, das könnte ich schaffen. Oder vielleicht doch Mathe? Verzweifelt knetete ich den Lippenstift in meinen Händen, die sich ganz feucht anfühlten, warf ihn beiseite, griff nach meinem Handy.

Melde dich, bitte! Wir müssen reden.

Ich lehnte mich zurück und starrte auf das Display. Kaum abgeschickt, wünschte ich die Nachricht schon wieder zurück. Doch wäre ich wirklich in der Lage, die Zeit zurückzudrehen, hätte ich eine ganz andere Botschaft rückgängig gemacht, damit der Lippenstift mich nicht länger von meinem Tisch aus anklagte.

Keine Ahnung, wann ich beschlossen hatte, nach Évariste Galois zu googeln. Draußen war es schon dunkel. Es passierte einfach, weil ich nicht mehr wusste, wohin mit all meinen Gedanken und Zweifeln und Hoffnungen, und mich auf nichts anderes konzentrieren konnte. Geboren, Vater, Mutter, Anerkennung durch Lösung algebraischer Gleichungen, ein Genie, ganz klar. Und erst dann: wie jung Évariste eigentlich aussah.

Und wie früh er gestorben war.

Und wobei.

Und alles andere eben auch.

Wennschon, dann Évariste Galois, klang seine Stimme in meinem Kopf. Ganz ruhig und ein wenig traurig, nein, nicht nur ein wenig. Dann peitschte sein Ruf durch meine Gedanken: *Vielleicht will ich nur, dass das alles einfach aufhört!*, sodass ich mich fragte …

Hatte er mir *das* sagen wollen? Wirklich?

Ich wählte Vronis Nummer. Sie ließ mich zappeln, ging nicht ran. Aber ich blieb hartnäckig: klingelte, schickte ihr eine Nachricht nach der anderen, skypte sie an, warf den Facebook-Chat an: »Es ist wichtig. Bitte, bitte, bitte nimm ab. Es geht um Leben und Tod!!!« Ich brauche dich, wirklich, ich –

»Na, was ist denn so dringend?«

Erleichtert atmete ich auf. »Hast du die Nummer von diesem Marshal?«

»*Was?*«, quiekte sie.

»Marshal. Seine Telefonnummer. Die brauche ich.«

»Es geht um Leben und Tod, und das Einzige, was du von mir wissen willst, ist die Telefonnummer dieses Typen?«

»Richtig.«

»Aha.« Stille. »Ist da vielleicht etwas, was ich wissen sollte? Hmmmm, Rinnie und Marshal … ein gewöhnungsbedürftiges Pärchen, aber okay, bei dir habe ich schon Schlimmeres befürchtet.«

»Vroni, die Nummer!« Sie war doch sonst wie ein wandelndes Telefonbuch. »Bitte! Es ist dringend, Vroni!«

»Schon gut, schon gut. Entspann dich. Ich hab sie. Ich meine … Wozu brauchst du sie denn? Du willst doch nicht …«

»Moment. Ich suche mir einen Stift. So. Jetzt. Schieß los.«

»Sag zuerst, wofür du sie haben willst.«

»Vroni!«, brüllte ich in den Hörer, und anscheinend reichte es, um ihr zu zeigen, wie dringend, dringend, dringend ich die Nummer brauchte.

Und keine Spielchen.

Nicht jetzt.

»Was auch immer du vorhast – ich warne dich. Pass mit dem Typen auf.« Trocken diktierte sie mir die Zahlen und legte ohne Gruß auf. Ich tippte die Nummer ein. Geh ran. Wenn du rangehst, schwöre ich, dass ich am Samstag alles sage, was du wissen willst, aber bitte geh ran!

»Mhm … ja?«, meldete er sich, und ich fragte mich, wo er seine raue Rockerstimme gelassen hatte. Das war ja ein Marshal ganz privat, um nicht zu sagen: Marcel.

»Hallo? Wer ist da?«

»Weißt du, wer Évariste Galois war?«, stieß ich in einem Zug hervor.

»Weißt du, wie spät es ist?«

Ein Blick zum Wecker. »Dreiundzwanzig sechsundfünfzig.«

»Danke. Genau das wollte ich hören. Wer ist da? Was soll das Ganze?«

»Évariste Galois, Christian sagte, er will Évariste Galois genannt werden, wie dieser französische Mathematiker!«

»Ja und? Chris war schon immer ein bisschen größenwahnsinnig. Wer zum Teufel spricht da?«

»Évariste Galois ist nur zwanzig Jahre alt geworden! Er wurde bei einem Duell erschossen.« Ich scrollte den Artikel auf meinem Laptop durch. »Einige Historiker sprechen von einem inszenierten Selbstmord. Selbstmord! Ich glaube, es geht ihm nicht gut.«

»Wem? Évariste Galois?«

»Christian! Verstehst du das wirklich nicht? Irgendjemand muss auf ihn aufpassen und mit mir redet er nicht mehr!« Schwer atmete ich in die Stille am anderen Ende. Irgendwo im Hintergrund quietschte eine Tür, tapsende Schritte tönten und eine zaghafte, kindliche Stimme: »Massu-uh? Massu!«

Hörbar ließ Marshal die angehaltene Luft entweichen. »Jetzt mal langsam.«

Keine Ahnung, ob er damit mich oder das Kind meinte. Aber langsam – das konnte ich nicht. Langsam – da hätte ich mich vorher fragen müssen, was ich mir dabei gedacht hatte. Dass Christian selbstmordgefährdet war? Weil er sich mit einem Mathematiker verglich? Meine Hände zitterten. Fast genauso stark wie an dem Abend. Als ich seinen Kopf gehalten hatte.

»Bist du es? Sabrina … Dingens … Zeissner?«

»Tut mir leid. Hab wohl überreagiert. Vergiss es.«

»Warte! Leg nicht auf.«

Warum musste Christian mir so eine Angst einjagen, warum hatte er sich nicht Gauß nennen können? Und warum legte ich nicht auf? Wollte ich wirklich ausgerechnet mit Marshal über Christian reden?

»Massu, da!«, hörte ich.

»Ach, Mensch. Meine kleine Schwester hat sich nass gemacht. Bin gleich wieder da, okay? Bleib dran.« Rascheln. »Bleib dran.« Wieder Rascheln. Ein Klacken, als hätte er den Hörer auf einem Tisch abgelegt. Seine Stimme klang gedämpft, irgendwo am anderen Ende der Stadt: »Das kriegen wir schon hin, Kathi. Nicht schlimm. Massu bringt dich gleich in dein Bettchen zurück, ja? Sobald wir die Sachen gewechselt haben. So ist das gut, genau. Das machst du super.«

Ich legte auf, beugte mich vornüber und rieb mir über die Stirn, als könnte ich all die Gedanken, die mich verrückt machten, einfach aus meinem Kopf radieren. Das dunkle Display meines Handys starrte mich an. Keine neuen Nachrichten.

Mach keine Dummheiten, okay?, tippte ich ein und drückte auf »Absenden«. Vielleicht würde er mir zurückschreiben. Oder anrufen. Sagen, dass alles okay war, Galois hin oder her.

Aber ich bekam keine Antwort.

Und morgen war Samstag.

Ich würde hingehen.

Es war halb drei, als es mir klar geworden war und die Uhrzeiger begonnen hatten, die Minuten gnadenlos abzuzählen.

Ich würde hingehen. Auch wenn mein Leben nicht gerade ein Eisschlecken war und Christian mir nicht mehr antwortete. Ich hatte nicht mehr viel zu verlieren.

»Mum?«

»Ja?« Sie hatte gerade ihren Lippenstift nachgezogen. In den letzten Tagen machte sie sich gerne hübsch, einfach so, und legte ihren frechen Bob in sinnliche Wellen. Ich starrte auf den Lippenstift neben ihr. Bestimmt bloß für ihren geliebten Marilyn-Monroe-Look, nur dass ich in jedem Rot »Revenge« sah.

»Ach, Schatz«, sie nahm mich in die Arme und grub ihr Gesicht in meine Schulter, »ich hab dich lieb. Keine Angst, hier wird kein Berni einziehen, solange wir zusammenwohnen. Falls es das ist, was dich beschäftigt. Ist es das?«

Ich spürte, wie sie auf etwas wartete, drückte sie leicht an mich und löste mich schließlich aus der Umarmung. »Schon gut. Bin dann weg. Treffe mich gleich mit Vroni.«

Ein Fahrrad wäre nicht schlecht gewesen. Bei der Gelegenheit würde ich Marshal danach fragen.

14:46

Kaum jemand da bei der Eisdiele. Ein paar Leute trotteten die Straße entlang und versuchten, sich in ihre Jacken einzumummeln. Hinter mir rauschten Autos auf dem nassen Asphalt.

Ich beugte mich über das Geländer, das den Teich umzäunte, und starrte ins schwarze Wasser, auf dem welke Blätter hin und her trieben.

Starrte so lange, bis es 14:58 war.

Es regnete.

Mit meiner Fußspitze kickte ich ein paar Steinchen ins Wasser, ich sah nicht weiter zu, wie sie versanken, ich sah auf die Uhr.

15:06

Vielleicht wartete er drin auf mich? Es war wirklich unangenehm hier draußen, in der Nacht war das Wetter umgeschlagen: graue Wolken, die Regen versprachen, ein eisiger Wind, der die Straßen entlangfegte. Meine Finger wurden klamm.

15:07

Nein, tat er nicht.

Als ich die Diele verließ, war es 15:10.

Das Café hatte mich etwas aufgewärmt, doch ich zitterte trotzdem, und es wurde schlimmer, je länger ich wartete.

15:16

Was, wenn es nur ein dummer Streich war?

15:17

Womöglich war der Zettel gar nicht von ihm?

15:18

Was tat ich hier eigentlich? Würde ich ihm wirklich die Wahrheit sagen?

15:19

Nein, natürlich nicht.

Doch.

Keine Ahnung.

15:21

Zwei Hände legten sich von hinten über meine Augen.

»Rate mal, wer hieeer iiihiiist!«, trällerte eine Stimme in mein Ohr. »Na, wer ist es, wer ist es?«

Nicht Marshal.

So viel stand fest.

Ich drehte mich um.

Runzelte die Stirn.

»Was machst du denn hier?«

»Hä?« Verständnislos blinzelte Vroni mich an, als hätte ich sie gerade gefragt, was wir in Mathe aufhätten. Die Fertigkeit, mit den Wimpern zu klimpern, hatte sie in den letzten Jahren perfektioniert, und inzwischen wandte sie ihre Künste inflationär an. »Mittagessen holen natürlich! Und du?«

»Mittagessen? Jetzt?« Ich blinzelte zurück. Wobei es bei mir grundsätzlich aussah, als hätte ich etwas im Auge.

»Ja! Mittagessen! Hab ich doch gesagt, du Nase. Meine Mutter hat was beim Chinesen bestellt. Der liefert aber nicht frei Haus, also muss ich an die frische Luft.« Sie verzog das Gesicht.

»Deine Mutter hat etwas bestellt? Warte, was ist bei euch schon wieder los?«

»Vater hat angerufen. Keine Ahnung, worum es ging, vielleicht um den Schnapsdiebstahl neulich oder um den Schmuck meiner Mutter, der seiner Oma gehörte – Mutter hat die ganze Zeit nur die Augen verdreht und in den Hörer gestöhnt, sie hätte keine Kraft mehr. Es wäre ihr zu viel, man wolle sie bloß im Grab sehen, dann könnten alle endlich zufrieden sein.«

»Mist, Vroni! Meinst du …«

»Wasser kann so ruhig sein, oder?« Ihr Blick schweifte über die Oberfläche des Teichs. »Hast du schon mal von dieser Geschichte gehört, als unzählige Quietsche-Entchen während eines Sturms von einem Containerschiff ins Meer gefallen sind? Sie sind elf Jahre herumgetrieben und dann irgendwann doch noch an die Küste gelangt.«

Sie summte. Al-le mei-ne Ent! Chen! Schwimmen auf dem Seeeee!

»Was hast du nur mit diesen Entchen?«

»Meine Eltern haben mir das Lied vorm Insbettgehen gesungen. Zusammen. Sozusagen im Duett. Meinst du, es ist bald auch für mich Land in Sicht?«

»Du bist doch kein Spielzeug, das irgendwohin gespült werden muss.«

»Vielleicht sollte man gar nicht zum Land wollen, sondern weg davon. Ich bin oft hier am Teich, stehe genau hier, wo du jetzt stehst, und denke mir: Wenn nichts mehr geht, dann sollte ich einfach schwimmen, weg von alldem.«

»Vroni, meinst du nicht, du solltest mit jemandem darüber reden?«

»Ich rede doch mit dir, du Knallbirne! Ach, nimm das doch nicht so furchtbar ernst. Manchmal blödele ich nur herum. Und du? Was treibst du hier so?«

»Friere mir gerade den Arsch ab, wie es aussieht.«

»Aha.« Feixend ging sie um mich herum. »Du Drama-Queen! So leicht friert der nicht ab. Spaß beiseite. Erzähl! Dein heimlicher Verehrer? Sören?« Sie stupste mich an.

»Um Gottes willen!«

»Schon gut, schon gut, ich hör ja auf. Wenn du nichts sagen willst, ist es dein Ding. Und wie lange gedenkst du, dir noch den Arsch abzufrieren?«

»Ehrlich gesagt keine Ahnung.«

»Prima! Dann lass uns doch zusammen zum Chinesen gehen. Ich brauche ein wenig Gesellschaft.« Schon hakte sie sich bei mir unter und zog mich weg vom Dorfteich. Es gab Momente, die waren wie ein subtiler Wink des Schicksals, und den musste man ernst nehmen. Unbedingt. Also beschloss ich, mich nicht nach Marshal umzusehen.

Energisch stieß Vroni die Tür des Restaurants auf. Ich kam an zwei wachenden Löwen vorbei, die wie goldene Teddybären aussahen, fühlte den weichen roten Teppich unter meinen Füßen – meine dreckigen Turnschuhe schämten sich schon jetzt darüberzulatschen. Ich war definitiv nicht ausgehfertig angezogen. Nach gründlicher Überlegung nicht einmal für ein Eis.

Nach einer weiteren Tür tauchte ich in die wohlige Behaglichkeit des Restaurants, das von leisen Klängen asiatischer Musik und Gerüchen nach Essbarem erfüllt war. Wir gingen zu einem Tisch am Fenster. Der Raum war praktisch leer, kein Wunder bei diesen Preisen, bewies mir der Blick auf die Speisekarte, die gerade von einem einsamen älteren Herrn studiert wurde.

»Was machen wir hier? Sollten wir nicht einfach nur etwas abholen?«

»Entspann dich.« Vroni zog ihre Jacke aus und machte es

ihr an einem Garderobenhaken gemütlich. »Ich wollte mit dir reden.«

»Entspann dich« und »Ich wollte mit dir reden« – wie passte das denn in einen Atemzug?

»Ach, Rinnchen! Nun guck nicht so. Ich mein ja nur. Denkst du nicht, wir sollten endlich offen miteinander sprechen?«

Alles in mir fror augenblicklich ein. »Worüber denn?«

»Was mit dir los ist.«

Langsam stieß ich die angehaltene Luft aus. Um die Wahrheit kam ich heute wohl doch nicht herum. Zum Glück trat bereits die Kellnerin an unseren Tisch. Womöglich zelebrierte sie ihren Akzent etwas zu sehr, aber ich fand auch ihn passend zum Ambiente: »Hä-tlik wiikomen im China Palais. Wie ik sehe, bis' du heute ohne dein Fuleund? Na dann: Was möchtest du bestellen?«

»Das Übliche.«

»Und deine Fuleundin?«

»Das Übliche zweimal, bitte.«

Mein protestierender Ausruf interessierte keine der beiden. Die Frau nickte und tippelte davon. Sobald sie weg war, beugte ich mich über den Tisch.

»Du warst mit Caspar Reschke hier?«, flüsterte ich mit Nachdruck. Vielleicht würde meine Wahrheit noch ein bisschen warten können, wenn wir über die ihre redeten.

»Hm?«

»Dein *Fuleund.* Oder hast du mehrere gleichzeitig gehabt?«

»Ach so. Mein Fuleund.« Sie lachte. Ihr helles »Du kannst mich mal, Welt«-Lachen, das sogleich verstummte. »Er hasste es hierherzukommen.« Beinahe schon melancholisch vermischte sie den Inhalt der Nuss- und Krabbenchipsschälchen, die vor uns aufgestellt worden waren, um die Wartezeit zu überbrücken. »Es war unser Versöhnungsrestaurant. Vielleicht mochte er keine Versöhnungsrituale. Oder keine Versöhnungen.« Sie seufzte. »Aber es war nicht alles schlecht, Rinnie.«

»Sondern eine Katastrophe! Glaub mir, du hast mir genug erzählt, dass ich da ganz objektiv sein kann.«

»Du verstehst das nicht. Er ist … war … schon ein toller Kerl.« Sie schmunzelte verträumt. »Voll süß, wie er mir immer heimlich Mokkabohnen zugesteckt hat. Keine Ahnung, wie er das geschafft hat, aber wenn ich meine Schultasche morgens aufmachte, lag ganz oben die Tüte.«

»Du hasst doch Kaffee!«

»Na ja, aber gerade in der ersten Stunde zum Wachwerden: un-be-zahl-bar!«

»Warte, warte, die Tüte gestern – du hast doch mit ihm Schluss gemacht! Stellt er dir jetzt nach? Will er dich zurück?«

»Schön wär's. Der Blödspaten will mich nicht mal sehen.«

»Vroni! Mit dem Blödspaten hast du doch Schluss gemacht! Der Blödspaten ist Geschichte!«

»Mach dir nicht gleich in die Hose.« Der Glitzerlack ihrer French Nails funkelte unter den Deckenlampen bei jeder Bewegung ihrer Finger. Es kam mir vor, als würde sie nur noch dieses schwache Funkeln wahrnehmen, wie hypnotisiert. »Es ist einfach so verdammt schwer, damit abzuschließen. Wenn es einen ständig verfolgt. Verstehst du? Nein, wahrscheinlich nicht.«

Ich zwang ihre Finger, still zu halten. »Bleib stark. Ein kalter Entzug ist echt hart, aber da musst du durch. Es gibt so viel bessere Typen als diesen Kerl!«

»Ach ja?« Sie zog ihre Hände zurück. »Wie deinen Sören?«

»Er ist nicht mein …«

»Egal.« Die »Fulühlingslollen« kamen, eine Portion, die so manches Dorf in China ernährt haben dürfte. Doch Vroni würdigte die Leckerei keines Blickes. »Lass uns lieber über den Freitag reden.«

»Dass ich gestern abgehauen bin?«

Sie schüttelte den Kopf. »Über den anderen Freitag. Du weißt schon.«

Ich schluckte. Ganz egal, wie köstlich ungesund die Frühlingsrollen dufteten, mein Appetit war mir vergangen. Stattdessen kam die vertraute Übelkeit.

»Rinnie, ich will dir helfen, weißt du? Du kannst mir alles sagen.«

Eine Chance, es wirklich zu tun? Jetzt. Gleich. Vielleicht …

»Rinnie, bitte. Wir müssen darüber reden. Soll ich … soll ich vielleicht anfangen? Ich war sauer, hab mich mit … meinem *Fuleund* gestritten. Sehr heftig gestritten. Er wollte nichts mehr von mir wissen und ich habe mich plötzlich so alleingelassen gefühlt! Also bin ich zum Stall gefahren, hab was getrunken, richtig?«

»Dein Blackout – ist er weg«

Sie wandte ihren Blick ab, schaute zum Fenster, an dem die Regentropfen ihre Spuren zogen. »Ein bisschen kann ich mich wieder erinnern.«

»Wie viel?«

»Genug, um zu wissen, dass wir es aussprechen sollten. Oder? Damit es nicht zwischen uns steht. Diese Sache. Ja?«

»Ja.« Zu schnell, irgendwie ging alles plötzlich so verdammt schnell! Warum erinnerte sie sich wieder? Warum musste sie darüber reden? Um sich vielleicht nicht mehr irgendwo verstecken zu müssen, wissend, was ihre beste Freundin getan hat?

»Also?«

»Du warst … ziemlich durch den Wind.« Sagte ich. Wort für Wort. Immer weiter. Wird schon. »Ich habe mir Sorgen gemacht, ich musste dich doch irgendwie von dort wegbringen! Damit du keine Dummheiten anstellst.«

»Was wollte ich denn anstellen?« Ihr Blick schien mich zu belauern.

»Nichts.« Ich schloss die Augen. Die Einzige, die an diesem Abend Dummheiten angestellt hatte, war ich.

War ich.

War.

Ich.

»Und dann?« Ihre Stimme wurde sanfter. »Du hast diese Plane aufgehängt, richtig?«

»Ja«, sagte ich wieder und lauschte auf das Schweigen in mir. Keine Ahnung, wie lange wir da saßen, wie lange ich in ihrem Blick nach einem unausgesprochenen Urteil über mich suchte. Sie dagegen hielt einfach nur meine Hände.

Bis die Suppe süßsauer kam, die Vroni großzügig mit der Sojasoße würzte. »Keine Sorge, Rinnie. Von mir wird keiner davon erfahren, ich schwöre! Was auch immer passiert ist, es ist nicht deine Schuld.«

»Nicht meine Schuld?« Ich drückte gegen meine Schläfen, als könnte ich ihre Worte in meinen Verstand hineinmassieren. »Vroni, ich habe das Leben dieses Jungen zerstört! Ich habe ihn zu einem Krüppel gemacht!«

Vroni schob ihre Suppe von sich, legte den Löffel ab. »Hast du ihn vom Pferd geschubst?«

»Nein …«

»Na also!«

»Du begreifst das einfach nicht, oder? Ich …«

»Beruhige dich. Ich weiß, es ist nicht leicht, in Ruhe darüber zu reden, wenn die ganze Welt gerade nach einem Sündenbock sucht.« Sie schaute mich bedeutend an.

»Allen voran Marcel«, flüsterte ich. Und Annabelle, fügte ich in Gedanken hinzu.

»Genau, Marcel. Der übrigens echt einen Knall hat. Aber es war nicht deine Schuld, es war das Pferd! Punkt.«

Ich nickte. Die Übelkeit wich zurück, zumindest ein Stück. »Danke.«

»Ach, komm schon!« Sie schüttete noch mehr Sojasoße in die Suppe, probierte.

»Nein, ich meine es ernst. Danke, dass du noch mit mir sprichst. Dass du für mich da bist. Du glaubst nicht, wie viel mir das bedeutet. Ich werde Christian sagen, was passiert ist.«

»Bist du irre?!«

»Er muss es doch wissen!«

Sie warf den Löffel beiseite. »Sein Pferd hat ihn abgeworfen, mehr muss er nicht wissen. Wäre da ein Vogel vorbeigeflogen und hätte es erschreckt, würde auch keiner auf die Idee kommen, den Vogel zu steinigen. Jetzt Schluss damit.«

Schluss damit, es war nicht deine Schuld. Es war das Pferd. Wäre da ein Vogel …

»Aber es war kein Vogel. Es war ich!«

Sie seufzte. »Rinnie, damit tust du keinem einen Gefallen, glaub mir. Er wird es nicht verstehen. Er wird …«

»… mich hassen. Ich weiß.«

»Du bist meine beste Freundin, Rinnie. Rinnie! Hörst du mich? Du musst mir vertrauen. Ich kenne ihn gut. Und seine ganze Sippe. Das Beste, was du …«

»Wie gut kannst du ihn schon kennen!« Als wäre ich die Einzige, die ihn kannte, ihn *wirklich* kannte –

»Und ob ich ihn kenne! Er ist schließlich mein Nachbar.«

»Echt jetzt?« Vor meinem geistigen Auge tauchte ihre Villa auf – rechts daneben ein verwildertes Grundstück mit einem gemütlichen Bungalow. Vroni schimpfte oft über die Assis, die nicht in der Lage seien, ihr Gebüsch zu schneiden, das über den mayrschen Schmiedezaun ragte. Links von ihrem Grundstück erstreckte sich dagegen ein moderner Bau mit einem angeschrägten, futuristisch anmutenden Dach und weitläufigen Glasfronten, durch die man auch von der Straße aus Skulpturen und hohe Schmuckvasen erblickte. »Links oder rechts?«

»Links.« Ihr Gesicht wirkte starr. »Unsere Eltern haben sich gleich angefreundet, als wir eingezogen sind. Was mich und ihn angeht … wir haben einen guten Draht zueinander. Er kann prima zuhören und so. Seine Mutter ist Galeristin. Theresa Steggen – noch nie gehört? Nein? Ich sage es mal so: Würde ein dahergelaufener Van Gogh ein zerknülltes Taschentuch fallen lassen, könnte sie es verkaufen. Sein Vater ist Unternehmer. In der Abfallwirtschaft, bei denen verkommt echt nichts. Wenn sie das Taschentuch nicht verkauft, kann er es recyceln. Na, befriedigt das deine Neugier?«

»Irgendwie schon, ja.« Theresa Steggen. War sie die kleine, zierliche Frau in der himbeerroten Bluse, die ich im Krankenhaus gesehen hatte? Dann dürfte der drahtige, schweigsame Typ wohl sein Vater sein. Als wäre mein Leben nicht kompliziert genug, musste ich ausgerechnet einen Jungen mögen, dessen gesellschaftlicher Status im Vergleich zu meinem in der Stratosphäre lag.

»Der Punkt ist: Keiner hat ihm was Schlechtes gewünscht.

Keiner wollte, dass ihm so etwas passiert. Also zerbrich dir nicht länger den Kopf. Es. War. Nicht. Deine Schuld. Und wir sollten nicht mehr darüber reden. Wir werden nie wieder darüber reden, hörst du? Versprich es mir, Rinnie!«

»Aber …«

»Ich will nichts hören, bis du es mir versprochen hast«, meinte sie, hielt sich die Ohren zu und summte – summte mit solcher Hingabe »Alle meine Entchen«, dass ich Angst um sie bekam.

Ich nickte, formte mit den Lippen: »Okay.«

»Na, geht doch!« Ihr Körper entspannte sich, sanft lächelte sie mir zu. »Ich will einfach verhindern, dass du daran zugrunde gehst. Es war ein Unfall, und glaub mir, ich habe lange genug darüber nachgedacht.«

»Zum Beispiel im Stall, als du dich versteckt hast, nachdem ich das mit der Plane getan habe?«

»Was?«

»Ich habe es von Annabelle gehört. Stimmt das nicht? Dass du dich dort versteckt hast und dass dein CR dich völlig verstört gefunden hat?«

»Keine Ahnung.«

»Ich dachte, du hattest nicht wirklich einen Blackout. Vroni? Was ist jetzt?«

»Ja. Nein. Es ist so …« Sie presste die Lippen aufeinander und legte ihre Hände um die Suppenschale, als könnte sie sich an dem erkalteten Zeug noch wärmen. Einen Moment lang starrte sie in die Brühe. »Der Dachboden über den Boxen war unser Zufluchtsort, okay? Dort waren wir allein, dort konnten wir – na ja, du verstehst schon, oder?«

»Miteinander schlafen?«

»Du Schnellmerkerin!«, schaubte sie in die Suppe, den Blick darin immer noch versunken, völlig verloren in den undefinierbaren Teilchen des Gebräus. »An dem Tag habe ich auf dem Dachboden auf ihn gewartet, so! Ich wollte mich mit ihm aussprechen, über seine Nachricht reden, über uns – ich habe alles vorbereitet, damit wir es gemütlich hatten, dachte, wenn er mich da so sehen würde, würden wir es schon hinkriegen. Aber er kam nicht, ich war ihm nicht wichtig genug.«

»Dann hast du dich betrunken. Bist rausgelaufen. Und auf mich gestoßen. Und dein Caspar hat dich nachher gefunden und nach Hause gebracht? Die Mokkabohnen!« Ich schlug mir geben die Stirn. Die Tüte, die ich gesehen hatte, wollte mir einfach nicht aus dem Sinn gehen. »Habt ihr euch auf dem Weg zu dir nach Hause doch noch versöhnt? Stammten die Dinger von ihm?«

»Gott, Rinnchen, bleib mal ganz locker! Manchmal sind Mokkabohnen eben bloß Mokkabohnen, *okay*? Egal. Was ich sagen wollte: Was Christian passiert ist, war ein Unfall. Lass dir von niemandem etwas anderes einreden. Und jetzt Schluss damit.«

Außerdem kam bereits der Hauptgang und spätestens jetzt war Vronis Mund anderweitig beschäftigt. Sie sprach über nichts mehr mit mir, die ganze Zeit lang nicht, während sie gedankenverloren vor sich hin kaute.

Ich dachte, es würde leichter werden. Jetzt, wo ich das Schweigen nicht mehr allein mit mir herumtrug. Aber es wurde nicht leichter. Nicht einmal ein kunterbunter Zettel, der mich erneut daran erinnerte, den Geschirrspüler auszuräumen, konnte mich aufmuntern.

Im Wohnzimmer schaute Mum eine ihrer geliebten Sitcoms aus den Fünfzigern. Ich gesellte mich zu ihr auf das Sofa, und wir schafften es sogar, das eine oder andere Mal zusammen aufzulachen, ohne wirklich zu wissen, worüber. Ich rückte näher an sie heran. Ihr gelockter Bob kitzelte meine Nase. Sie hatte so unglaublich weiches Haar. Ich sog den warmen Geruch ihrer Haut auf, sah zu, wie der Abspann über den Bildschirm kroch, und hätte noch ewig so sitzen können, ganz nah bei ihr und vor der ganzen Welt verborgen.

»Wo warst du eigentlich?« Mit einer Hand kämmte sie nachdenklich durch mein Haar.

»Bei Vroni«, stöhnte ich. Die kreisenden Bewegungen ihrer Finger taten mir gut. Ich drehte den Kopf leicht zur Seite, damit sie besser an meine Schläfen kam. So war es schön. Wirklich schön.

»Oh«, sagte sie.

»Oh?« Ich richtete mich auf. Ihre Hand rutschte an meinen Nacken und verharrte dort. »Was meinst du mit ›Oh‹?«

Fahle Müdigkeit zeichnete ihre Züge, die Fältchen schienen tiefer geworden zu sein. »Ihre Mutter meinte, Vroni wäre in Hamburg. Zum Shoppen.«

»Du hast bei den Mayrs angerufen?« Statt einer Antwort wollte Mum mich wieder kraulen, doch ich duckte mich unter ihrer Hand weg. »Spionierst du mir nach? Warum hast du dort angerufen?«

»Weil ich wissen wollte, wo du bist.«

»Mit Vroni bei einem Chinesen war ich, hab ich doch gesagt!«

Auch sie richtete sich auf. Sie saß vor mir, befremdlich steif, wie ihre geliebte Marlene Dietrich, die für mich auf jedem Foto wie eine Wachsfigur aussah. »Vronis Mutter sagt da was anderes.«

»Ihre Mutter hat doch schon lange keine Ahnung mehr, was Vroni treibt! Kannst du mir ruhig glauben.«

»Kann ich das?«

»Frag sie doch selbst! Vroni wird alles bestätigen.«

Sie seufzte. »Natürlich wird sie das.«

»Warte mal. Worum geht es hier wirklich? Was ist los?«

»Genau das möchte ich doch auch wissen!« Mit einem Mal fiel das Steife von ihr ab, ich hatte sie noch nie so entkräftet und … hilflos erlebt. »In der letzten Zeit bist du nicht mehr du selbst. Ich erkenne meine eigene Tochter nicht wieder! Du gehst mir aus dem Weg, verschwindest irgendwohin, manchmal weiß nicht einmal deine Freundin, wo du bist. Und egal, was ich mache, ich mache es verkehrt – wenn ich warte, bis du selbst auf mich zukommst, oder versuche, zu dir durchzudringen. Aber dass du mich belügst, das hätte ich nie – hörst du? –, nie von dir gedacht!«

»Ich belüge dich doch nicht! Ich war wirklich mit Vroni zusammen!«

»Aber du versuchst, irgendetwas vor mir zu verheimlichen.

Meinst du, ich spüre das nicht? Jetzt sag mir, dass ich mich irre. Sag es mir, direkt ins Gesicht.«

»Meine Güte, Mum!«

»Gestern hat dein Klassenlehrer angerufen. Du schwänzt die Schule!«

»Tut mir leid.«

»Es tut dir leid? Und das war's? Willst du später wie ich dein Leben in irgendeinem Callcenter vergeuden? Ist es das, was du neuerdings anstrebst? Und was hat es mit deinem mysteriösen Nachhilfelehrer auf sich, es fing doch alles an, als du ihn kennengelernt hast, oder nicht? Sag es mir! Bitte! Sag mir, was los ist!«

Nein. Auf keinen Fall. Nicht, wenn sie mich … so anschaute. Als erkenne sie mich kaum wieder. Wie würde sie schauen, wüsste sie, was ich getan hatte? Ich konnte es mir schon denken, wie. Ich hatte es zur Genüge in meinen Gedanken durchgespielt.

»Keine Ahnung, was du von mir hören willst. Tut mir leid, kommt nicht wieder vor und so weiter und so fort.« Ich stand auf. »Zufrieden?«

»Sabrina, warte!«

»Lass mich. Ich glaube, ich sollte jetzt lieber Hausaufgaben machen. Entspann dich: ohne meinen Nachhilfelehrer.«

»Sabrina!« Sie griff nach mir.

»Ja, was denn noch alles? Zimmerarrest? Guantanamo?«

Schlaff rutschte ihre Hand an meinem Arm ab. Mum starrte mich an. Fassungslos. Sprachlos.

Tut mir leid, Mum.

Ich werde gerne unfair, wenn ich nicht weiterweiß.

Und ich weiß schon lange nicht mehr weiter.

»Sabrina, ich habe einfach nur Angst, dich zu verlieren. Du … entgleitest mir, immer mehr. Nicht einmal unsere Zettel-Witzeleien sind wie früher, merkst du das denn nicht? Tut mir leid, wenn ich ein bisschen plump bin. Ich hab einfach zu wenig Übung mit all diesen … Mutter-Tochter-Gesprächen. Die hatten wir doch nie nötig. Ich weiß nicht, was ich machen soll.«

»Das kann ich dir gern verraten: Hör auf, mir hinterherzuspionieren!« In meinem Kopf dröhnte meine eigene Stimme und löschte jeden Gedanken aus. »Ich war mit Vroni zusammen, und wenn dir das nicht reicht, dann kann ich auch nichts mehr dazu sagen!«

Ich schlug die Tür zu meinem Zimmer zu und sperrte sie ab. Zum ersten Mal sperrte ich sie ab. Und meine Mutter aus.

»Sabrina … Sabrina, bitte! Lass uns reden!« Sie klopfte mit der flachen Hand dagegen. Sie konnte einfach nicht damit aufhören. »Schatz, mach auf. Mach auf, bitte! Wir können über alles reden. Hörst du?«

Nein, Mum. Können wir nicht.

Irgendwann hörte sie auf zu klopfen. Am Rande meines Verstandes nahm ich wahr, wie sie durch die Privaten zappte, auch wenn da zu dieser Uhrzeit nie etwas Gescheites lief. Familien im Brennpunkt hätte sie auch hier haben können.

Den Rest des Wochenendes verbrachte ich in meinem freiwilligen Zimmerexil. Ich lag einfach nur da und fragte mich, wie es weitergehen sollte. Ob ich einfach so weitermachen konnte wie bisher. Wo es dann enden würde. Wie Christian es … verkraften sollte. Ich hatte nichts von ihm gehört. Ich wusste nicht, wie es ihm ging, wie er sich fühlte, ob er stark genug war, alles durchzustehen. *Vielleicht sollte ich loslassen*, klang seine Stimme in mir. *Wirklich alles loslassen.* Manchmal gelang es mir, die Gedanken beiseitezuschieben – bis ich versuchte, die Augen zu schließen.

Dann kam alles wieder hoch.

Dann riss ich die Lider auf.

Und starrte in die Dunkelheit.

Es war zehn Uhr abends, als mein Handy klingelte.

»Ja?« Ich drückte mir das Telefon fest ans Ohr. Mit einem Mal war alles vergessen – meine Mum im Wohnzimmer, die Dunkelheit um mich herum. Er war wieder bei mir.

»Hey, du«, hörte ich. *Unser* »Hey, du«.

»Hey, du«, sagte ich und merkte, wie meine Stimme beinahe versagte. Sie hatte schnell gelernt, meine Mum anzubrüllen, aber was Jungs anging, zeigte sie sich unglaublich unbedarft.

»Es tut mir leid, wie ich mich benommen habe.«

»Quatsch! Ich habe mir nur etwas Sorgen gemacht.« Etwas. Die Untertreibung des Jahrhunderts.

»Tut mir leid«, sagte er wieder, so unglaublich nah bei mir. »Ich muss mich wohl noch daran gewöhnen, ein Sorgenkind zu sein.«

»Oh, da kann ich dir gerne einen Schnupperkurs in der Materie anbieten. Meine neuesten Erfahrungen attestieren mir die besten Qualifikationen dafür.« Ich sammelte mich kurz. »Ich weiß, die Frage magst du nicht, aber geht es dir gut? Als ich dich das letzte Mal gesehen habe, warst du ziemlich blass um die Nase. Milde ausgedrückt.« An das »Hau ab!« wollte ich einfach nicht denken.

»Das vorletzte Mal. Ja, da hatte ich einen schwachen Kreislauf. Anscheinend habe ich mehr gewollt, als ich vertragen konnte. Nicht der Rede wert.«

Ich schluckte. Von meinen Sorgen um ihn wollte er nichts wissen. Was er wollte, war die andere Rinnie, und diese Rinnie musste ich jetzt für ihn sein, ganz egal, wie viel Angst ich um ihn hatte.

»Du hast mich sträflich vernachlässigt. Ich habe gefühlte tausendundeine Fachfrage an dich, und das allein, was Mathe betrifft. Die Liste, die an Marie Curie und Albert Einstein gehen würde, erwähne ich erst gar nicht.«

»Sorry. Ich war ein bisschen – Achtung: kein Mitleid! – neben der Spur, aber das dürftest du ja leider mitbekommen haben. Und ohne übliche technische Ausrüstung.«

»Hat dir die Krankenschwester das Handy abgenommen?«

»Schlimmer. Ich will es mir gar nicht ausmalen, was du gleich über mich denkst, aber ich habe es gegen die Wand geworfen.«

»Anscheinend auch gut getroffen.«

»Wie man's nimmt. Ich …« Seine Stimme brach. »Ich habe es nach meinen Eltern geworfen.«

»Hatten sie zu viel Mitleid mit dir?«

»Keine Ahnung. Ich weiß nur, dass ich … wütend war. Sie konnten nichts dafür.«

Ich durfte nicht sagen, dass es okay war, wütend zu sein – in seiner Lage. Wie sollte ich es nur ausdrücken, ihm versprechen, dass ich für ihn da war? »War's wenigstens ein iPhone?«

»Äh … warum?«

»Das sinnlose Zerstören von Gegenständen verurteile ich nur halb so sehr wie die Markenabhängigkeit der heutigen Gesellschaft. Und was mich angeht«, ich schmunzelte, »glaub ja nicht, dass es mir Angst macht. Ich kann mich schnell ducken.«

»Darauf habe ich gehofft. Es tut mir wirklich leid. Manchmal höre ich mir selbst nicht zu … sollte ich aber … vermutlich … Wer weiß, vielleicht kann mit mir tatsächlich nur eine Krankenschwester auskommen.«

»Kein Ding«, unterbrach ich ihn so unbeschwert wie möglich. »Ich übe sehr fleißig Pflaster aufkleben und hab schon die halbe Wohnung tapeziert. Morgen fange ich an, fachmännisch Jod aufzutragen. Die Wände im Bad müssen eh neu gestrichen werden.«

Er lachte leise. »Beeindruckend, dein Tatendrang.«

»Ein bisschen zu sehr? Soll ich die Jodfläschchen also wieder wegpacken?«

»Nein! Ich würde mich gerne als Versuchskaninchen anbieten.«

»Klar, kannst ja nicht weglaufen.«

Schei…

Aber er lachte schon wieder. »Praktisch, was? Jedenfalls: Sollte ich mich wieder einmal so aufführen, kannst du mir direkt und unvermittelt sagen, dass ich ein Blödmann bin.«

Wir schwiegen gemeinsam.

Ein paar Sekunden lang.

Vielleicht aber auch eine ganze Minute.

»Kommst du morgen wieder?«

Keine Ahnung. Sollte ich? Durfte ich?

»Ich brauche dich.«

»O-okay.« Mein Herz spielte verrückt. Er brauchte mich. Mich! Wann hatte ein Junge je so etwas Schönes zu mir gesagt? Sagten Jungs das überhaupt?

»Okay?«

»Ja. Okay«, versicherte ich mit allen Kräften.

»Dann … gute Nacht?«

»Gute Nacht.« Ich lächelte ihm zu. Was er mitbekommen hatte, weil er zurücklächelte. Was ich auch … irgendwie spürte.

Der Montag verlief wohltuend normal und alles andere versuchte ich zu verdrängen. Hauptsache kein Marshal, der mir auflauerte. Hauptsache keine Geheimnisse mehr vor Vroni. Sogar über Christian wurde nicht mehr an jeder Ecke getuschelt, der Flurfunk nahm wieder seinen normalen Betrieb auf. Nach der letzten Stunde, die ich gerade noch so ertragen konnte, fuhr ich zum Krankenhaus. Es empfing mich wie ein alter Bekannter mit vertrauten Gerüchen, dem ameisentüchtigen Treiben um mich herum. Christians Zimmertür war angelehnt, Stimmen drangen zu mir. Ich sollte nicht stören, schon klar, und vor allem nicht am Türspalt lauschen. Aber sein Besuch war Marshal, und die ersten Worte, die ich aufschnappte, lauteten: »Du kannst ihr nicht vertrauen.«

Es ging um mich.

Was Christian antwortete, bekam ich nicht mit. Ganz egal, was es war, es gefiel Marshal nicht. Seine sonst so dunkle und souveräne Stimme schoss hoch: »Du kennst sie nicht einmal. Du weißt nichts über sie! Plötzlich taucht sie auf, und du fragst dich nicht einmal, warum?«

Dieses Mal hörte ich, was Christian sagte, und es klang, als gelte es nur mir: »Es interessiert mich nicht, warum. Sie ist einfach nur für mich da.«

Das grenzenlose Vertrauen in seinem Ton kam mir vor wie eine Umarmung. Sogleich spürte ich das verräterische Kribbeln in meiner Nase, ganz egal, wie sehr ich auf mich einredete, dass es einfach nur blöd, kitschig und oberpeinlich war, jetzt deswegen in Tränen der Gefühlsduseligkeit auszubrechen. Und nicht zu vergessen: verlogen, denn sein Vertrauen verdiente ich am allerwenigsten.

»Sie verheimlicht was, ganz sicher!«, durchfuhr Marshals Stimme mein Inneres, und spätestens da war es aus mit meinen romantisch-konfusen Wunschträumen. »Stell dir das vor: Da beteuert sie, mit mir Klartext reden zu wollen, ich glaube es ihr sogar – dass ihr was an dir liegt, dass sie mir alles erklären und die Lage endlich richtigstellen möchte, nein: muss! Und was kommt dabei raus? Alles bloß Verarsche! Damit ich sonst wo auf sie warte, während sie – ach, was weiß ich. Trauen darf man ihr jedenfalls nicht, so viel ist klar.«

»Lass es gut sein. Was willst du eigentlich?«

»Die Wahrheit.«

Die Wahrheit – die ist nur ein paar Schritte von dir entfernt. Ich drückte mich an die Wand, lugte durch den Spalt, doch abgesehen von Marcels Statur konnte ich nichts erspähen. Woher wusste Marshal, dass ich am Samstag beschlossen hatte, mit ihm zu reden? War er doch noch am Dorfteich gewesen? Hätte ich länger warten sollen, um ihm endlich seine heiß ersehnte Wahrheit zu sagen – und alles zu zerstören, was Christian und ich hatten, was wir haben wollten? *Ich brauche dich*, streiften Christians Worte durch meine Gedanken. Lass es gut sein, Marcel, er braucht mich!, flehte ich stumm.

Doch er wollte mich nicht erhören.

»Fragt man sie, windet sie sich wie ein Aal. Sucht man sie, geht sie einem aus dem Weg. Gräbt man tiefer, trifft man überall auf ihre Spuren. Findest du das nicht verdächtig? Sie war an dem Abend am Stall! Das ist sicher. Sie hatte dort nichts verloren, warum war sie also da? Hast du sie gesehen? Erinnerst du dich vielleicht an etwas? Du meintest doch mal, du hättest das Gefühl, als würde sie …«

»Meine Güte, ist es denn wichtig?«, unterbrach Christian ihn, und ich hörte die aufsteigende Wut, die in den Worten mitschwang. »Auch wenn sie dort war, da rennen haufenweise Mädels herum. Reiterinnen und ihre Freundinnen und Freundinnen von deren Freundinnen. Nimmst du jede davon unter die Lupe?«

»Nein«, giftete Marcel zurück. »Nur die, die dort Lippenstifte verlieren, mit denen sie Hassbotschaften auf Planen schreiben – warum will das nicht in deinen angeschlagenen Schädel?«

»Das wird jetzt aber albern.«

»Ach was! Du willst es einfach nicht hören, gib es zu! Annabelle meint, es könnte ihrer gewesen sein. Dings … warte …« Er fummelte an seinem Handy. »Genau, ›Revenge‹ von der Marke … Mist, steht hier nicht, ich habe es schon wieder vergessen. Guck dir dieses Foto hier an. Die Tussi trägt genau diese Farbe! Das war zwei Tage vor dem Unfall!«

»Ja, ich sehe es auch: Sie trägt Rot. Das überzeugt mich jetzt aber total.«

»Vergiss nicht, sie ist auch die beste Freundin von dieser Schlampe, die …«

»Jetzt reicht's!«

»Nein, reicht es nicht! Was ist, wenn die beiden was ausgeheckt haben? Das mit dem Lippenstift wird Annabelle noch prüfen, sie meint, sie hätte eine Idee, wie sie die Tussi auf die Probe stellen könnte.«

Die Sache auf dem Mädchenklo! Mir wurde ganz schummerig. Er wird es erfahren und nicht lockerlassen, bis alles ans

Licht kommt. Wie lange würde Christian mich dann noch in Schutz nehmen? An mich glauben? Mir vertrauen?

»Seid ihr eigentlich noch zu retten? Lasst Sabrina und Veronika in Ruhe!«

»In Ruhe? Sie verheimlichen doch was! Frag Sabrina doch selber, was sie will. Ja, ich glaube, das wäre das Beste: Stell sie zur Rede! Wie sie immer bei dir auftaucht, wie sie sich zum Stall schleicht – Täter kehren immer an den Ort ihrer Verbrechen zurück.«

»Du hast sie ja nicht alle! Ich habe sie darum gebeten! Im Stall vorbeizuschauen und, ja, auch hierherzukommen. Zufrieden?«

»Im Ernst, du kannst doch nicht von mir erwarten, dass ich das gutheiße!«

»Aber genau das erwarte ich von meinem besten Freund!«

»Meine Fresse. Alle machen sich Sorgen um deine Beine, aber das Loch in deinem Kopf scheint mir um einiges beunruhigender zu sein.«

Es wurde still.

So still, dass ich befürchtete, die beiden würden meinen Atem hören oder den Schlag meines Herzens: vom dumpfen Bumm-bumm-bumm zum unregelmäßigen Ba-da-buff.

»Gut zu wissen. Ein Glück, dass wenigstens diese komische Tussi, wie du sie nennst, zu mir steht.«

»Echt jetzt? Meinst du, ich tu das nicht?«

»Offensichtlich nicht. Du läufst lieber irgendwelchen Verschwörungstheorien hinterher.«

»Ich will nur herausfinden, was passiert ist! Ich wünschte mir, du würdest dich endlich daran erinnern. Verdammt, wenn du es bloß versuchen würdest!«

»Vielleicht will ich mich aber nicht erinnern!«, rief Christian, und es klang fast wie bei meinem letzten Besuch, es klang wie sein »Hau ab!«, das er mir entgegengeschleudert hatte. »Vielleicht will ich nur meine Ruhe! Und mit der Sache endlich abschließen. Ist das zu viel verlangt?«

Wieder war diese Stille da, wie ein Abgrund, der uns verschlang.

»Na dann.« Schritte Richtung Tür – gleich würde Marcel mich entdecken! »Tu mir trotzdem einen Gefallen und stell sie zur Rede.«

Ich taumelte zurück, nutzte die wertvollen Sekunden, um zum Nachbarzimmer zu hasten. Geschafft. Ich huschte durch die fremde Tür und ließ sie hinter mir zufallen. Einen Augenblick später tönten Marshals energische Schritte den Flur entlang.

»Junge Dame, wollen Sie zu mir?«, knarzte eine Stimme vom Fenster aus. Noch einen Moment warten. Zur Sicherheit, dass er wirklich weg war.

»Nein, nein. Hab mich nur in der Tür geirrt.« Im Nu stand ich wieder im Flur und sah, wie die Stationstür Marshals kräftige Gestalt schluckte.

Tief durchatmen.

Es war nicht deine Schuld, es war das Pferd, wiederholte ich wie ein Mantra und trat in Christians Zimmer. Irgendwann würde auch ich daran glauben. Jetzt wollte ich ihn einfach nur sehen.

Er hatte sein Gesicht zur Decke gewandt, als suche er dort nach einer Antwort, einem Rat oder einfach nur nach Zuspruch. Aber die Decke antwortete bloß mit einem mitgenommenen Weiß und unzähligen Knübbelchen der Raufasertapete.

»Hey, du.«

Stöpsel in den Ohren, ein Smartphone in der Hand – er hörte mich nicht. Womöglich wollte er nicht hören? Manchmal war es gar nicht verkehrt, die ganze Welt mit etwas Belanglosem auszuschalten und nichts mehr an sich heranzulassen.

»Hey, du!«

Erst jetzt schaute er zu mir auf und zog die Kopfhörer heraus. »Hey, du.«

Da war es wieder, sein Lächeln, und ich fragte mich, wie es sein konnte, dass mich etwas so Einfaches so glücklich machte.

Ich deutete auf sein Handy. »Du hast offensichtlich eine ordentliche Portion McGyver abgekriegt, wenn du dein Smartphone nach der Begegnung mit der Wand reparieren konntest.«

Es war schön, ihm dabei zuzusehen, wie das Lächeln nach und nach seine Augen erreichte. »Da muss ich dich leider enttäuschen. Ich bin zwar gut in Mathe und Physik, aber das Ding habe ich ziemlich gründlich geschrottet. Meine Eltern haben mir ein neues gebracht.«

»Oha.«

»Das ist einer der wenigen Vorteile eines Aufenthalts im Krankenhaus: Man kann voll aggro Sachen durch die Gegend schmeißen, aber das arme Kind – es kann doch nichts dafür.«

»Alles klar. Mitleid brauchst du nicht. Aber neue Smartphones gehen immer.«

»Schön heuchlerisch, was?«

»Aber echt. Ich fürchte, ich kann diese Doppelmoral keinesfalls unterstützen.«

»Jetzt sag nicht, du hast auch keine Zimtschnecken dabei!«

»Zimtschnecken? Wo denkst du denn hin? Nicht einmal ein

trockenes Brötchen!« Ich nahm einen Stuhl und setzte mich an sein Bett. »Was macht der Kreislauf?«

»Dem geht es prima. Inzwischen kann ich munter durch die Krankenhausgänge rollen. Willst du es sehen?«

»Wie, jetzt?«

»Warum nicht? Hier fällt mir langsam die Decke auf den Kopf.« Bevor ich auch nur im Ansatz protestieren oder wenigstens meine Bedenken äußern konnte, klingelte er die Krankenschwester herbei, die sich in zwanzig Minuten um alles zu kümmern versprach. Das hieß: Sie schickte eine junge Pflegeanwärterin zu uns, ein flottes Energiebündel, das kaum größer war als der Rollstuhl, den sie ins Zimmer hineinschob.

»Bleibst du hier oder magst du lieber im Flur warten?«, wollte sie wissen, und auf meinen schüchternen Blick hin, den ich zu Christian schickte, bekam ich ein fast genauso schüchternes Nicken. Ob es eine gute Idee war? Spätestens als das Mädchen die Bettdecke zurückschlug und ich auf seine regungslosen Beine schaute, fragte ich mich, ob es mir zustand, ihn so zu sehen. Er wirkte zerbrechlich und irgendwie vollkommen schutzlos. Ich bemerkte, wie er seine Finger in das Laken grub, und es fiel mir immer schwerer, den Blick nicht abzuwenden.

»Prima!«, unterbrach das Mädchen meine peinliche Sprachlosigkeit. »So wenig Hilfe wie möglich und so viel wie notwendig, alles klar? Los geht's!«

Sie erteilte Christian Anweisungen, war sofort zur Stelle, als er es nicht schaffte, sich aufzurichten, und erklärte mir gleichzeitig, wie ich den Rollstuhl in Position bringen und Christian helfen konnte, sollte er es benötigen. Mit wenigen Griffen zog sie ihm eine Socke an und stülpte seinen Schuh darüber, ich nahm mir die anderen Sachen. Keine Ahnung, was ich mir gedacht hatte, als ich seinen Fuß auf den Schoß nahm und die Socke zusammenkrempelte, um sie über seine Zehen zu schieben. Er protestierte nicht. Geduldig ertrug er meine Bemühungen, den Stoff auszurollen. Ich wäre schon längst gestorben, wenn jemand meine Füße so gefasst und gekitzelt hätte – aber er spürt ja nichts, fuhr es durch mich hindurch. Er spürt rein gar nichts. Nicht, wie deine Hände seine warme, an der Sohle ein bisschen raue Haut befühlen, nicht, wie deine Finger versuchen, sanft seine Zehen zu drücken, um wieder Leben darin zu entfachen, und auch nicht, wie deine Daumen von den Fußballen zur Ferse fahren und zurück, als wäre sein Fuß nur eingeschlafen und würde gleich funktionieren, wenn nur genug Blut ihn durchfloss. Aber die Zehen, die Sohle – alles blieb wie tot in meinen Händen.

Was machst du hier nur?

Plötzlich fiel mir die Socke wieder ein. Eigentlich wollte ich ihm nur die verdammte Socke anziehen, nicht wie verstört auf seinen Fuß in meinem Schoß starren.

»Ich glaube, ich schaffe das nicht«, flüsterte ich kaum hörbar. In meiner Brust war alles eng, während meine Hände seinen Knöchel fest umschlossen hielten.

»Mit etwas Übung geht alles«, versicherte die Pflegerin, und im Nu waren die Socke und der Schuh dort, wo sie hingehörten. »Wollen wir?«

Ich stand auf, unfähig, seinem Blick zu begegnen, obwohl ich ihn deutlich auf mir spürte. Ein paar Minuten später hatten wir das Krankenhaus verlassen.

»Wohin?«, wollte das Mädchen wissen.

Mit einem stummen Nicken deutete er die Richtung an.

»Aber klar!« Die Pflegerin schob den Rollstuhl über den

Kiesweg, der tiefer in den Garten führte. An einem Teich blieb sie stehen und stellte die Bremse ein. »Er mag es hier am liebsten, wenn ihm alles zu viel wird«, erklärte sie mir und zog sich zurück.

Ich blieb neben ihm stehen. Merkten die Leute es eigentlich, wenn sie über ihn redeten, als wäre er gar nicht da?

»Sie hat recht«, sagte er leise. »Dieses Plätzchen hat mich über das Wochenende gerettet. Du hast die Ehre, es mit mir zu teilen.«

Ich setzte mich ins Gras neben den Rollstuhl, wollte etwas sagen, ein einfaches »Es ist schön hier«, aber der Augenblick brauchte keine Worte. Ich betrachtete die Pflanzen, die das Ufer säumten, und das stille, dunkle Wasser. Von irgendwo schallte der Lärm des Stadtverkehrs, hinter den Büschen neben uns erklang ein Lachen, vielleicht schäkerte gerade ein liebestoller Arzt mit einer Krankenschwester – alles blieb uns fern, als die gesamte Welt von uns abfiel.

»Gestern hast du gesagt, du brauchst mich. Was du vielleicht wissen solltest …« Ich verstummte.

Du kannst es nicht mehr, stimmt's? Du wirst es ihm nicht sagen.

Ich schielte zu ihm. Er hatte einen Apfel herausgeholt – ich hatte gar nicht bemerkt, dass er ihn eingesteckt hatte –, biss ein Stück ab und warf es zwei Enten zu, die es sich im Gras gemütlich gemacht hatten. Sofort stürzten sich die beiden auf das Obst und warteten, ungeduldig schnatternd, auf die Zugabe.

»Magst du auch?« Er hielt mir den Apfel hin. Sein Gesicht wirkte friedlich und entspannt, als hätten die Krankenhauswände ihn endgültig losgelassen.

»Ich bin doch keine Ente, die du füttern musst!«

»Eine liebevolle Handaufzucht hat noch niemandem geschadet. Aber ich meinte eher, ob du die Enten mitfüttern willst. Keine Ahnung.« Er zuckte mit den Schultern. »Ich habe nicht so viele Erfahrungen damit gemacht, worauf Mädels bei einem Ausflug in die Natur stehen.«

Ich nahm den Apfel und biss ein Stück ab. Er schmeckte fad und mehlig, so wie meine Frage auch: »Hast du noch nie eine Freundin gehabt?«

Das Lächeln fror in seinen Mundwinkeln ein. »Doch. Schon. Lass uns über etwas anderes reden. Wobei – nein, eigentlich habe ich heute genug vom Reden, denke ich.«

»Willst du, dass ich gehe?«

»Das habe ich nicht gesagt.«

Also einfach dasitzen, den Mund halten und den Enten zusehen, wie sie durch das Gras wackelten. Eine Aufgabe, der ich gewachsen sein sollte.

Ich spürte seine Finger auf meiner Hand, als sie mir den Apfel sanft wegnahmen. Wieder biss er ein Stück ab und warf es den Enten zu. Daraufhin nahm ich das Ding und tat das Gleiche. So wanderte der Apfel hin und her, bis nur noch ein Stummel zurückblieb und ich seine Finger nicht auf meiner Hand, sondern auf meiner Schulter spürte, als er meine Haare zurückschob, um mein Gesicht zu sehen. »Die Sockenhandhabung musst du ja noch üben, haben wir festgestellt. Meinst du, du schaffst es, sie auszuziehen?«

»Was hast du vor?«

»Meine Füße ins Gras zu stellen.«

Ich kniete mich neben ihn, streifte ihm die Schuhe und die Socken ab. Der Rasen war kühl und leicht feucht. Ich starrte auf die Halme, die zwischen seinen Zehen hervorlugten – keine Ahnung, wie lange ich sie so hypnotisierte. »Spürst du etwas?«

Er tastete nach meiner Hand, den Blick starr auf seine Füße gerichtet, das Gesicht leicht verzerrt. Ich fühlte, wie er meine Finger immer fester zusammendrückte, bis sie mir fast wehtaten in seinem Griff.

»Christian?« Vorsichtig rüttelte ich an seinem Arm. Hatte er Schmerzen? Sollte ich die Pflegerin zurückrufen? Sie saß auf einer Bank in der Nähe und spielte mit ihrem Handy, verträumt vor sich hin grinsend. »Christian, was ist denn los, ist alles in Ordnung?«

Abrupt ließ er meine Hand los, stieß sie beinahe von sich. »Ja. Alles bestens.«

Na klar, das hörte sich auch ganz danach an. Ich rieb mir über die Schultern, grübelte darüber, ob ich etwas falsch gemacht hatte. »Es ist ziemlich frisch hier.«

»Stört mich wohl kaum.«

»Okay. Dein Handy hast du im Zimmer liegen lassen. Und wie hart kann schon so ein Apfelstummel sein? Oder sollte ich mich doch lieber ducken?«

Er runzelte die Stirn. »Was?«

»Du siehst aus, als müsstest du gerade dringend irgendwas nach irgendjemandem werfen.«

Ich spürte, wie der Druck von ihm wich. Erschöpft lehnte er sich zurück, das Gesicht zum Himmel gerichtet, wo vereinzelte Wölkchen friedlich und gleichgültig über uns hinwegzogen.

»Ich dachte …« Mehr schaffte er nicht, versuchte es erneut: »Keine Ahnung. Wenn ich es nur stark genug wollen würde … Nein, vergiss es.« Mit einem Ellbogen auf die Lehne gestützt, rieb er sich die Lider, um Fassung ringend. »Womöglich werde ich einfach etwas übermütig, wenn du dabei bist, das ist alles.«

Vielleicht sollte ich etwas sagen.

Vielleicht auch nicht.

Ich legte meine Hände über seine Zehen. »Deine Füße werden kalt.«

»Dann sollten wir besser zurück, was?«

Mum wartete im Flur auf mich. Ihre zierliche Statur wirkte verloren. Mir war noch nie aufgefallen, wie viele Fältchen sich um ihre Augen angesammelt hatten.

»Wo warst du?«

»Bei Vroni. Und ich habe nicht die Schule geschwänzt, falls es das ist, was du wissen willst.«

Sie setzte sich auf das Schuhschränkchen und sah mir zu, wie ich die Jacke auszog. Irgendwann ertrug ich ihr Schweigen nicht mehr. »Was ist, war das nicht die passende Antwort?«

»Vroni war hier. Sie hat mir erzählt, dass es mit dem Samstag ein Missverständnis war, sie ist nicht nach Hamburg zum Shoppen gefahren, sondern hat sich mit dir beim Chinesen getroffen.«

»Siehst du.« Auf Vroni war eben Verlass. Natürlich hatte ich ihr von der Auseinandersetzung mit Mum erzählt, und sie setzte wohl alles daran, die Sache richtigzustellen.

»Vroni war hier, Sabrina! Sie hat nach dir gesucht. Und wo warst du?«

Ich setzte mich zu ihr auf das Schuhschränkchen. Warum musste sie heute nur freihaben? Warum konnte sie nicht wie immer ihre Überstunden machen? »Es ist kompliziert.«

»Wie wahr, wie wahr. Früher konnte ich dir hundertprozentig vertrauen. Und heute weiß ich nicht, was ich glauben soll und wem.«

Ich umarmte sie. »Hab dich lieb. Glaubst du mir wenigstens das?«

Sie lehnte ihren Kopf gegen meine Schulter. »Ich dich doch auch und daran wird sich nichts ändern.«

»Wie läuft es mit Berni?«

Überrascht sah sie mich an. »Gut, schätze ich.«

»Was hältst du davon, wenn ich ihn mal kennenlerne?«

»Bist du dir sicher?«

»Klar!« In Gedanken ging ich den morgigen Tag durch. Ich hatte nur bis zwei Schule, danach würde ich nach Christian sehen und schließlich Berni treffen. Auf Letzteres hätte ich verzichten können, aber das Ablenken forderte nun mal seinen Tribut. Wo ich mich heute herumgetrieben hatte, war immerhin kein Thema mehr. »Hat er morgen Zeit? Ich koche für euch.«

Mum lachte. »Lieber nicht.«

»Keine Angst.« Ich stand auf und zwinkerte ihr zu. »Eine Dose Ravioli aufzumachen, würde sogar ich schaffen.«

»Hört sich gut an. Und, Sabrina? Nach der Schule kommst du bitte sofort nach Hause. Es wäre mir recht, wenn du Mathe in der nächsten Zeit erst einmal zu Hause üben würdest.«

»Was?«

»Dein Nachhilfelehrer kann dir ja per SMS oder was auch immer beistehen, ist offensichtlich … voll sein Ding. Wann hast du Schluss?«

»Um vier«, stieß ich durch die zusammengepressten Zähne. Die wievielte Lüge war das bereits? Und wann genau hatte ich aufgehört, eine Strichliste darüber zu führen? Egal. Ich würde mich morgen einfach ein bisschen beeilen müssen.

»Sehr schön. Also um vier – dann kochen wir zusammen, ja?« Sie knuddelte mich, ein bisschen linkisch, wie es mir vorkam, denn auch wenn sie sich noch bemühte – alles Unbeschwerte war dahin.

In der Nacht holte ich Fonsel zu mir, kleidete ihn in den Wollpullover und hielt ihn fest im Arm. Schlafen konnte ich trotzdem nicht.

Ich entdeckte Vroni vor der Schule, und sofort fiel mir ein, dass ich sie hätte anrufen sollen. Immerhin hatte sie gestern nach mir gesucht, als ich bei Christian war. Doch der Ärger mit Mum hatte meine Gedanken an sie vertrieben, sodass mein schlechtes Gewissen in der nächsten Zeit bestimmt Überstunden machen würde.

Was mich allerdings davon abhielt, sofort zu ihr zu laufen, war Marshal, der auf sie einredete, was sie wild gestikulierend erwiderte. Er gab nicht auf. Clever, meine Freunde zu bedrängen, aber ich zwang mich, ruhig zu bleiben. Ich hatte nichts zu befürchten. Vroni würde ihm kein Sterbenswörtchen verraten, ganz bestimmt nicht. Unbemerkt huschte ich an den beiden vorbei und schnappte noch Marshals aufgebrachtes »… das weiß ich inzwischen!« auf, worauf Vroni mit »Du weißt rein gar nichts« zurückgiftete.

Ungeduldig wartete ich im Klassenzimmer auf die Neuigkeiten, doch als es zum Unterricht klingelte, war sie nicht da. *Wo steckst du?*, schrieb ich und bekam keine Antwort. Vor dem Lehrerpult sortierte *Mistress Biirrbak* (Frau Bierbach – Englischstunde Hardcore) bereits ihre Unterlagen und sandte mir unmissverständliche Blicke dazu, wie sie zur Handynutzung in ihrem Unterricht stand.

Was wollte Marcel von dir? Ist alles in Ordnung?

Doch Vroni ignorierte auch die weiteren Nachrichten.

Eine Bleistiftspitze pikte in meinen Rücken.

»Was?«, fuhr ich Annabelle an, die sich betont entspannt

zurücklehnte und den Bleistift in ihren manikürten Fingern zu zwirbeln begann.

»Ärger im Paradies?« Etwas an ihr machte mich nervös.

»Rock 'n' Roll. Wie immer. Was willst du?«

»Scht!«, tönte es von irgendwoher.

»Du warst nicht allein da, stimmt's?« Annabelle ließ nicht locker. »Gib es zu, Vroni war da und du bist ihr wie immer nachgelaufen. Du musst doch auch sonst überall zeigen, dass ihr ach-so-beste Freundinnen seid. Habt ihr das zusammen geplant?«

»Scht!«, kam es wieder.

»Wir haben gar nichts geplant!«, beteuerte ich, so eindringlich, dass es mir fast die Luftröhre quetschte.

»Aha. Vroni war also da.«

»Nein!« Nein. Wenn es rauskommen würde, dass sie etwas mit diesem komischen Reitlehrer hatte, dass sie so kaputt war … »Nein. Ich war allein da. Zufrieden? Und jetzt –«

»In English, please!«, donnerte es über die Klasse hinweg. Frau Bierbach stand vor der Tafel wie die Wache vor dem Buckingham-Palast, die Argusaugen auf uns gerichtet. Sogar ihr toupiertes Haar hätte sich mit der Bärenfellmütze eines Gardisten messen können und vor ihrer eisernen Miene hatte ich schon so einige Draufgänger kapitulieren sehen. Also einen Gang herunterschalten, hieß es in ihrer Sprache, wenn nicht gleich eine Vollbremsung machen. Aber ich raste lieber mit Karacho gegen alle Barrikaden.

»Und jetzt don't walk on my biscuit!«, verkündete ich im Sinne von: Geh mir nicht auf den Keks.

Nun spürte ich es deutlich, das Unheil, das sich in meinem Rücken zusammenbraute, denn die Verschandelung des heiligen *English* musste geahndet werden.

»I would very much appreciate your undivided attention during class, Miss *Saisnerr*.«

»Okay«, kapitulierte ich. »Okay. Sorry.«

Das war wohl vernünftig genug, um einen Eintrag ins Klassenbuch abzuwenden. Auf einen anderen Platz setzen musste ich mich aber dennoch.

In der nächsten Pause war Annabelle weg. Jede Wette musste sie gleich zu Marcel rennen, um ihm zu berichten, dass ich alles zugegeben hatte. Hatte ich alles zugegeben? Wann würde er es Christian erzählen? Wie überzeugend konnte ich alles abstreiten? Ich war mir nicht mehr sicher, ich traute mir selbst kaum noch und wälzte im Kopf meine Worte hin und her. Vroni zeigte sich nicht. Länger hielt ich es nicht mehr aus und packte meine Sachen, um ins Krankenhaus zu fahren.

»Warst du wieder im Stall?«, begrüßte er mich, sobald ich sein Zimmer betreten hatte. Etwas an ihm war anders, ich fühlte es wie einen Wetterumschwung in den Knochen. Wenn sich etwas zusammenbraute, wurde mir oft leicht schwindelig.

»Nein, im Stall war ich nicht. Hör zu, wir müssen über etwas reden. Eigentlich über alles. War … Marcel da?«

»Ja.«

Ich musste mich setzen. Mit einem Mal war die Luft zu dünn zum Atmen, ich hielt mich kaum noch aufrecht auf dem Rand seines Bettes. »U-und?«

»Ich muss sie sehen.« Er drückte meine Hand. Mir war gar nicht aufgefallen, dass er sie hielt – und wie natürlich es sich anfühlte.

Dafür kam mir alles andere umso befremdlicher vor. »W-wen musst du sehen?«

»Mein Pferd. Es geht mir gut, ehrlich!« Der Druck um meine Hand wurde fester. »Ich komme prima mit dem Rollstuhl zurecht. Gestern waren wir draußen, du hast es gesehen, also warum nicht?«

Diese Euphorie machte mir Angst. Nicht zu vergleichen mit seinem Tatendrang gestern, völlig übergeschnappt, künstlich wie der Geschmack meines Erdbeer-Lipglosses. »Bist du noch bei Trost?« wäre eindeutig die passendere Erwiderung gewesen als mein schwaches »Aha«, während ich an meiner Unterlippe kaute.

»Ich habe alles im Griff, glaub mir. Mit ein bisschen Hilfe, mit *deiner* Hilfe, könnte ich es schaffen. Nein, ich werde es schaffen!«

»Warte, warte.« Behutsam zog ich meine Finger aus seiner Hand. »Du meinst es wirklich ernst, oder?«

»Ich muss sie sehen! Wie schwer sie verletzt ist, wie die Behandlung anschlägt, wie … einfach alles! Ich war immer für sie da, sie kennt das doch nicht anders!«

»Das letzte Mal musste eine Krankenschwester kommen, weil du zu schnell zu viel gewollt hast, schon vergessen?«

Verbittert presste er die Lippen aufeinander. Es konnte schrecklich ungemütlich werden unter dem Blick dieser matten Kaffeeaugen, während ich versuchte, ihm standzuhalten.

Er starrte mich nieder. »Was ist nur mit dir los? Wo ist bloß dieses Mädchen geblieben, das … das …« … auf einen Baum geklettert ist, um ihre Botschaft aufzuhängen? Es flackerte in ihm auf, ich spürte es wie einen Stich, etwas war da, vielleicht die Ahnung einer Erinnerung, die wie ein Schatten über sein Gesicht huschte. Energisch schüttelte er den Kopf. »Das Mädchen, das sich auf die Intensiv geschlichen und mir gezeigt hat, dass alles möglich ist.« Sein Eifer ließ nichts anderes mehr zu, keinen Einwand und keinen Widerstand. »Dieses Mädchen will ich hier haben, dieses Mädchen brauche ich jetzt, verstehst du?«

»Jetzt warte mal.« Wenn du nur wüsstest! Aber du weißt es ja nicht. »Wenn dieses Mädchen dabei ist, geht selten etwas gut, glaub mir. Lass dir Zeit.«

»Sabrina!« Er angelte nach meiner Hand, drückte sie, erstickte jede Erwiderung. »Ich *brauche* dich!«

Und ich hatte das Gefühl, in etwas hineinzuschlittern, ein Gefühl wie damals am Stall. Aber wenn man auf einen Abgrund zurast, gibt es nicht allzu viele Ausweichmöglichkeiten. Bald standen wir mit einer Pflegerin, die uns nach draußen begleiten wollte, vor dem Fahrstuhl. Ich hatte schon auf den Knopf gedrückt, als Christian meinte, er brauche eine Decke. Und während die Pflegerin den Flur zurückhastete, brachen wir auf. Ich schob seinen Rollstuhl in den Aufzug, dann raus in das Foyer, nach ein paar weiteren Schritten verließen wir das Gebäude – und keiner hielt uns auf.

Was jetzt?

Wir nahmen einen Umweg durch das Labyrinth kleiner Straßen, das sich hinter dem Krankenhaus erstreckte, sprachen noch immer kein Wort miteinander. Bloß immer weitergehen, rollen, zum Stall und zurück – es würde doch nichts passieren, es konnte nichts passieren, so einfach war das. Ich würde ihn heil und gesund zurückbringen.

Was wir da taten, wurde uns erst bewusst, als wir an eine Haltestelle gelangten und der Bus ankam. Der Fahrer stieg aus, um uns zu helfen. Wir wussten ja nicht einmal, wie wir den Rollstuhl für die Fahrt sichern sollten. Die Blicke der Fahrgäste um uns herum zeugten von Mitleid, ein bisschen von Wegguckenwollen, jemand murmelte: »Wie schrecklich, so jung!«, und eine ältere Dame mit einer Einkaufstüte, die größer schien als sie selbst, wiegte bedauernd den Kopf.

Wir beide fühlten uns fehl am Platz, wir schwiegen uns an. Vielleicht sollten wir lieber zurück? Ganz bestimmt, aber so leicht konnten wir hier nicht mehr raus.

Einige Zeit später füllte sich der Bus mit Jugendlichen. Schulschluss, durchfuhr es mich, ich sollte nach Hause! Ich dachte an Mum und an Berni, ich hatte sogar Hunger auf Ravioli aus der Dose und versuchte krampfhaft, Christian vor der lärmenden Meute zu schützen.

»Ist alles okay bei dir? Wie fühlst du dich?«

Er antwortete nicht, als hätte er das Smartphone mit seiner Musik dabei und die Kopfhörer fest in die Ohren gesteckt, mit denen er die Welt von sich fernhielt. Ich beugte mich über ihn, die Hände gegen die Haltestangen gestemmt, hielt den unbedachten Stößen in meinem Rücken stand.

Hinter mir balgte sich ein Kerl mit seinem Kumpel.

»Mann, pass doch auf!«, rief ich.

Der Kerl lachte über meinen Protest hinweg, er hatte mich nicht einmal bemerkt, stieß mich erneut an. Ich strauchelte, keuchte erschrocken: »Christian!« – als hätte er noch irgendetwas machen können. Mein ganzes Gewicht landete auf seinen Beinen.

»Oh Gott.« Ich wollte sofort aufstehen, doch er hielt mich fest. Seine Hand glitt meinen Rücken hinab und blieb knapp über meiner Hüfte ruhen. Ich wagte kaum zu atmen. »Bist du dir sicher?«

Statt einer Antwort schlang er den Arm um meine Taille.

»Hab ich dir wehgetan?« Verlegen strich ich über sein Knie,

versuchte erfolglos, mit dem Daumen eine Falte an seiner Hose zu glätten.

»Schön wär's«, seufzte er, und meine Hand verharrte.

»Entschuldige.«

»Schon okay«, flüsterte er in mein Haar.

Neben uns legte sich die ältere Dame mit dem Kerl an, der mich geschubst hatte, ihr antwortete das grölende Lachen der Jugendlichen, was den Unmut der Umherstehenden nur noch anheizte.

Doch der ganze Aufruhr schwappte bloß am Rande meiner Wahrnehmung, ob es noch um uns ging, verfolgte ich längst nicht mehr.

Ich öffnete meine Jacke. »Ziemlich warm hier, hm?«

Das unregelmäßige Schaukeln des Busses wiegte mich hin und her, schien mich sanft zu ihm zu stoßen, als wären wir uns noch nicht nahe genug.

»Bequem?«

»Mhm.« Vorsichtig verlagerte ich mein Gewicht, bevor mir mein Hintern einschlief – ich hatte zu wenig Übung darin, auf dem Schoß eines Jungen zu sitzen. Durfte ich das überhaupt? Eine *Freundin* konnte er im Moment am wenigsten gebrauchen, hatte er gesagt, aber was war, wenn er doch eine hatte? War ihr auch aufgefallen, dass seine rechte Augenbraue einen leichten Knick machte und ein paar Härchen der vorgegebenen Linie nicht folgen wollten? Dass er an einem Ohrläppchen ein winziges Muttermal trug, das man heimlich wegwischen wollte, weil man glaubte, es wäre ein Sprenkel Schmutz? Und wenn er verlegen lächelte, hatte sie auch gemerkt, wie die Unsicherheit in seinen Augen aufstieg, wie er plötzlich nicht zu wissen schien, wohin er blicken sollte? Und wenn seine Umarmung so schüchtern wirkte, dass man ihn einfach zurückumarmen musste …

»Was ist?« Seine Lippen blieben leicht offen, sein Atem streifte meinen Hals. Nun war ich es, die nicht mehr wusste, wohin ich schauen sollte.

»Nichts.« Meine Hand lag auf seinem Oberschenkel. Ich führte die Handfläche sein Bein entlang, noch ein kleines Stück höher. »Spürst du das?«

»Nein.«

»Und das?« Meine Finger zeichneten die Naht auf der Innenseite seines Hosenbeins nach.

»Nein.« Seine Stimme klang belegt.

Meine Hand tastete sich bis zu seinem Hosenbund, schlüpfte unter sein Hemd und berührte die warme, blanke Haut. »Und das?«

»Ich glaube …«

»Ja?«

»Ich glaube, ich kann es mir vorstellen. Wie es sich anfühlt.«

Ich spürte, wie mir das Blut in die Wangen schoss, mein Gesicht glühte bestimmt schlimmer als jeder chinesische Lampion. Mein Blick wanderte seinen Hals entlang, ich konnte seinen Puls unter der Haut sehen, das sanfte Pochen, das in mir widerhallte. »Und … was ist damit?«

»Das – das ist besonders schön, könnte ich mir denken.«

»Dann würde dir *das* auch gefallen, oder?«

»Ganz bestimmt, ja.«

»Und was sagst du … dazu? Soll ich weitermachen?«

Sein Adamsapfel rutschte hoch und runter, als er zu schlucken versuchte. »Unbedingt.«

Der Bus ruckte. Aus der Einkaufstasche der älteren Dame

polterten Thunfischdosen, der vorlaute Kerl taumelte gegen seine Kumpels, ich krallte mich in Christians Schultern fest und mein Kopf schlug gegen seine Stirn.

»Also, *das* hast du bestimmt gespürt«, keuchte ich.

»Oh ja.«

»Ein Schädel-Hirn-Trauma?«

»Mindestens.« Er strich mir eine Strähne hinters Ohr. Meine Hände schlossen sich um seinen Nacken, wir lehnten noch immer Stirn an Stirn aneinander, wie bei dem Zusammenstoß. Und dann …

… küsste er mich. Glaubte ich zumindest. Ich ließ meinen Kopf auf seine Schulter sinken. Der Bus fuhr weiter, ich schloss die Augen und gab mich dem vertrauten Schaukeln hin. Sein Arm, den er um mich geschlungen hatte, sein Atem, der mich ein wenig kitzelte, seine Finger, die vorsichtig durch mein Haar strichen – und seine Lippen auf meiner Haut, die mich zaghaft fragten: »Spürst du das?«

»Ja. Und du?«

»Ja.«

Endhaltestelle.

»Endhaltestelle!«, rief der Fahrer durch den plötzlich leeren Bus und machte sich daran, uns umständlich nach draußen zu befördern.

Auch wenn ich es mir noch so sehr herbeiwünschte, was wir im Bus hatten, war vorbei. Vielleicht war es im Zug zu leer, die Blicke der anderen zu störend, auch Christian wirkte abwesend, als wäre er in Gedanken irgendwohin geflüchtet, wohin ich keinen Zugang bekam.

Bald hatten wir es geschafft: Vom Bahnhof brauchten wir

ein Weilchen, bis wir den Landwirtschaftsweg erreicht hatten, ich schob seinen Rollstuhl über den Asphalt, hinter der nächsten Biegung würden die ersten Bauten des Stalls kommen. Es war ganz leicht, es ging bergab.

»Das zweite Gebäude rechts«, sagte er beinahe tonlos.

»Ich weiß.«

Ich blieb stehen. Es waren die ersten Worte, die wir miteinander wechselten, als hätte jemand alles, was im Bus passiert war, ungeschehen gemacht.

War da überhaupt etwas passiert?

Gib's zu, im Grunde kennst du ihn gar nicht, bäumte sich das hässliche Stimmchen in meinem Inneren auf. Du hast keine Ahnung, ob es ihm genauso viel bedeutet wie dir.

»Wollen wir weiter?«

»Ja. Natürlich.« Ich beugte mich zu ihm. Mein Blick fiel auf sein Muttermal. Fast ohne mein Zutun strichen meine Finger über sein Ohrläppchen, fuhren seinen Hals entlang.

»Nein, nicht.« Abrupt hielt er meine Hand auf. »Das hätten wir nicht tun sollen.«

»Hierherkommen?« Ich wollte es nicht wahrhaben. Dass es mit unserer Nähe vorbei war. Dass er sie nicht einmal wollte. Hierherkommen – ja, das hätten wir definitiv nicht tun sollen. Ich schaute auf. Von hier aus konnte man nichts erkennen, doch würden wir dem Landwirtschaftsweg ein Stück weiter folgen, würden wir schon bald unter den Bäumen stehen, zwischen denen ich die Plane gespannt hatte, den Stein sehen, der …

Er legte die Hände auf die Greifreifen. Wollte er wirklich hin?

Durch meine Gedanken peitschte die Leine.

Der graue Pferdeleib, der an mir vorbeigaloppierte – ich

schnappte nach Luft. »Das zweite Gebäude rechts, schon vergessen?«

Es war nicht einfach, den Rollstuhl auf dem Schotterweg, der zu den Stallungen führte, zu manövrieren. Und dann im Matsch, den der Regen der letzten Tage auf dem Hof hinterlassen hatte. Ich konzentrierte mich auf das Jetzt, mit allem anderen würde ich mich später beschäftigen. Wenn wir zurück ins Krankenhaus kamen. Und uns – ihm – nichts passiert war.

In der Stallgasse wollte er allein weiter. Ich folgte ihm mit etwas Abstand, lauschte, wie die Gummireifen über die kleinen Partikel auf dem Steinboden knirschten. Er hatte nicht gelogen, den Rollstuhl hatte er gut im Griff. Ich blieb trotzdem in seiner Nähe.

Sein Pferd stand mit gesenktem Kopf da, die Ohren hingen auf halbmast. Der apathische Blick der Stute kam mir so vertraut vor, als schaute ich in Christians Augen, damals, auf der Intensiv, als alles noch einfach schien.

Er hielt an. »Hallo, mein Mädchen. Na, wie geht es dir?«

Langsam hob das Tier den Kopf, die Ohren zuckten, als wollten sie ausmachen, aus welcher Richtung seine Stimme kam.

Er rief sie wieder und rollte vorsichtig auf die Box zu. Mit wachem, weichem Blick verfolgte das Pferd seinen Weg, drängte sich an die Tür und schickte ihm ungeduldig ein leises Blubbern entgegen. Endlich öffnete er die Tür. Die Stute reckte ihren Hals, schnupperte – schon war ihre Nase mitten in seinem Gesicht. Er lachte, streichelte ihr über den Hals. Die Stute stupste ihn ungeduldig an.

»Hey, hey«, rief er, während das Pferd versuchte, an seine Taschen zu kommen oder sein Gesicht abzuschnubbern – alles gleichzeitig, als wüsste es, dass sie nicht viel Zeit füreinander hatten. »Ich habe heute kein Leckerli dabei. Aber beim nächsten Mal, ja? Versprochen.«

Plötzlich war es mir schmerzlich bewusst: Was auch immer wir im Bus füreinander empfunden hatten – oder was ich mir eingebildet hatte –, es war nur ein Bruchteil der Innigkeit, zu der er wirklich fähig war. Wenn er lachte, weil die Stute gegen seine Wange prustete, dann waren sie mehr als Pferd und Reiter. Es war eine Verbundenheit, die ich so noch nie zwischen einem Menschen und einem Tier gesehen hatte. Ich stand da wie bestellt und nicht abgeholt und fragte mich, was ich hier überhaupt tat.

»Schon gut, schon gut, ich hab dich auch vermisst«, murmelte er und streichelte über den Kopf des Tieres, der sich zu ihm neigte.

»Wir sollten langsam los«, sagte ich. »Genug Streichelzoo für heute.«

»Wir sind doch gerade erst gekommen.« Verständnislos, fast ungläubig schaute er zu mir auf. Es kann doch nicht alles gewesen sein!, schien er mir zurufen zu wollen. Die Stute stupste ihn beschwichtigend an. Er drehte sich zu ihr, versuchte, sie zu umarmen, aber eine Hälfte von ihm war an den Rollstuhl gefesselt. Erschöpft gab er auf und lehnte sich zurück.

»Im Krankenhaus laufen sie sicher schon Amok«, sagte ich, um mich selbst davon abzulenken, was ich vor mir sah: den Abschied eines Jungen, der sich nicht mehr auf den Rücken seines Pferdes schwingen und vor allen Problemen in den Sonnenuntergang reiten konnte.

»Deinem Pferd geht es gut. Fürs Erste solltest du sie nicht weiter aufregen, guck, sie wird schon ganz nervös.« Das Pferd schüttelte wie zur Bestätigung den Kopf und trat auf der Stelle, als spüre sie, dass ich dabei war, die beiden auseinanderzureißen.

Christians Blick flog wieder zu mir, zuerst verunsichert, argwöhnisch, dann alarmiert. Diesen Blick, den kannte ich doch. Halb so schlimm, war nur ein Witz!, wollte ich ihm versichern, als er die Tür zur Box schloss, mit einem Schwung auf mich zurollte – und an mir vorbei.

»Wo willst du hin?« Ich lief ihm hinterher. *Dein Pferd wird schon ganz nervös* – hatte ich ihm etwas Ähnliches nicht auch kurz vor dem Unfall gesagt? Er erinnerte sich! Hier, im Stall, wo alles voller vertrauter Gerüche und Bilder war, wo die Wahrheit greifbar nah lag.

Am Ende der Stallgasse gelangte ich in einen kleineren Raum. Ein Tisch und zwei Bänke standen am Fenster, eine Wachstuchdecke mit roten Pünktchen verströmte ihren künstlichen Duft, an der Wand entlang erstreckte sich eine Reihe von Schränken. Vor einem davon brachte Christian seinen Rollstuhl zum Stehen. Mit einem metallischen Scheppern flog die Tür auf, er langte ins Innere, wühlte darin.

»Suchst du etwas?«

Er antwortete nicht, als würde es all seine Konzentration benötigen.

»Ich verstehe nicht. Was machst du da?«

Eine Plastikdose polterte heraus und ihr Deckel sprang ab. Sie war fast leer, nur am Boden klebte noch etwas Salbe. Wie gebannt starrte er auf das Ding, dann wandte er sich wieder dem Schrank zu, seine Bewegungen wurden hektischer. Eine Bürste flog hinterher, ein Strick, eine Packung Lotiontücher. »Vorsichtig mit dem Zeug da.«

»Wieso? Was ist denn mit diesen Tüchern?«

»Ich meine die Salbe!« Er deutete auf die Dose in meinen Händen.

»Aha. Und was ist das für ein Zeug?« Ich tunkte meinen Finger in die Schmiere, die noch an den Dosenwänden klebte.

»Eine Capsaicin-Salbe.«

»Cap-Dings-genau! Dein Reitlehrer wollte doch wissen, wofür du das Zeug brauchst.«

»Für bessere Durchblutung. Hat er mir selbst empfohlen.« Er ließ vom Schrank ab, verharrte für einen Augenblick und zerrte mir die Dose aus den Händen. »Sie war doch voll! Scheiße.« Mit einer Hand stützte er sich am Rollstuhl ab, als wolle er sich aus dem Sitz stemmen und ins höchste Regal des Schrankes greifen. »Die Decke. Die Satteldecke. Sie war nicht da, genau, und dann habe ich sie gefunden, wo sie nichts zu suchen hatte. Nein. Ich habe sie nicht gefunden. Er hat sie mir gebracht, weil sie im Gang lag.«

»Wer? Was für eine Decke? Wovon sprichst du? Erinnerst du dich etwa?«

»Bin mir nicht sicher«, sein Arm zitterte vor Anstrengung, »die Decke … vielleicht ist es auch nichts …«

»Christian!« Doch ich kam zu spät.

Der Rollstuhl rutschte unter ihm weg und sein Körper kippte aus dem Sitz. Mein Herz schlitterte in einen Abgrund. Ich hockte mich neben ihn hin, tastete blindlings nach dem Rollstuhl, dann nach ihm, wollte ihm helfen und schaffte es nicht einmal, ihn umzudrehen – sollte ich ihn überhaupt umdrehen? Was musste ich tun, falls er sich verletzt hatte? Mit einem Mal war alles, was die Pflegerin erzählt hatte, wie weggeblasen. Jetzt cool bleiben. Schritt für Schritt, du schaffst das. Den

Rollstuhl in die richtige Position bringen, die Bremse feststellen …

»Lass mich!« Er stieß meine Hände beiseite, als ich nach ihm griff, um ihn hochzuziehen.

»Sag mir, wie ich dir helfen kann.«

»Fass mich nicht an!«, brüllte er, dass ich zurückschreckte und ihn nur noch stumm anstarrte. Wie er dalag. Unbeweglich, hilflos, das Gesicht in den Boden gedrückt und die Hände zu Fäusten geballt.

Er musste ins Krankenhaus. Sofort. Ich zückte mein Handy. Mit etwas Glück hatte der Sturz nicht noch mehr Schäden angerichtet. Mein Daumen traf kaum die Ziffern, dabei waren es nur drei.

»Was tust du da?«

»Einen Notarzt rufen.«

»Nein!« Seine Faust schlug auf den Boden ein. Aber das beeindruckte mich nicht.

»Jemand muss dich untersuchen.«

»Es geht mir gut.«

»Genau. Was du so toll beurteilen kannst, ohne etwas zu spüren.«

»Man kann sagen, was man will, du servierst jedem die schonungslose Wahrheit, was?«, zischte er.

»Wenn du nur wüsstest.«

Sein Körper erschlaffte. Mit einem Mal wich jede Spannung von ihm, er versuchte nicht mehr, sich hochzustemmen. Langsam drehte er den Kopf zur Seite, sein Blick glitt ins Leere. »Pack dein verdammtes Handy weg.«

112, leuchtete es auf dem Display. Ich nahm den Daumen vom Hörer-Symbol. Vielleicht waren Blaulicht und Tatütata nicht unbedingt das, was er gerade brauchte. Zumindest nicht, wenn ich ihn mir so ansah und seine Angst wie die eigene spürte, nichts mehr im Griff zu haben und nicht einmal über den eigenen Körper bestimmen zu können.

»Was hast du eigentlich gesucht?« Ich hockte mich zu ihm.

»Keine Ahnung.« Er schaute zu mir, als würde er mich erst jetzt wirklich wahrnehmen. »Wahrscheinlich war da nichts. Ich dachte, es wäre etwas mit der Satteldecke gewesen, aber vielleicht verwechsele ich was. Es ist so ein Durcheinander in meinem Kopf. Ja, ich glaube, es war an einem ganz anderen Tag. Marcel hat mir erzählt, dass es wegen der Plane war … egal. Die Decke oder die Plane – sie bedeuten überhaupt nichts mehr. Ich will es ja auch lieber vergessen.«

Hörst du? Er will es vergessen! Ein Glück, dass du ihm nichts gesagt hast. Nun musst du bloß dafür sorgen, dass auch Marshal nichts weiter unternimmt. Oder?

»Na dann.« Ich strich mit den Handflächen über meine Jeans. In meinen Fingerkuppen hatte sich ein Glühen eingenistet, aber das Reiben am Stoff meiner Hose machte es nur noch schlimmer.

»Wie ist es mit dir – alles okay?«

»Was soll schon mit mir sein. Anscheinend sind meine Finger gut durchblutet. Machen wir, dass wir hier wegkommen.«

»Wenn es geht, ohne viel Aufsehen zu erregen, ja?«

»Wir versuchen es.«

Vorsichtig drehte ich ihn auf den Rücken. Er wehrte sich nicht, als ich meinen Arm unter seinen Nacken schob und ihm half, sich aufzurichten. Doch alles Weitere wollte einfach nicht klappen. Er war zu schwer und ich zu ungeschickt, immer in Angst, etwas an ihm kaputt zu machen.

»Wir brauchen Hilfe«, keuchte ich nach unzähligen Versuchen, ihn in den Rollstuhl zu befördern.

»Auf keinen Fall!«

»Jetzt red keinen Stuss. Was anderes bleibt uns doch sowieso nicht.«

Von draußen holte ich eine Frau, die gerade ihre Tochter zu einer Reitstunde brachte. Sie kannte Christian nicht, hatte nicht den geringsten Schimmer, dass wir aus einem Krankenhaus ausgebrochen waren, und zeigte einen wohltuenden Pragmatismus, ohne viel Tamtam zu veranstalten. Zusammen schafften wir es, Christian in den Rollstuhl zu heben, was er mürrisch über sich ergehen ließ.

»Alles gut?«, fragte ich, als sie ging.

»Das willst du schon zum sechsten Mal von mir wissen.« Meine bescheidenen Fertigkeiten als Krankenschwester hatten seine Laune offensichtlich nicht gerade gebessert. »Ja, ich habe mitgezählt. Und ja, alles okay bei mir.«

Er sah beunruhigend blass aus. Aber um den Wahrheitsgehalt seiner Worte zu überprüfen, konnte ich nur noch eine Münze werfen.

»Es ist wirklich alles prima mit mir!«, knurrte er angesichts meiner Unentschlossenheit.

»Na dann.« Ich manövrierte seinen Rollstuhl nach draußen. Er sagte nichts mehr, wahrscheinlich zu beschäftigt damit, noch ein Weilchen zu schmollen. Ich ließ ihm dafür Zeit, bis wir vor dem Krankenhaus aus dem Bus gestiegen waren und mir einfiel, dass wir eine wichtige Frage noch nicht beantwortet hatten.

»Was wollen wir denen jetzt sagen?« Der massive Komplex des Krankenhauses baute sich vor mir auf wie eine Festung. Es war klar: Ganz egal, was wir sagten, ein Hausverbot war mir sicher. »Vorschläge werden dringend erbeten.«

»Dass wir in die Bäckerei gegangen sind, um Zimtschnecken zu essen?« Er deutete auf einen kleinen Laden auf der anderen Seite der Straße.

»Mehrere Stunden lang?«

»Es waren verdammt gute Zimtschnecken.«

»Okay.« Ich wollte ihn Richtung Krankenhaus schieben, als er eine Hand auf meine legte, und das genügte, damit ich anhielt.

»Bevor du mich auslieferst: Es tut mir leid. Ich hätte dich da nicht mit hineinziehen sollen. Was passiert ist, ist meine Schuld.«

»Ich würde gerne behaupten, ich hätte es dir gesagt. Aber ich habe es dir nicht gesagt, zumindest nicht so, wie ich es hätte sagen sollen.«

»Keine Sorge, Marcel hat das für dich erledigt. Er meinte gleich, dass ich ein Idiot bin und mir die Sache aus dem Kopf schlagen sollte.«

Marcel war ja heute da gewesen! Um seinen besten Freund davon abzuhalten, aus dem Krankenhaus zu flüchten? Oder steckte mehr hinter seinem Besuch? Ich ertappte mich dabei, wie ich nervös die Griffe des Rollstuhls knetete. »Was hat er noch gesagt?«

»Dass ich meine Gesundheit aufs Spiel setze.«

»Mehr wollte er nicht? Außer dir gehörig den Kopf zu waschen?« Dann müsste ich ihm danken. Sein Einsatz hatte zwar nichts gebracht, aber wenigstens traute er sich, Christian die Meinung zu geigen. Damit sollte auch ich etwas offensiver werden.

»Zu mehr ist er nicht gekommen – wir haben uns gestritten. Im Moment reden wir nicht einmal miteinander.«

»Du hast ihn zuerst gefragt, stimmt's? Ob er dich begleitet?« Worauf er Nein gesagt hatte. Natürlich! Marcel war schwieriger zu manipulieren als ich, der man nur »Ich brauche dich« zuflüstern musste, damit ich alles tat, was man von mir verlangte. »Okay, schon wieder was gelernt. Das nächste Mal wirst du von mir auch so einiges zu hören bekommen, zieh dich bloß warm an! Wobei – nein. Es wird kein nächstes Mal mit blödsinnigen Aktionen geben, hörst du?«

»Schon gut, schon gut. Es tut mir leid, Sabrina. Wirklich. Es war unfair und feige und ich wusste einfach nicht, was ich tun sollte. Glaubst du mir, wenn ich sage, dass ich meine Lektion gelernt habe?«

Ich hob die Augenbrauen. »Vielleicht.«

»Was hältst du davon, wenn wir tatsächlich ein paar Zimtschnecken essen?« Er drehte sein Gesicht zu mir, lächelte, so erfrischend zahm. »Lädst du mich ein?«

Warum nicht? Wir waren schon so lange weg, da würde eine halbe Stunde mehr nicht viel ausmachen.

Doch die Bäckerei hatte keine Zimtschnecken. Alles, was wir bekamen, war das letzte Stück Mokkatorte aus der Auslage, das wir uns teilten.

Christian wirkte zerstreut, und je länger ich ihn so beobachtete, desto mehr verging mir der Appetit.

»Was ist, hat Mr Sunnyboy Angst, mächtig Ärger einzukassieren?«

»Genau genommen heißt es Sonnyboy.«

»Oh, Verzeihung. Wohl eher: Mr Erbsenzähler.«

»Und nein, es ist nicht wegen des Ärgers.«

»Dann wegen Marcel?« Ich legte meine Finger auf seine Hand und merkte, wie er sie ein Stück zurückzog.

»Manchmal weiß ich nicht, was mit mir los ist. Manchmal wird alles unerträglich. Es ist wie ein Kurzschluss – man will nur noch, dass es aufhört. Dass niemand einen mehr anfasst. Dass man lieber gar nichts fühlt statt nur zur Hälfte.«

»Er wird das verstehen. Marcel, meine ich.«

»Ich weiß. Aber sein Verständnis bringt uns auch nicht weiter. Der Christian, der früher existiert hat, ist nicht mehr da. Wir werden nie wieder nach Berlin abhauen, um bei ›Skate by night‹ mitzumachen. Und meine Geburtstagsfeier in der Hochseilbahn können wir auch stornieren. Vielleicht können wir noch eine Weile so tun, als würde zwischen uns alles so sein wie immer. Aber irgendwann wird er schon merken, dass er mit mir nichts mehr anfangen kann.«

»Du glaubst doch nicht, dass das Einzige, was euch verbindet, ›Skate by night‹ und die Hochseilbahn sind?«

Er seufzte. »Wie gut, dass du noch nichts von unserem Trip nach Holland weißt.«

»Dafür aber von einer Party in einem geklauten HVV-Bus. Und von seiner Vorliebe, mit nacktem Arsch in fremde Pools zu springen.«

Er lachte. »Wer hat dir das erzählt?«

»Vroni.«

Er schluckte sein Lachen hinunter. »Sie hat es nicht leicht im Moment, was?«

»Die Sache mit ihren Eltern macht sie kaputt. Anders kann ich es mir auch nicht erklären, warum sie sich sonst an diesen Reschke ranschmeißen sollte.«

»Was?«

»Vergiss es.«

Anscheinend hatte sie es ihm nicht erzählt. Na ja, genau genommen hatte sie es nicht einmal mir erzählt, und auch wenn er wunderbar zuhören konnte und die beiden einen Draht zueinander hatten – ich hätte es nicht erwähnen sollen. Toll gemacht, Sabrina. Eins mit Sternchen im Fach Freundschaftskunde.

»Marcel.« Ich zog mein Handy aus der Tasche und schob es über den Tisch zu ihm. »Ruf ihn an. Sag ihm, dass es dir leidtut und dass du deine Lektion gelernt hast.«

Was um alles in der Welt tust du da? Es gibt doch nichts Besseres, als wenn die beiden keinen Kontakt miteinander haben! Warum sollte ausgerechnet ich die Vermittlerin spielen?

Aber Christian hatte mein Handy bereits genommen.

Die Sekunden verstrichen, ohne dass er etwas damit tat.

»Was ist?«

»Ich muss immer daran denken, dass es noch schlimmer werden könnte.«

»Mit euch beiden?«

»Mit mir.«

»Warum sollte es? Schon vergessen? Wenn der Weg aus der Intensiv führt, ist es definitiv eine Verbesserung. Du darfst einfach nicht zu viel von dir erwarten.«

»Inzwischen erwarte ich überhaupt nichts mehr.« Er gab mir das Handy zurück, nahm ein Stück Torte, die halb zermatscht zwischen uns stand, und senkte den Löffel. »Meine Beine – da ist diese seltsame Schwere in ihnen. Als wäre alles aus Blei. Ich weiß nicht, was das bedeutet.«

Und alles um mich herum wurde still.

»Wir müssen zurück.« Ich stand auf. »Sofort.«

Sobald wir die Neurochirurgie betraten, brach ein Hurrikan los. Christians Eltern stürmten auf uns zu, Cornelia Mayr warf Blicke in meine Richtung, die mich hätten pulverisieren können, mit einem vor Sorge bleichen Gesicht verfolgte Vroni den Tumult, sogar Annabelle war da – jede Wette, dass Marshal sie vorgeschickt hatte, um die Lage zu checken. Ich stammelte etwas von »Wir wollten nur in der Bäckerei gegenüber«, aber gegen die Strafpredigt, was alles hätte passieren können, kam ich nicht an. Bis Christian »Ruhe!« in den allgemeinen Aufruhr rief und seelenruhig erklärte, er hätte mich gezwungen, ihn zum Stall zu begleiten, weil er sein Pferd sehen wollte.

Sag es, das mit den Beinen!, bat ich ihn stumm. Vor all den Rechtfertigungen war ich kaum zu Atem gekommen, als eine Krankenschwester ihn wegbrachte, die anderen folgten ihr und für mich blieb wohl kein Platz mehr in dem kleinen Krankenhauszimmer.

Ich drehte mich um. Etwas abseits stand Vroni mit zwei Jumbo-Kaffeebechern in den Händen, vielleicht als Stärkung für Christians Eltern gedacht. Von der Sorte hätte ich mindestens einen Lastwagen gebraucht, um zu mir zu kommen.

»Hey. Da habe ich ja mal wieder einen Wirbel verursacht, was?«

»Wäre meine Mutter nicht schon längst ein großer Fan von dir, hättest du dir spätestens jetzt ihre unbändige Liebe gesichert.« Ihr Blick bohrte sich in mich. »Sie hatte genug Zeit, seine Eltern über dich aufzuklären.«

»Ein Glück, dass er nicht mit einem Pixie-Schnitt zurückgekommen ist.« Doch Vroni blieb von meinem bemühten Witz unberührt. In ihren versteinerten Zügen konnte ich nicht das Geringste lesen. Meine Gedanken fuhren Achterbahn. »Von der Sache mit der Plane weiß deine Mutter doch nichts, oder?« Bitte, sag mir, dass sie nichts davon weiß!

Sie zuckte nur mit den Schultern, und während meine Gefühle noch Loopings schlugen, verschwand sie in Christians Zimmer.

»Vroni!«, rief ich hinterher, aber da kam jedes »Vroni!« zu spät.

Hier waren wir also. Schlimmer hätte unsere kleine Spritztour zum Stall kaum enden können. Dachte ich. Bis ich vor dem Ausgang auf Marshal traf. So finster, wie er dreinblickte, verblasste neben ihm jeder Möchtegern-Hells-Angel.

»Und? Einen schönen Ausflug gemacht?«

»Müssen wir nicht noch einmal haben.« Für eine Auseinandersetzung mit ihm war ich viel zu kaputt, zu viel ging in mir vor. Doch er witterte meine Schwäche wie ein Bluthund und rückte auf mich zu.

»Wenn Christian Steggen etwas will, bekommt er es auch. Damit wirst du dich irgendwann abfinden müssen. Denn wie es aussieht, werden wir dich nicht mehr so schnell los, stimmt's? Das ist wohl etwas, womit ich mich abfinden muss.«

»Hör mal, vielleicht sollten wir einfach neu anfangen? Wegen Samstag …«

»Echt? Neu anfangen?«

Er machte noch einen Schritt auf mich zu. Zwischen zwei Wartesessel gedrängt, hatte ich kaum Fluchtmöglichkeiten. Hilfe! Was konnte ich jetzt auch noch sagen? Wie alles erklären? Hilfe durfte ich nicht erwarten. Von niemandem. Der Herr in einem der Sessel blätterte nur genervt die Seite seiner Autozeitschrift um, weil ich ihn angerempelt hatte: Diese Jugend heutzutage!

»Neu anfangen.« Verächtlich schnalzte Marshal mit der Zunge. »Du hast keine Ahnung, wie sehr ich mir wünsche, ich könnte dir wirklich glauben. Dass es dich kümmert, wie es Chris geht, dass du …«

»Natürlich!«, rief ich voller Inbrunst.

»… dass du nichts verheimlichst.«

Ein Kloß wuchs in meinem Hals, schmerzhaft und groß. Unmöglich, noch etwas zu rufen.

»Aber ich glaube dir nicht.«

»Schön.« Meine Beine fühlten sich an wie aus Grießpudding, den Mum glücklicherweise nur einmal zu kochen versucht hatte. »Endlich haben wir offen und ehrlich darüber geredet, was?« Noch ein bisschen, und ich würde in den Schoß des automobilbegeisterten Herren sinken, ganz egal, was er dann über die Jugend heutzutage dachte.

»Rinnie!«, riss mich eine Stimme aus meiner Resignation, und wer hätte gedacht, dass diese Rettung ausgerechnet von Annabelle kommen würde? Ich am allerwenigsten. »Na, das war ja eine Aufregung. Christian geht es gut. Hat dich Marcel schon zur Party eingeladen? Ich hoffe doch sehr, dass du kommst! Vroni hat schon zugesagt«, plapperte sie gegen die Anspannung zwischen uns an, als wären wir drei best best friends FOREVER, bis der Herr mit der Autozeitschrift brüskiert den Platz wechselte. »Wir veranstalten eine Gute-Besserung-Party für Christian. Eine kleine Feier zu seiner Entlassung aus der Intensiv. Seine Freunde werden da sein.«

»Ihr feiert, während er im Krankenhaus liegt?« Endlich gelang es mir, mich zwischen den Sesseln heraus in die Freiheit zu manövrieren. Ordnung in mein Gedankenchaos zu bringen, gestaltete sich dagegen umso schwieriger. Kein Wunder, wenn man mit diesem Übereifer in Person konfrontiert war und kaum noch wusste, wie einem geschah.

»War Marcels Idee«, flötete Annabelle weiter. »Ist das nicht klasse?«

»Wir feiern jeden Fortschritt bei seiner Genesung«, fügte Marshal mit einem ganz und gar unguten Lächeln hinzu. Irgendetwas führte er im Schilde. Nur was? »Du kommst doch, oder?«

»Mal sehen«, nuschelte ich. Aus dem Augenwinkel sah ich Vroni an uns vorbeirauschen und nutzte die Gelegenheit, mich zwischen Marshal und Annabelle hindurchzuschlängeln. »Vroni, warte auf mich! Wollen wir gemeinsam heim?«

Hinter ihr her lief ich aus dem Gebäude, sah mich um – und konnte sie nirgends entdecken. Na toll. Wenigstens war ich Marshal und Annabelle entkommen. Doch zu früh gefreut.

»Sie ist ja völlig durch den Wind. Was da abging – das hättest du sehen sollen.« Neben mir war Annabelle aufgetaucht. Noch einmal mahnte ich mich zur Ruhe. Reiß dich zusammen, lass dir nichts anmerken.

»Was ging da denn ab?«

»Als wir auf euch gewartet haben, habe ich mitbekommen, dass ihre Mutter das Haus aufgeben muss.«

»Was?«

»Cornelia hat es Christians Mutter erzählt. Und nachher, als du und Christian wieder da wart – keine Ahnung, was da vorgefallen war, aber ich habe gehört, wie Vroni zu ihrer Mutter meinte, alles sei ihre Schuld oder so. Ich mag mir kaum ausmalen, was in ihr gerade vorgeht.«

In ihr, in mir, in uns – das mochte ich mir genauso wenig ausmalen. Augen zu und durch.

»Wir kriegen das schon hin.« Wir kriegen alles hin. Was da gewesen sein mochte. Das Haus? Aufgeben? Verständlich, dass sie vorhin so schlecht drauf gewesen war. Und ich hatte wie immer nur an meine eigenen Probleme gedacht! Die Achterbahn meiner Gefühle drehte eine neue Runde.

»Ich mein ja nur«, hörte ich Annabelles hohe, eindringliche Stimme. Wenn sie sich so richtig ins Zeug legte, könnte man glauben, sie hätte ein bisschen zu oft Heidi Klum und Konsorten konsumiert. »Pass auf sie auf, ja?«

Abgang. Vorhang. Ich ließ sie einfach stehen.

Mum saß über einem Teller mit kalten Ravioli. Neben ihr lag ein Brettchen mit einem Toast, auf den sie etwas von unserer Sanddornmarmelade geschmiert hatte. Wir hatten das Zeug letztes Jahr zusammen eingekocht, als wir an einem Baggersee Büsche mit reifen Beeren entdeckt hatten. Leider hatten wir sehr am Zucker gespart und lebten seit dem Öffnen des Glases nach dem Prinzip »Sauer macht lustig«. Zu gern hätte ich gewusst, was sie mir mit der Marmelade sagen wollte. Süßes oder Saures?

»Scheiße.« Ich ließ mich auf die Eckbank fallen, fummelte mich aus meiner Jacke, umständlich genug, um Zeit zu haben, meine Antennen für Mums Stimmung zu justieren. »Tut mir echt leid, ich habe es total vergessen! Ist Berni schon gegangen?«

»Berni war gar nicht da.«

Unmöglich, aus diesem Ton herauszuhören, wie sie drauf war und was mir gleich bevorstand.

»Hat er dich versetzt?«

»Ich habe ihn gar nicht angerufen.« Mit ihrer Gabel schob

sie lustlos Ravioli hin und her. Ich deutete einladend auf das Toastbrot, doch sie verzog nur das Gesicht. Ob sie überhaupt schon etwas gegessen hatte?

»Was ist denn los bei euch?«

»Nichts. Ich dachte nur, es wäre eine gute Idee, einen entspannten Abend mit meiner Tochter zu verbringen, miteinander zu reden, weißt du? Vielleicht ein paar Sachen zu klären, die im Moment zwischen uns stehen. Keine Ahnung. Etwas in der Art halt.«

»Entspannter Abend und ein paar Sachen klären – das passt zusammen wie Ravioli auf Marmeladenbrot.«

Weiter kam ich nicht. Sie straffte die Schultern und faltete die Hände auf der Tischplatte zusammen, fast wie Merkel bei einer Regierungserklärung. Alternativlos.

»Hatten wir nicht abgemacht, dass du nach der Schule sofort nach Hause kommst?«

»Es ist etwas dazwischengekommen.«

»Es? Oder er? Dein Nachhilfelehrer, nehme ich an.«

»Und wennschon«, gab ich zurück. Wie sehr wünschte ich mir, alles wäre wie früher. Mum und ich und unsere Albernheiten. Aber ich schwieg. Etwas anderes blieb mir auch nicht übrig. Denn ihre Verachtung würde ich noch schlechter ertragen können als ihre Enttäuschung über mein momentanes Verhalten. Das war mir klar.

»Wie soll das nur weitergehen? Wenn ich mich überhaupt nicht mehr auf dich verlassen kann? Was soll ich machen? Sabrina! Sag doch etwas!«

»Was willst du hören?« In meiner Stimme zitterten die Tränen, die nicht kommen durften. Ich presste die Lippen aufeinander, schluckte den Weinkrampf hinunter. Das wird schon.

Musste es. Sie würde nichts erfahren. »Lass es endlich bleiben, dich in mein Leben einzumischen. Mit meinen Problemen komme ich schon klar!«

Plötzlich wurde es still zwischen uns.

»Das merke ich, ja«, sagte sie und stand auf.

Zusammen mit Fonsel schien die Stille in der Wohnung erträglicher. Mum schlief nicht, ich spürte es genau. Doch es lief weder der Fernseher, noch schaltete sie das Licht ein. Ich schaffte es genauso wenig einzunicken, und so lagen wir da, lauschten aufeinander, durch eine dünne Pappwand getrennt.

Auch Vroni wollte nichts von mir wissen. Auf meine Fragen, was im Krankenhaus war, wie es ihr ging, ob das mit dem Haus stimmte, antwortete sie nicht. Irgendwann raffte ich mich auf, um bei ihr auf dem Festnetz anzurufen.

»Ja bitte?« Die sonst so melodische Stimme von Cornelia Mayr klang wie geraspelt. Es tat mir ehrlich leid, sie zu stören.

»Könnte ich mit Vroni sprechen?«

»Sabrina. Weißt du eigentlich, wie spät es ist?«

»Nein. So gegen zehn?«

»So ungefähr, ja, und morgen ist auch noch ein Tag.«

»Geht es Vroni gut? Stimmt es, dass ihr aus dem Haus wegmüsst?«

»Gute Nacht, Sabrina.« Im Telefon knackte es und sie war weg. Schon klar, ich wusste zu gut, was sie von solchen Gerüchten hielt: Man redete nicht über ihre *perfect family*.

Ich kuschelte mich wieder unter die Decke, schloss die Lider, die fast schmerzhaft auf die Augäpfel drückten, und fand dennoch keinen Schlaf. Als ich gerade im Begriff war, mich in Fonsels Bauch auszuheulen, meldete sich mein Handy.

»Vroni?«

Ein Zögern am anderen Ende. »Nein.«

»Christian!«

Er schwieg. Ich auch.

Dann: »Alles in Ordnung bei dir?«

»Ja. Klar. Was soll schon mit mir sein?«

Entspann dich, Rinnie. Ich legte mich zurück in die Kissen. »Die Frage des Abends: Weißt du, wie spät es ist?«

»Elf Minuten nach zehn.«

Ich schmunzelte. Wenn er bei mir war, brauchte ich keinen Fonsel. »Ich mag es, wenn du anrufst, um Gute Nacht zu sagen.«

»Gute Nacht.« Doch er schmunzelte nicht zurück, das spürte ich mit meinem versteckten Christian-Sinn, als würde seine Hoffnungslosigkeit zu mir herüberschwingen.

»Ist wirklich alles okay?«

»Ja. Nein, eigentlich nicht.«

»Was ist denn los?«

Würde er so mit mir reden, wüsste er bereits – nein, natürlich nicht. Was auch immer da mit ihm nicht zu stimmen schien, es hatte nichts mit meiner Beteiligung an seinem Sturz zu tun, versuchte ich, mich zu beruhigen.

»Ich dachte, das würde weggehen. Diese Schwere in den Beinen, weißt du noch?«

»Ist sie aber nicht.«

»Doch. Irgendwie schon. Aber da ist so ein komisches Kribbeln. Schwer zu erklären. Ich habe Angst, dass es Phantomschmerzen sind oder Spasmen oder sonst noch was. Hab gegoogelt und es sieht echt nicht gut aus.«

»Hast du es deinen Ärzten gesagt?«

»Nein, nein. So schlimm ist es auch wieder nicht.«

»Christian!«

Er schnaubte. »Die stellen mich wieder auf den Kopf und verlegen mich womöglich zurück auf die Intensiv. Und wenn es Phantomschmerzen sind, dann können sie sowieso nichts tun, also was soll's. Ich halte es schon aus.«

»Hörst du dir eigentlich selbst zu? Du musst es jemandem sagen!«

»Ich habe es dir gesagt, okay? Scheint, als hätte ich es lieber sein lassen.«

»Kein Grund, gleich sauer zu werden.« Aber er hatte bereits aufgelegt. Ich schlug die Decke beiseite, horchte. Alles ruhig. Wie viel hatte Mum von unserem Gespräch mitbekommen? Vielleicht schlief sie schon. Sie würde aber sofort hochschrecken, sollte ich an ihr vorbeischleichen wollen – wenn sie sich Sorgen um mich machte, dann war ihr Schlaf nicht besonders tief.

Ich öffnete das Fenster und kletterte über den Sims. Hin und zurück – mit etwas Glück würde Mum nicht merken, dass ich fort war. Bloß gut, dass wir im Erdgeschoss wohnen, schoss es mir durch den Kopf, als ich in einen Busch schlitterte. Schlehe war's, stellte ich fest. Die Büffelei in Bio war immerhin nicht ganz spurlos an mir vorbeigegangen. So konnte ich die Dornen in meinem Hintern zweifelsfrei identifizieren.

Ich fuhr schwarz mit dem Zug, vom Bahnhof aus ging ich zu Fuß. Als ich endlich durch die Türen des Krankenhauses trat, fühlte es sich wie ein Nach-Hause-Kommen an. Der Rest der Welt blieb hinter mir.

Niemand hielt mich auf, als ich durch die leeren Flure schlich. Es war so still um mich herum – wie auf dem Mond, wie eingeschneit, wie weit weg. Der Schwesternaufenthaltsraum der neurochirurgischen Station war leer, auf dem Tisch standen eine geöffnete Keksdose und eine dampfende Tasse

Tee. Ich musste mich beeilen, bevor jemand zurückkam und mich außerhalb jeglicher Besucherzeiten entdeckte.

Zimmer 7F.18. Zaghaft klopfte ich an, hörte sein müdes »Ja?« und schlüpfte durch die Tür.

Die Deckenlampe war aus. Das gelbliche Licht über dem Krankenbett zeichnete seine Züge kantig, die Wangenknochen stachen mehr als sonst hervor, als hätte er in der letzten Zeit genauso wenig Schlaf gefunden wie ich. Im Halbdunkel wirkte das Zimmer dennoch weniger krankenhausfahl als bei Tageslicht, vielleicht weil man die nackten Wände mit der Raufasertapete, den obligatorischen Kunstdruck mit einer beruhigenden Landschaft und die traurigen Gardinen kaum wahrnahm.

Ich betrachtete seinen Körper, der sich unter der dünnen, bis zu den Achseln hochgezogenen Decke abzeichnete. »Was machen die Beine?«

Er hob die Augenbrauen. »Sind noch dran. Um dich mache ich mir gerade bei Weitem mehr Gedanken.«

»Was soll schon mit mir sein?«

Vielsagend deutete er zu mir. Klar, bei meinem Erscheinungsbild: Ich trug ein Schlabber-Shirt und meine Wohlfühlhose, die ich trotz dickem Fleece auch im Sommer anzog, dazu Flauschsocken, die vor meinem Ausbruch frischgewaschen-blütenweiß geleuchtet hatten, inzwischen aber nur noch undefinierbare Fetzen waren. »Sehr lässig«, meinte er.

»Ist doch gerade in.« Ich nahm mir einen Stuhl. »Hast du es den Ärzten schon gesagt? Das mit den Phantomschmerzen?«

»Sabrina!«

»Christian!« Genervt pustete ich mir den Pony aus den Augen. »Und nachdem wir uns über unsere Namen ausgetauscht haben, solltest du deinen Arzt rufen und es ihm endlich sagen.«

»Entspann dich. Zu dieser Uhrzeit ist sowieso kaum jemand da. Morgen, okay?«

»Versprochen?«

»Ja, du Nervensäge!« Spielerisch stieß er gegen meine Schulter. Einen Augenblick später spürte ich seine Hand in meiner. »Bleibst du noch ein bisschen hier?«

Ich erwiderte den Druck. Was war das nur mit uns – mal »Das hätten wir nicht tun sollen«, mal »Bleibst du noch ein bisschen?«. Ein Schritt vor, einer zurück. Vielleicht ahnte er, dass ich nicht das war, was ich vorgab zu sein. Dass er mir nicht trauen durfte. Dass ich schon lange im Begriff war, ihm irgendwann wehzutun: wenn alles rauskommen sollte und ich nicht mehr in der Lage wäre, es abzustreiten. Aber mein Kopf fühlte sich zu schwer an für solche Gedanken. »Okay. Wenn du willst.«

»Nein, wenn du es willst.«

Ich lehnte meinen Kopf an den Bettrand. Bloß eine kurze Pause vor der nächsten Runde meines kühnen Fights mit der Müdigkeit. »Gut, dass uns hier keiner sieht. Deine Eltern sind bestimmt nicht sonderlich begeistert, dass ich mich bei dir herumtreibe. Und Marcel erst.« Ein plumper Versuch zu erfahren, wie es zwischen den beiden weitergegangen war.

»Wenn du Marcel kennst, weißt du, dass die Toleranzspanne meiner Eltern sehr dehnbar ist. Abgesehen davon: Aus dem Krankenhaus auszubrechen, war meine Idee. Was passiert ist, war nicht deine Schuld.«

»Es. War. Nicht. Deine Schuld«, murmelte ich.

»Hm?«

»Hat Vroni mal gesagt.«

»Oh.«

»Shit!« Wie verdächtig war das denn? »Es ist nichts, alles gut«, schob ich rasch nach.

»Habt ihr darüber geredet, was gestern war? Als sie gegangen ist, wirkte sie ziemlich neben der Spur.«

»Ich weiß.« Ihre Eltern, das Haus … Ich musste sie unbedingt sprechen. Sie brauchte mich. Stattdessen hockte ich bei Christian – nicht unbedingt ein Freundschaftsbeweis. Kein Wunder, dass ich das mit dem Haus aus zweiter Hand erfahren hatte und nicht von ihr. »Hat sie dir was gesagt?«

»Sie war voll in ihrem Element. Erzählte mir von der Schule, beschwerte sich über Marcel, meinte, ich müsse erst einmal gesund werden, aus dem Krankenhaus raus, Reha und so, und dann: ›Neu anfangen‹, sagte sie.«

Vielleicht mussten wir alle neu anfangen.

Ich mit der Wahrheit zum Beispiel.

»Der Punkt ist«, fuhr er fort, »da gibt es überhaupt nichts, womit man neu anfangen könnte.«

Wenn er das sagte, klang es so endgültig, so fest entschlossen. Doch statt zu protestieren, ihm etwas Bewegendes und Tiefgründiges zu sagen – du darfst nicht aufgeben, vielleicht bist du besser dran ohne mich, ich habe in deinem Leben nichts verloren –, gähnte ich. »Entschuldige.«

»Macht nichts.«

»Was ich sagen wollte …«

»Du musst nichts sagen. Es war meine Entscheidung.«

»Nicht neu anzufangen?«

»Da weiterzumachen, wo ich bin. Und nicht zurückzublicken. Verstehst du?«

Der Duft des frisch bezogenen Krankenhausbettes, der warme Geruch seines Körpers und ich … so müde. Schon wieder musste ich gähnen. »Tut mir leid. Hab zu wenig geschlafen in der letzten Zeit.«

»Ich nehme an, du willst jetzt lieber nach Hause in dein Bett, statt bei mir zu hocken?«

»Ich hocke gerne bei dir.«

»Na dann. Wenn du magst, kannst du noch ein wenig bleiben. Die Schwester hat um halb zehn ihren letzten Rundgang gemacht, bis morgen sehe ich sie nicht wieder.«

»Ich schnarche«, murmelte ich und kuschelte mich noch ein bisschen mehr an ihn.

»Kein Problem.«

»Das sagst du jetzt.«

Wir schwiegen.

Meine Gedanken wurden träge, als liefe die Realität nur nebenbei, während ich mit einem steten, zähen Strom davontrieb. Alles ein wenig diffus. Und unglaublich konfus. Schlief ich gerade tatsächlich im Arm eines Jungen ein?

Ich spürte ein Zucken, das durch meinen Körper ging, und seine Finger, die mir über die Wange strichen. »Scht. Alles ist gut. Schlaf.« Seine Lippen waren ganz nah. Vielleicht hatte er gerade mein Ohrläppchen geküsst. Vielleicht träumte ich bereits.

Ein sanftes Rütteln weckte mich. »Ich fürchte, du musst kurz weg.«

»Was? Wohin?« Ich schreckte hoch. Das Krankenhaus, Christian neben mir … Ich hatte es geschafft, zu ihm ins Bett zu schlüpfen. Bequem war es nicht, alles an meinem Körper fühlte sich so steif und unwillig an, dass ich kaum glaubte, mich auch nur aufrichten zu können, ohne Knochen zu brechen.

»In den Schrank.«

»Wie bitte? Sehr lustig. So früh bin ich nicht mal halb so witzig wie du grade.«

»Die Krankenschwester kommt bald auf ihrer Morgenrunde vorbei. Sie sollte dich hier nicht sehen.« Schmunzelnd sortierte er meine Strähnen, die mir wirr vor dem Gesicht hingen. »Sittenverfall, Verletzung der Hausordnung, Ärger mit der Versicherung – genug, um sie aus der Fassung zu bringen. Und wir wollen doch nicht, dass sie dir endgültig Hausverbot erteilen.«

Nein, das wollten wir wirklich nicht. »Aber in den Schrank?«

»Wenn sie mit mir ins Bad will, würde sie dich dort entdecken. Hast du andere Vorschläge?«

Hatte ich nicht. Skeptisch betrachtete ich das schmale Möbelstück. »Bin ich ein Origami oder nach welchem Prinzip genau muss ich mich dafür zusammenfalten?«

»Alles nur eine Frage der Einstellung. Ab mit dir.« Er lachte und winkte mich Richtung Schrank. Unglaublich, dass ich mich darauf tatsächlich einließ. Von allen Seiten eingequetscht, stellte ich fest, dass es sich aushalten ließ. Nächster Berufswunsch: Schlangenfrau, umfassende Erfahrungen bereits vorhanden.

Nach einer kurzen Zeit hörte ich, wie die Krankenschwester ins Zimmer kam oder, besser gesagt, es überfiel: klack – Licht an – »Morgeeeeen!«, mit ihrem Wagen schepperte und routiniert fragte, wie es ihm heute gehe. »Gut«, sagte er nicht weniger routiniert. »Alles ohne Veränderungen«?, belagerte sie ihn weiter und klapperte mit ihren Utensilien. »Alles ohne Veränderungen«, antwortete er brav, während in meinem Kopf sein Flüstern hallte: *Ich habe Angst, Rinnie*. Dann sag es ihr doch!

Aber ich durfte keinen Mucks von mir geben, und so verschwiegen wir beide seine Phantomschmerzen.

Es dauerte ein Weilchen, bis die Krankenschwester ihn endlich in Ruhe ließ und den Rückzug antrat. Inzwischen konnte man mich glatt als DHL-Päckchen verschicken, ohne es als Sperrsendung zu markieren. Schnaufend fiel ich aus dem Schrank, ordnete meine Kleidung und rastete meine Gelenke an den richtigen Stellen wieder ein.

»Uff. Hardcore-Gymnastik, und das zu dieser Uhrzeit.«

Entschlossen trat ich an sein Bett, wollte ihm gehörig meine Meinung zu seinem Schweigen sagen, doch er fiel mir ins Wort: »Unsäglich früh, du hast recht. Wenn du magst, kannst du dich noch ein bisschen ausruhen.«

»Ich bin fit wie ein Turnschuh.« Okay. Fit wie ein ausgelatschter Turnschuh. Aber immerhin. »Und was dich angeht …«

»Also, was mich angeht: Ich würde gern noch ein wenig schlafen.«

»Sollte ich …«

»Nein, solltest du nicht.«

»Du meinst …«

»Bleib einfach.«

Wenn er es darauf anlegte, konnte er unwiderstehlich sein mit seinem Lächeln und seinen Grübchen und diesen Augen, die nur mich anzusehen schienen. *Wenn Christian Steggen etwas will, bekommt er es auch*, geisterte Marcels Stimme durch meinen Kopf, aber gab es eine bessere Einladung als sein »Bleib einfach«? Später würde ich ihn dazu bringen müssen, den Arzt zu rufen und die Phantomschmerzen zu klären, aber jetzt fühlte ich mich einfach zu wehrlos, um mich mit ihm zu streiten. So war es ganz leicht, alles loszulassen, die Augen zu schließen und dem regelmäßigen Schlag seines Herzens zu lauschen.

Ich schlief ruhig.

Traumlos.

Erlöst.

Stimmen, Tuscheln, Rascheln. Wir sind nicht mehr allein, kam mir der Gedanke und verschwand wieder. Doch das Treiben um mich herum wollte nicht aufhören – Wie spät war es schon? Was war los? –, bis ich endgültig wach wurde.

Ich hob meinen Kopf, der auf Christians Brust ruhte, und blinzelte in die Menge an der Tür. *Marshal.* Im tuschelnden Pulk erkannte ich ihn zuerst. Gleich neben ihm Annabelle mit einem kleinen kükengelben Teddybären in den Händen, auch Vronis Gesicht tauchte auf – und verschwand wieder. Die anderen Versammelten kannte ich nicht; sie alle starrten mich an mit einer Mischung aus »Was macht die denn da?« und »Huch«, wobei »Was macht die denn da?« eindeutig überwog. Anscheinend ein gemeinsames Schulschwänzen für einen Überraschungsbesuch am Morgen.

Ich wollte mich aufrichten, als Marshal beidhändig eine Geste machte, die ich als »Bleib, wo du bist« interpretierte, und die anderen aus dem Zimmer scheuchte. Vorsichtig schaute ich zu Christian, um auszuloten, was er über den Überfall dachte, aber offensichtlich dachte er gar nichts darüber. Er schlief. Sein Gesicht war mir zugewandt, die Lippen leicht geöffnet.

Vorsichtig ließ ich Christians Hand los. Seine Lider flatterten.

Ich mochte es, ihn aufwachen zu sehen, seinen schlaftrunkenen Blick auf mir zu spüren. Doch mein beziehungsunerprobter Bauch zerknurrte jeglichen Anflug von Romantik, statt den Schmetterlingen ihren Freiflug zu lassen.

»Schon verstanden.« Noch etwas benommen vom Schlaf tastete Christian in der Schublade seines Beistelltischchens herum und hielt mir einen Apfel entgegen.

»Lass mal«, winkte ich ab. »Bin ich etwa eine Ente, die du füttern musst?«

»Nimm schon.« Er legte den Apfel in meine Hand und schloss meine Finger darum. Ich bemerkte sein Zögern, als wolle er den Apfel und meine Hand noch einen Augenblick lang in seiner halten, doch ich fühlte, dass etwas zwischen uns lag. Dieses Zögern ähnelte zu sehr dem unsicheren Aufflackern seiner Erinnerungen, wenn ich etwas sagte, was ihn zu nah an das Erlebte bei dem Unfall brachte. In einem Moment noch da und schon wieder vorbei. »Du kannst auch versuchen, uns Frühstück zu besorgen.«

»Ach. Mehr nicht?« Ich fröstelte. Bei geöffneten Fenster zu schlafen, war ich nicht gewohnt.

Sein Gesicht erstarrte. Er sah durch mich hindurch. »Hast du noch meinen Pulli?«

Wie entfremdet er mit einem Mal klang! Nein, nein, denk nicht daran, wollte ich ihn anschreien – aber er wollte sich erinnern. Er *erinnerte* sich bereits. An den Pulli. Und dagegen kannst du nichts machen, wenn er von dem Pulli wusste, dann wusste er alles – oder nicht? Er sah mich an, als wüsste er es.

»Mein Pulli. Ich habe ihn dir gegeben. Am Stall. Und du hast gesagt …«

»Am Stall?«, entfuhr es mir, schrill und panisch. »Du hast doch gar keinen Pulli dabeigehabt.«

Ich hatte ihn noch nie angelogen. Vieles verschwiegen, ja, aber nicht angelogen. Und er spürte das.

»Als mein Pferd gescheut hat. Warst du da?« Jedes Wort kam stockend, wie über eine Hürde, die er überwinden musste. Ich sah es kommen. Es passiert. Jetzt, gleich. Alles eng um mich herum. Der Pulli, das Pferd, die Plane. Die Bilder schnürten mir die Luft ab, jagten meine Gedanken. Ich konnte nicht liegen bleiben, nicht stehen, ich ging herum und quetschte den Apfel in meinen Händen.

»Was willst du von mir hören?«, schnaubte ich, fast wie ich Mum anschnaubte, wenn sie der Wahrheit zu nahe kam. Jeder Ton tat mir weh, rieb etwas in mir wund. »Wenn du einen Pulli brauchst, frag deine Eltern. Sie bringen dir bestimmt einen mit.« Ich knallte den Apfel auf den Beistelltisch.

Ungläubig starrte er mich an. »Rinnie!«

»Verdammt, ja!« Alles wird gut alles wird gut alles wird gut … Aber das Mantra konnte mir nicht helfen. Wie es ihm damals auch nicht geholfen hatte. »Ja! Ich habe diese blöde Plane aufgehängt, die dein Pferd erschreckt hat! Ich war da, ich war es!«

»Was?«

Ich schwankte. In meinen Augen brannten Tränen. Bring es hinter dich, Rinnie, jetzt. »Tut mir leid. Schon klar, es ist zu wenig. Tut mir leid. Oh Gott, was habe ich mir nur dabei gbedacht!«

»Warte.«

Doch ich machte noch einen Schritt von ihm weg. Alles in mir war so eng.

»Warte!«, rief er. »Wenn du jetzt gehst …«

»Ja«, wisperte ich kraftlos, »es war kalt und du hast mir deinen Pulli gegeben.« Diesen Blick, seinen Blick wirst du nie wieder vergessen. Er verfolgte mich schon jetzt wie die Bilder des Unfalls. »Ich habe ihn noch immer nicht gewaschen.«

»Rinnie …«

Mach, dass es aufhört!

»Ich war es. Die dir das alles eingebrockt hat.« Verzweifelt deutete ich herum. »Verstehst du?«

»Mein Pferd ist geländesicher, es ist zuverlässig. Absolut und hundertprozentig zuverlässig. Es hätte …« Ihn so zu sehen, würde ich keine Minute länger schaffen. Aber er wollte es nicht verstehen. Er quälte mich weiter. »Was … was hast du … *getan*? Was hast du mit der Decke angestellt?«

»Ich habe sie aufgehängt. Zufrieden?«

»Die Decke?«

»Die Plane!« Ich taumelte aus dem Zimmer.

»Rinnie!«, drang es zu mir. »Rinnie, komm zurück!«

Ich lehnte mich gegen die Tür.

»Rinnie!«, schrie er. Ein Augenblick Stille. Als würde er nach mir lauschen. »Na toll, dann lauf halt weg! Geh doch! Verschwinde! Hau ab, haut alle ab!«

Etwas schlug gegen die Tür. Vermutlich der Apfel, den er mir geben wollte. Apfelmus zum Frühstück. Blindlings lief ich den Flur entlang. Nichts hören, nichts spüren, nichts sehen – am liebsten hätte ich mich mit Fonsel im Arm unter meinem Bett verkrochen und wie in Kindertagen auf Mami gewartet. Aber die Zeiten, in denen man Probleme in einem sicheren Versteck lösen konnte, waren längst vorbei.

»Sabrina? Was ist passiert?«

Annabelle. Wie viel hatte sie gehört?

Egal.

Jetzt war alles egal.

»Sabrina!« Sie legte die Hände um meine Schultern, hielt mich fest.

»Lass mich in Ruhe.« Ich stieß sie beiseite und rannte davon. Wie immer, wie jedes Mal, wie nichts-anderes-ist-von-dir-zu-erwarten. Hoffentlich würde jemand bei ihm sein und ihn festhalten, so wie Annabelle mich festhalten wollte.

Er brauchte es mehr als ich.

Durch das angelehnte Fenster kletterte ich in mein Zimmer.

»Mum?« Kaum vorstellbar, dass sie meine Abwesenheit nicht bemerkt hatte. Doch die Wohnung antwortete mit Schweigen. Mum war weg, bestimmt in der Arbeit, nur der feine Lavendelduft ihres Parfüms war hiergeblieben. Immerhin fühlte ich mich damit weniger allein.

»Hey, Mum«, flüsterte ich. »Tut mir leid. Ich weiß, es ist immer noch zu wenig. Aber mir fällt schon lange nichts anderes ein.«

Ich redete mit der leeren Wohnung. Durch die Räume bewegte ich mich wie ein Astronaut in der Schwerelosigkeit, bis ich die Küche erreicht hatte. Im Kühlschrank fand ich Butter, Käse, unsere Marmelade und etwas Milch. Ich trank die Milch aus und schob die Packung zurück in die Seitenablage, das Marmeladenglas nahm ich mit und ließ mich auf die Eckbank fallen.

Niemand hat die Absicht,
das ganze Zeug auszulöffeln.
Walter Ulbricht beim Frustessen.
Und Mama

Ich zupfte den leuchtend gelben Zettel vom Deckel und wischte Marmeladenreste von den Wänden ab. Sauer macht lustig, oder nicht? Ich lächelte durch Tränen, die sich endlich lösten und über mein Gesicht flossen.

»Was soll ich tun, Mum?«

Ich schmeckte Salz auf meinen klebrigen Lippen und etwas Bitteres gleich dazu – vielleicht war die Marmelade einfach nur schlecht geworden.

Vielleicht aber wusste ich zu gut, woher die Bitterkeit kam.

Was … was hast du … getan? Seine Stimme war allgegenwärtig. In mir, um mich herum, als würde sie mir überallhin folgen. Mums Zettel leuchtete mich an. Ich holte einen Post-it-Block von der Fensterbank, drehte ihn in den Händen, ließ die Blätter über den Daumen schnellen. Wenn das Ende kommt, zieht dein ganzes Leben an dir vorbei. Sagt man das so? In einer Schublade fand ich einen Kugelschreiber. Und plötzlich ertappte ich mich dabei, wie ich schrieb. Wort für Wort, all das, was ich nicht sagen konnte.

Mein Arm krampfte. Ich schüttelte ihn durch und schaute umher. Die Notizen klebten auf dem Tisch, an der Wand, an der Fensterscheibe und auf der Fensterbank. Vieles durchgestrichen, manches zerknüllt und wieder geglättet. So sah die Wahrheit also aus: ein farbleuchtendes Chaos aus drei Post-it-Blocks, von dem mir schwindelig wurde, je länger ich die Zettelflut um mich herum betrachtete.

Und ich. Allein mittendrin.

Erschöpft sank ich gegen die Lehne.

Für die Schule war es zu spät, aber hier konnte ich nicht bleiben, ohne den Verstand zu verlieren. Ob Vroni mir zuhören würde? Sie war immer für mich da. Wenn nicht sie, wer sonst?

Einige Zeit lang bummelte ich durch die Straßen, dann steuerte ich das mayrsche Anwesen an.

Stehe grad vor deiner Tür, schrieb ich ihr. *Bist du da?* Es roch zumindest so – der Duft nach frisch gebackener Quiche mit Speck und Zwiebeln würde jeden nach Hause locken. Ich hatte oft versucht, mir Vronis Mutter in der Küche beim Backen, Braten, Rühren und Schnippeln vorzustellen. Es war bei dem Versuch geblieben. Die verführerischen Gerüche zeigten mir jedoch zu deutlich, was für eine klägliche Fantasie ich hatte.

Ich rüttelte am Tor. Nicht abgesperrt. Ich schlüpfte auf das Grundstück. Kaum hatte ich geklingelt, erschien Frau Mayr auf der Schwelle. Über ihrem Shirt und der Jogginghose, die ich eher meinen Outfit-Künsten als den ihren zugetraut hätte, trug sie eine mehlbepuderte schwarz-pinke Schürze mit einer riesigen Schleife an der Seite. Dazu ein perfektes Make-up, als wäre sie nur knapp einer Kochsendung entkommen.

»Sabriiiiiiina.«

Sie war der einzige Mensch, den ich kannte, der wie ein Bauchredner mit ihrem breiten Lächeln sprechen konnte.

»Guten Tag, Frau Mayr.« Ich lächelte mit ihr um die Wette. Muskelkater war vorprogrammiert.

»Frau Lichtenwald«, korrigierte sie mich. »Wenn du zu Veronika möchtest, muss ich dich leider enttäuschen.«

Der Rest ihrer Worte ging in einem ohrenbetäubenden Sägen, Klopfen und Hämmern unter, das vom Nachbargrundstück tönte. Ich hatte nur verstanden, dass ich Vroni nicht sehen würde, das Warum kriegte ich nicht mehr mit.

»Ist sie denn zu Hause?«, schrie ich gegen den Lärm an.

Frau Wieder-Lichtenwald-früher-Mayr schüttelte den Kopf. Sie rief etwas Undefinierbares zurück und schloss die Tür vor mir. Was auch dahinter vorging – der Krawall dürfte ihrem migränegeplagten Leben kaum bekömmlich sein, und angesichts der Namensänderung konnte ich neue Anfälle bereits aufziehen spüren. Arme Vroni! Ich drehte dem Haus den Rücken zu und holte wieder mein Handy hervor.

Wo bist du?, schrieb ich. Hoffentlich war sie nicht mit einem Tetrapak-Wein abgehauen, um die Namensänderung ihrer Mutter gebührend zu feiern. Nun machte ich mir richtig Sorgen, wie sie all das verkraften sollte. *Können wir reden? Geht es dir gut?* Und kurz später: *Bitte melde dich!* Während ich zum Tor schlurfte, scrollte ich durch unseren WhatsApp-Verlauf. Mir war gar nicht bewusst gewesen, wie viele meiner Nachrichten an sie zwar zugestellt und gelesen, aber nicht beantwortet wurden. Ich steckte das Handy in die Tasche und trottete die Straße entlang. Der ohrenbetäubende Lärm nahm sich gerade eine Verschnaufpause, und als er wieder einsetzte, merkte ich, dass er von Christians Grundstück oder besser gesagt dem seiner Eltern kam.

Ich blieb stehen. Das asymmetrische Haus war eine Baustelle in der Größenordnung der Hamburger Philharmonie, vor der Einfahrt und auf dem Grundstück parkten mehrere Handwerkerautos, stämmige Männer in Arbeitskleidung stampften achtlos über die mit feinem Zierkies ausgelegten Flächen und riefen mir »Pass auf!« zu, da sie gerade einen Transporter mit Werkzeugen entluden. Zu spät bemerkte ich die zierliche Frau, die den Arbeitern geschickt auswich und auf mich zustürmte.

»Sabrina, nicht wahr? Christian hat mir viel von dir erzählt.«

Erschrocken wich ich zurück, als die Frau mich packte. Doch sie machte keine Anstalten, mich zu erwürgen, sondern drückte mich kurz an sich.

»Entschuldige.« Schon ließ sie mich los. »Wollte dich nicht überrumpeln. Ich bin Theresa, Christians Mutter.«

»Hallo, Frau Steggen.«

»Theresa.«

»Theresa …« Der neue Höhepunkt des Krawalls betäubte kurzzeitig meine Sinne, dafür war Theresa mit Energie für zwei gesegnet.

»TUT MIR LEID, DIE BAUARBEITEN HABEN ES IN SICH!« Was ihre Stimme anging, hielt sie locker mit dem ratternden Presslufthammer mit.

»Was steht denn an?« Meine Worte hörte ich nicht, ich spürte bloß, wie ich sie formte.

Anscheinend war Theresa eine gute Lippenleserin. »DIE EINGANGSTREPPE MUSS EINE RAMPE BEKOMMEN! UND ICH MÖCHTE EINEN RICHTIGEN AUFZUG EINBAUEN, DIESE TREPPENLIFTS FINDE ICH SCHEUSSLICH!«

»Sie bauen das Haus für Christian um …« Im kurzen Augenblick der Stille blieb das Wort »behindertengerecht« irgendwo zwischen uns schweben. »Waren Sie heute bei ihm? Geht es ihm gut?«

»MARCEL!« Erneut von der Kakofonie der Baustelle ergriffen, rauschte die Frau an mir vorbei. Mein Blick folgte ihr. Marshal. Direkt hinter mir. Den die kleine Frau genauso freudig wie mich umarmte. »SABRINA KENNST DU BESTIMMT. WARST DU BEI CHRISTIAN? ACH, DAS IST DOCH UNMÖGLICH! WARTET KURZ!«

Schon eilte sie zu den Handwerkern, um sie zu einer Pause zu überreden, und die gute Stimmung hatte sie gleich mitgenommen.

»Hey.« Ich machte einen Schritt zurück, um genügend Abstand zwischen uns zu bringen, stolperte über ein Kabel und strauchelte.

Er fing mich auf, bevor mein Hintern auf den Boden knallte, und stellte mich wieder hin.

»Danke.« Nervös ordnete ich meine Kleidung, zupfte abwechselnd am Saum meiner Jacke und an den Ärmeln. »Eigentlich wollte ich eh gerade gehen. Na dann … ciao?«

Wortlos streckte er mir eine Hand mit zwei gespreizten Fingern entgegen. Ein Viktoria-Zeichen?

»Peace«, erwiderte ich die Geste, aber auf Frieden mit mir war er offensichtlich nicht aus, und dass er mich vor einem Sturz bewahrt hatte, lag sicherlich nur an seinen hinter der Rocker-Fassade schlummernden Gentleman-Reflexen.

»Zwei Sachen. Zwei Sachen rechne ich dir wirklich hoch an. Dass du ihn auf der Intensiv dazu gebracht hast, endlich etwas zu essen. Auch wenn das Stationspersonal nach der Aktion im Kreis gesprungen ist, weil er auf Schonkost war.«

»Es geht eben nichts über Zimtschnecken, was?« Ich zuckte mit den Schultern. Meine fahrigen Finger konnten mit dem Zupfen kaum noch aufhören, bald würde von der Jacke nichts mehr bleiben. Das billige Kunstleder löste sich eh schon überall auf.

»Und für das bisschen ruhigen Schlaf, den er bei dir anscheinend gefunden hat. Aber was heute passiert ist …«

Hinter ihm sah ich Theresa zu uns zurückkommen. Lächelnd, trotz dunkler Sorgenschatten unter ihren Augen. Wenn sie die Wahrheit noch nicht wusste, würde sie sie gleich von ihm erfahren, denn wem, wenn nicht ihm, würde Christian von meinen Gräueltaten berichten? Streit hin oder her – so etwas schweißte zusammen, und einen besten Freund brauchte Christian gerade mehr denn je.

»Wie gesagt, ich muss los«, murmelte ich und drehte mich

rasch weg, zu feige, um dazubleiben und Theresa Steggen dabei in die Augen zu sehen, wenn sie die Wahrheit über mich erfuhr.

Zu Hause hörte ich als Erstes eine Tupperdosenlawine, die in der Küche niederging. Ich trat auf die Schwelle und beobachtete, wie Mum versuchte, die Dinger in den Schränken zu verstauen. Trotz ihrer Bemühungen polterte das eine oder andere Teil heraus, aber den Begriff »Aufgeben« kannte meine Mutter anscheinend nicht.

»Das ist ja wie mit mir. Egal, an welcher Ecke man es zurechtrückt, an einer anderen fliegt einem doch wieder alles um die Ohren.«

Überrascht drehte sich Mum zu mir, die »Junge Welle«-Kanne, strahlend rosa, an sich gedrückt. »Tja. Ich habe es wohl falsch angepackt.« Ihr Blick forschte in meinem Gesicht. »Vielleicht kann ich es auch nicht besser. Ich … ich weiß es nicht.«

»Oder es liegt an dem Shorty Torty.« Ich deutete auf das bauchige Teil, das auf halb acht aus dem Schrank hing. »Den braucht kein Mensch, Mum.«

»Doch, doch. Das ist ein prima Tortenbehälter.«

»Haben wir je Torten gebacken?«

»Es ist nie zu spät, damit anzufangen.« Sie stellte die Kanne ab und wischte sich unsicher mit den Handflächen über die Jeans. »Wobei ich den Eindruck habe, dass du in der letzten Zeit eher auf Zimtschnecken stehst.« Sie deutete auf die bunte Zettelinvasion ringsherum.

»Du hast es also gelesen«, stellte ich das Offensichtliche fest. Nun hatte ich feuchte Finger. Ich wollte doch, dass sie es erfuhr. Irgendwie. Oder wollte ich es doch nicht? »Und … jetzt?«

»Was soll ich sagen? Du bist schon witziger gewesen.« Sie kam auf mich zu, dann blieb sie stehen und ließ sich auf den Rand der Eckbank nieder. »Ich verstehe, warum du es mir nicht sagen konntest. Aber ich wünschte mir, du hättest es doch getan.«

Ich hätte nur zwei Schritte machen müssen, um bei ihr zu sein. Aber meine Füße fühlten sich an wie mit dem Boden verwachsen.

»Und nach alldem redest du noch so ruhig mit mir?«

Sie strich über die Zettel auf dem Tisch, die leise unter ihren Fingern raschelten.

»Ich bin für dich da, egal, was passiert. Gerade dann, wenn etwas Schlimmes passiert. Das habe ich nicht einfach so dahingesagt.«

Ich setzte mich zu ihr. Zusammen sahen wir zu, wie in der Tupperware-Stapelung etwas einsackte und Shorty Torty aus dem Schrank rumpelte.

»Was soll ich jetzt tun, Mum?«

»Mit deinem Christian reden.«

»Das habe ich doch. Er weiß alles.«

»Ach so?« Mum zupfte zwei Zettel von dem Topf mit welkem Basilikum auf unserer Fensterbank. »Wenn das ähnlich abgelaufen ist, wie es hier steht, dann hast du ihm etwas an den Kopf geworfen und ihn damit alleingelassen. Mit ›reden‹ meinte ich *reden*. So wie wir beide gerade. Verstehst du? Es ist wichtig, dass zwischen euch alles ausgesprochen wird.«

»Er hasst mich, Mum. Er wird es mir niemals verzeihen.«

»Zumindest nicht morgen. Und wahrscheinlich auch nicht

übermorgen. Vielleicht niemals, da hast du recht. Aber reden müsst ihr darüber. Finde ich.«

»Wie soll ich es dann nur schaffen?« Meine Stimme zitterte. Am liebsten wäre ich aufgesprungen, weggelaufen, hätte zur Not mit meiner Tür geknallt und alles und jeden aus meinem verpfuschten Leben ausgesperrt. »Du kannst dir doch gar nicht vorstellen, wie es ist! Das alles!«

»Weißt du noch, wie ich ein Stoppschild überfahren habe?« Sie glättete die Zettel auf dem Tisch, klebte die anderen dazu, ordnete die Wahrheit neu.

»Du hast es umgemäht, Mum.«

»Kaum vorzustellen, wäre unter meinem Auto kein Blechschild, sondern ein Mensch gelandet, oder? Aber auch dafür muss man geradestehen. Es ist schwer, besonders, wenn man in Panik gerät, Fahrerflucht begeht und sich wünscht, alles ungeschehen machen zu können, wenn man bloß lange genug schweigt. Es wird nicht einfacher, wenn man wartet.« Sie nahm meine Hand. Es war schön zu sehen, wie verflochten unsere Finger wirkten: ihre, meine, unsere. »Ich lasse dich damit nicht allein. Und wenn du Hilfe brauchst, um das alles zu verarbeiten, Hilfe, die ich dir vielleicht nicht bieten kann, dann werden wir jemanden finden, der dir den richtigen Weg zeigt, damit umzugehen.«

»Du meinst, ich bin reif für einen Seelenklempner?«

»Ich meine, dass man so eine Bürde nicht allein tragen muss.«

Ich schloss die Augen. »Aha. Und was machen wir jetzt?«

»Jetzt gleich? Unserem Shorty Torty einen Lebensinhalt geben.« Sie schmunzelte, pflückte einen Post-it-Zettel von der Fensterscheibe und wedelte damit in der Luft. »Ich wollte mich schon immer an einer Mokkatorte versuchen, und du? Morgen fahren wir dann ins Krankenhaus und du redest mit Christian. Was sagst du?«

»Dass wir gar keinen Mokka zu Hause haben.«

»Macht nichts! Dafür haben wir uns.«

Als ich am nächsten Morgen aufgewacht war, konnte ich die Ergebnisse unserer Backorgie noch riechen. Zwar war die Aktion ohne den Großeinsatz der hiesigen Feuerwehr ausgegangen, das Rauchmelderkonzert war dennoch beeindruckend gewesen. Aber Mums vertrautes »Das wird schon, Schatz«, das mir noch in den Ohren klang, tröstete über alles hinweg.

In meine Decke eingemummelt, drehte ich mich auf die andere Seite, wohl wissend, dass ich nicht mehr viel Zeit zum Schlummern hatte. Wie aufs Stichwort läutete der Wecker auch schon das übliche Nichtaufstehenwollen und die anschließende Hetzerei im Bad ein. Beim Frühstück beschloss ich, Kalorien zu sparen, und hastete, mit einem Radieschen bewaffnet, das ich aus Mums Dose kidnappte, aus der Wohnung.

Gerade noch rechtzeitig landete ich im Klassenraum. Vroni war nicht da, und die anderen traktierten mich mit Blicken, die mir immer mehr Unbehagen bereiteten. Wussten sie schon, dass ich hinter der Sache mit der Plane steckte? Bestimmt. Marshal hatte gar keinen Grund, es für sich zu behalten. Ich verdrückte mich auf meinen Platz und setzte alles daran, den Gaffern vorzumachen, wie sehr ich mit der richtigen Anordnung meiner Schulsachen beschäftigt war.

Etwas pikte in meinen Rücken. Annabelles Stift. Zögernd drehte ich mich um. »Was?«

»Stimmt es?« Obwohl sie verspielt an der Kappe des Stiftes kaute, klang ihr Tonfall ungewohnt ernst.

»Keine Ahnung. Was genau meinst du denn?«

Sie tippte sich mit dem Stift an die Lippen. »Nichts.«

»Und das heißt was?«

Es klingelte zum Unterricht. Plötzlich schien sie kaum etwas so sehr zu interessieren wie die Deutschstunde. Der Stuhl neben mir blieb leer. Es war ein beengtes Gefühl mit so viel Platz, Annabelle im Nacken und ganz ohne Vroni.

»Stimmt es?«

Dieses Mal war es Zoé. Viel Beachtung schenkte sie mir selten, aber um mich auszuquetschen, hatte sie sich sogar zu mir auf die Bank gesetzt. Ich war gerade dabei, im Schulhof mein Pausenbrot zu verdrücken. Vor Mums Bemühungen, mich artgerecht zu ernähren, flüchteten sogar die hiesigen Krähen. Allein der Geruch – Limburger Käse – sollte die meisten von mir fernhalten, aber Zoé gab sich hartnäckig.

»Und? Sag schon!«

»Okay. Es stimmt nicht. Die Erde ist keine Scheibe. Zufrieden?« So beschäftigt wie möglich knabberte ich an meinem Brot.

»War ja klar, dass man sich mit dir nicht vernünftig unterhalten kann!« Sie verzog das Gesicht zu einer Grimasse, wobei ich zugeben musste, dass sie auch so noch mehr als ansehnlich war. »Ich will doch nur …«

»Auch ein bisschen kosten?« Ich hielt ihr meinen Leckerbissen unter die Nase. Das Zeug wirkte doch – im Nu war sie weg.

»Stimmt es?«

Kaum war sie gegangen, plusterte sich Sören vor mir auf.

Ich verdrehte die Augen. »Es stimmt«, keifte ich. »Den Ärzten ist erstmals gelungen, ein komplettes Gehirn zu transplantieren. Du darfst wieder hoffen. Tolle Nachrichten, oder?«

Ich wollte meine Sachen packen und verschwinden, doch Sören war anscheinend nicht so leicht abzuwimmeln wie Zoé, und der Limburger war auch schon alle.

»Na, sieh mal einer an! Das Mauerblümchen hat sich einen Freund geangelt, ist das zu fassen?«

»Süß. Du musst aber viel Angst haben, ich könnte weg vom Single-Markt sein!« Ich knuffte ihn in die Wange.

»Spinnst du?« Er hielt mir sein Handy vors Gesicht. »Wie verzweifelt musst du eigentlich sein, keinen ganzen Kerl abzukriegen, wenn du dich dem an den Hals wirfst?«

Da sah ich es. Christian und mich, schlafend im Krankenbett. Wie friedlich seine Züge wirkten. Nie hätte ich gedacht, dass der Blick in unsere Zimtschnecken-Tage mir so wehtun würde. So sehr, dass ich den Kommentar zu dem Bild fast überlas.

Sind wir nicht ein tolles Paar?

Immerhin kann er mir nicht davonlaufen.

Das Foto war auf der Pinnwand unserer inoffiziellen Klassentratsch-Facebook-Seite gepostet worden. Von einer gewissen Sabrina Zeissner, wie die Profilseite bescheinigte. Dabei war ich auf Facebook als Sa Brinchen unterwegs, was nur wenige wussten. Mum zog mich oft damit auf, dass sie mehr Facebook-Freunde hatte als ich.

»Und, wie ist es, mit einem Behinderten rumzumachen?«, feixte Sören.

»Warst du das?« Ich ballte die Fäuste. Solche Fiesheiten machten mir nichts aus, aber Christian konnte sich nicht dagegen wehren.

Sörens Arm legte sich um meine Schultern. »Unter uns: Ich bin nicht sonderlich überrascht. So einer – das ist doch genau deine Kragenweite, was?«

Und genau das war der Moment, in dem ich beschloss, dem Begriff »Schlagfertigkeit« zurück zur wörtlichen Auslegung zu verhelfen. Meine Faust schnellte hoch. Ich konnte hören, wie in Sörens Gesicht etwas knirschte, vermutlich das Nasenbein oder gar der Kiefer. Er ließ das Handy fallen und hielt sich beide Hände vor die Nase.

»Bist du irre?« Zwischen seinen Fingern bildeten sich Rinnsale aus Blut und Rotz.

Ich schüttelte meine schmerzende Hand und kämpfte mit den Tränen, die plötzlich meine Augen füllten. »Es tut mir bestimmt mehr weh als dir«, zischte ich und sah mich um. Ringsherum hatten sich ein paar Schüler angesammelt, und wenn ich ihre verdatterten Mienen richtig deutete, würde keiner von ihnen Christian jemals wieder behindert nennen. Zumindest nicht laut.

»Sabrina Zeissner!«, grollte es über den Hof, und da entdeckte ich auch schon die Lehrerin, die auf uns zugetrabt kam. »Sabrina Zeissner!« Abgesehen von ein paar zusätzlichen Ausrufezeichen gab ihre Empörung offensichtlich nicht mehr her.

Ich rieb mir noch immer die schmerzenden Knöchel.

»Schon gut, schon gut!«, stöhnte Sören durch seine vorgehaltenen Hände, mit denen er das Blut zu stoppen versuchte. »Ist nichts passiert! Bin nur auf den Boden gefallen!«

Überrascht sah ich zu ihm. Vielleicht wollte er mich aus der ganzen Sache tatsächlich raushalten. Vielleicht war es ihm auch nur peinlich, von einem Mädchen geschlagen worden zu sein. So oder so – trotz seiner nuschelnden Schilderungen des bedauerlichen Unfalls, bei dem er mit dem Gesicht den Boden geknutscht haben wollte, musste Mum mich vom Rektor abholen und mir eine Standpauke darüber halten, dass Gewalt keine Lösung war.

Mit verschränkten Armen drückte ich mich in den Beifahrersitz und beobachtete, wie die Welt an mir vorbeizog. Endlich war es still, Mum und ich ganz unter uns in unserem klapprigen Fiat. Jede Faser dieses Verkehrshindernisses roch nach ihr und trug die Spuren ihres chaotischen Lebens. Taschentücher und Bonbonhüllen quollen aus den Ablagen, und wenn man etwas tiefer im Handschuhfach wühlte, konnte man versteinerte Atemfrisch-Pastillen entdecken, den einen oder anderen Eyeliner-Stummel und kaum definierbares Kleingeld.

»Na?« Ich merkte, wie sie mir einen Seitenblick zuwarf, noch unsicher darüber, ob er neckisch oder besorgt wirken sollte. »Was meinst du, müssen wir unseren Vorrat an Post-it-Blöcken aufstocken, oder erzählst du mir auch so, was wirklich passiert ist?«

Vielsagend pustete ich mir eine Strähne aus dem Gesicht.

»Ach, komm schon, Sabrina.« Mum zwickte mich in die Seite. »Wir waren doch schon so gut bei dieser ›Wir erzählen uns die ganze Wahrheit‹-Sache.«

»Du zuerst.« Ich fischte eine aufgerissene Kondom-Packung aus der Seitenablage und hielt sie hoch. »Im Ernst, hier in dieser Thunfischdose?«

»Och, das geht schon.« Mum lief rot an, zupfte mir die Packung aus den Fingern und steckte sie in die Ablage auf ihrer Seite. »Berni ist eben etwas klein geraten. Ein ganz süßer Kerl.

Ganz von der Sorte ›Er kann ja keiner Fliege was zuleide tun‹. Was man von dir nicht unbedingt behaupten kann, hm?«

»Du lässt einen echt nie in Ruhe.«

»Ist meine Pflicht, so als die beste Mutter der Welt und so.«

»Okay. Du hast gewonnen.« Umständlich holte ich mein Handy aus der Hintertasche meiner Jeans, rief die Facebook-Seite auf und zeigte ihr das Bild. »Und dann hat dieser Sören ihn behindert genannt. Noch Fragen?«

»Ja. Wie geht es deiner Hand?«

Ich befühlte die geschwollenen Knöchel. »Nichts gebrochen, schätze ich.«

»Gut.« Sie hielt an einer Ampel an. Das war immer wieder ein Abenteuer – manchmal ging der Motor einfach aus, und wir durften von den besten Plätzen aus ein Hupkonzert genießen. Noch lief er.

»Gut, gut«, wiederholte sie. »Willst du ihn sehen?«

»Sören?«, rief ich, noch im Unklaren darüber, ob ich bei dem Gedanken hysterisch auflachen oder mich gleich ins Handschuhfach übergeben sollte.

»Christian. Wir haben uns doch darauf geeinigt, dass du mit ihm vernünftig über die Sache redest.«

»Dass wir uns darauf geeinigt haben, ist völlig übertrieben.« Ich verschränkte die Arme und drehte mein Gesicht von ihr weg. Als könnte ich sie mir damit vom Leib halten. Hatte vorhin doch auch nicht funktioniert. Aber irgendwann musste ich mit ihm reden, das war mir klar. Morgen? Übermorgen?

»Warum nicht jetzt?«

Mit ihr an meiner Seite war das Aufschieben gar nicht so leicht. Und das Reden würde auch nicht einfacher werden, wenn man abwartete, oder? Die besten Mütter der Welt hatten immer recht, das musste ich ja langsam einsehen. »Habe ich noch eine Chance, allgemeines Unwohlsein vorzutäuschen?«

»Kaum.« Sie tätschelte mein Knie und fuhr an. Der Motor stotterte, fing sich aber wieder. »In zehn Minuten sind wir da.«

Mir war gar nicht aufgefallen, dass wir schon längst Richtung Kreisstadt steuerten.

Mich fröstelte. Keine Ahnung, wie lange wir vor dem Krankenhaus standen, direkt am Eingang und eigentlich im Parkverbot. Unsere Klapperdose war wie eine kleine Welt, in der ich mich sicher fühlte und die Heizung bis zum Anschlag aufdrehen konnte. Unvorstellbar, jetzt auszusteigen.

»Wird schon«, sagte Mum leise und strich mir eine Strähne hinter das Ohr. »Soll ich mitkommen?«

Draußen regnete es. Die Tropfen zogen lange Fäden an der Scheibe, so sah ich das Krankenhaus nur verschwommen. Ein fremdes graues Gebäude, das mich herauszufordern schien.

Es war Zeit.

Mit einem Ruck öffnete ich die Beifahrertür.

»Sabrina?«

»Ja, was denn jetzt noch?«

»Irgendwann hättest du ihm von dir aus alles erklärt. Das weiß ich.«

Ich nickte und kletterte aus dem Auto. Eine Windböe warf mir eine Handvoll Nass ins Gesicht. Stimmungsgenau, das Wetter. Aber recht enttäuschend als Ablenkung. Ich wickelte mich fester in meine Jacke und trottete zum Eingang. Geräuschlos glitten die Türen auseinander und ließen mich ins Trockene. Meine Schuhe quietschten durch das Foyer, so laut, dass sogar die tüchtige Empfangsdame von ihrem Telefongespräch aufblickte. Vor den Aufzügen blieb ich stehen. Die Anzeige leuchtete. Während ich innerlich die Sekunden abzählte, wann ich Christian wieder ins Gesicht sehen musste, versuchte ich, mir ein paar Worte zurechtzulegen, aber keins von ihnen fühlte sich richtig an. Nicht einmal passabel.

Die Türen gingen auf. Ich wollte einsteigen, wurde aber zurückgedrängt. Marshal.

»Was hast du hier verloren?«, schnaubte er. Vor seiner beeindruckenden Statur schien alles um mich herum zu schrumpfen, ich fühlte mich klein und hilflos.

»Ich will mit Christian sprechen.« Trotz meiner Angst schubste ich ihn. Ein bisschen übermütig nach dem Vorfall mit Sören, vor allem mit einer schmerzenden Hand. »Nicht mit dir.«

»Vielleicht ist er gar nicht in der Verfassung, mit dir zu sprechen. Er hat im Moment doch wirklich genug!«

»Ist er …« Es war nicht mehr bloß Marshals körperliche Präsenz, die mich zurückweichen ließ. Es war etwas in seiner Stimme, was mir den Boden unter den Füßen wegzog. »Wie meinst du das? Geht es ihm gut?«

»Nein!« Er trat noch einen Schritt auf mich zu. »Es geht ihm nicht gut, okay? Es geht ihm überhaupt nicht gut!«

»Rinnie! Marcel! Nun hört doch auf!« Erst jetzt bemerkte ich Theresa, die sich zwischen uns drängte. Ihre offene Tasche hing an einem Henkel über ihrem Arm, in der anderen Hand knetete sie ein zerfleddertes Taschentuch. »Das würde Christian nicht wollen. Er braucht uns. Auch wenn er es nicht immer zeigen kann.«

Marshal und ich stoben auseinander, nun versuchte er, mich mit Blicken zu töten.

»Was ist denn mit Christian?«

»Das Übliche.« Mit unsicheren, linkischen Bewegungen putzte sich Theresa die Nase. »Der Arzt meint, es kann Jahre dauern, bis er die Situation wirklich akzeptiert hat. Stimmungsschwankungen sind dabei nicht ungewöhnlich, wirklich nicht. Mal könnte er mit dem Rollstuhl den Everest erobern, mal starrt er teilnahmslos an die Wand. Das ist völlig normal, ja, völlig normal. Wir sollten ihm Zeit geben.«

»Und nach deinem Besuch neulich ist eher das Starren angesagt«, zischte Marshal mich an, beinahe tonlos, doch Theresa entging es nicht.

»Hör auf, Marcel, hör auf, bitte! Es trifft doch niemanden die Schuld, wenn er mal ein Tief hat.« Sie verstaute das fast zerbröselte Taschentuch in ihrer Tasche und bemühte sich, ihre aufgelöste Erscheinung zu ordnen. »So, wo ist mein Parkschein? Ich muss nur noch schnell bezahlen, dann fahre ich dich nach Hause. Rinnie? Soll ich dich auch mitnehmen? Für einen Besuch ist heute kein guter Tag, fürchte ich.«

»Bin mit meiner Mutter hier«, murmelte ich.

Sie versuchte ein Lächeln. »Dann hoffe ich, dass wir uns bald wiedersehen.« Auf ihren Pfennigabsätzen tippelte sie zum Parkautomaten, der im Foyer aufgestellt worden war, und suchte nach Kleingeld.

»Lass ihn in Ruhe«, warf Marshal mir im Vorbeigehen zu. »Falls dir was an ihm liegt. Kapiert?«

Lass ihn in Ruhe. *Lass ihn in Ruhe.*

In einer unendlichen Schleife drehten sich die Worte, während ich mich kraftlos an die Wand lehnte.

Mum setzte mich vor unserem Haus ab und fuhr weiter zur Arbeit, nicht ohne mir zwischen all dem aufmunternden Winken aufzutragen, die Küche in Ordnung zu bringen. Die verkohlten Biskuitreste von den Wänden des Ofens abzuschaben, stellte sich dabei als die leichteste Aufgabe heraus. Viel schwerer fiel es mir, die Post-its aufzusammeln und sie in den Papiermüll zu werfen.

Meine Geschichte war hier zu Ende.

Anklagend leuchteten die bunten Zettel mich vom Papierkorbboden an. Wäre alles anders gekommen, hätte ich Christian gleich die Wahrheit gesagt? Bestimmt. Dann hätten wir keine Gelegenheit gehabt, uns näherzukommen, und ich würde ihn jetzt nicht so sehr vermissen. Über süße Grübchen hinwegzukommen, war einfacher, als zu vergessen, was wir gehabt hatten.

Ich holte die Zettel wieder hervor, als könnte ich ihn durch das Lesen meines Gekritzels noch einmal bei mir spüren. Wie er meine Hand nahm. Und wie er mir sagte: *Ich brauche dich.*

Und auch: *Verschwinde! Hau ab, haut alle ab!*

Oder: *Mein Pferd ist geländesicher.* Als hätte es ihm nicht gereicht, dass ich die Sache mit der Plane zugegeben hatte. Gegen mich half eben kein Desibili… Nein. Densesibili… Ich ließ die Zettel zurück in den Papierkorb fallen, holte den Laptop und gab meine Buchstabenkarambolage ins Suchfeld ein. Es genügte, damit ich ein »Desensibilisierungstraining« vorgeschlagen bekam. Mit dem Zusatz »Pferd« begab ich mich auf YouTube, und nach einer Viertelstunde landete ich den Jackpot: den breit lächelnden Caspar Reschke mit seinen Happy-Fältchen und schiefen Zähnen, die einen anstrahlten wie die Ruinen des Kolosseums.

»Hier haben wir eine wunderbare fünfjährige Hannoveranerstute, mit der wir den Aufbau eines Desensibilisierungstrainings erklären möchten«, rauschte seine Stimme aus den Lautsprechern, enthusiastisch wie bei einem Kind, das gerade ein Pony geschenkt bekam. »Durch ihre Abstammung sind in ihr die besten Dressurgene vereint, doch auch fürs Gelände eignet sie sich perfekt.«

Als die Stute in die Halle geführt wurde, erkannte ich Christians Pferd und Christian gleich dazu, in voller Reiter-Montur. Ich musste schon wieder kichern, wie damals, bei unserer ersten Begegnung. Dass ein Junge sich so etwas freiwillig antat …

Aber ich konnte mich an ihm kaum sattsehen. Wie er ging, wie er sich in den Sattel schwang, wie harmonisch er und das Pferd wirkten. Süchtig klickte ich mich durch die Videos. Wenn die Kamera zoomte und Caspar Reschke etwas von Gewicht- und Schenkelhilfen erzählte, hatte ich nur Christians Beine im Blick. Wie sie die Reaktionen des Pferdes erspürten, sich an den grauweißen Leib schmiegten, ich saugte ihre kleinste Regung auf, die winzigste Bewegung – die ich ihnen genommen hatte.

Mit bebenden Fingern holte ich mein Handy heraus. Obwohl Christians Nummer eingespeichert war, tippte ich die Ziffern per Hand ein.

Das Display verschwamm vor meinen Augen. Mit einem Mal gab es so viel, was ich ihm unbedingt sagen musste! Ganz ohne zurechtgelegte Worte, ohne Zweifel, ohne Angst vor einem »Hau ab!«.

Im Video knallte ein Luftballon.

Vor Schreck ließ ich das Telefon fallen. Womöglich würde ein Desensibilisierungstraining mir auch nicht schaden. Ich fischte das Handy unter dem Tisch hervor, drückte auf das Hörer-Symbol, zählte innerlich die Freizeichen – nach dem zweiten wurde die Verbindung abgebrochen.

Ich senkte die Hand.

Es noch einmal zu versuchen, schaffte ich nicht.

Stattdessen starrte ich auf meinen Laptop. Die Kamera verfolgte die fließenden Bewegungen der Stute, zwei Helfer schwangen Tücher, die sich vor dem Pferd aufbauschten und in sich zusammenfielen. Was war nur an meiner Plane falsch gewesen? Weniger bunt und flatternd? Von den wehenden Stoffen flimmerte es sogar mir vor den Augen.

Ich suchte nach weiteren Videos, stundenlang, entdeckte sogar ein paar »Outtakes«, die sonst kaum Beachtung gefunden hatten. Doch ich saugte jedes Filmchen auf und stieß auf eins, das meine Aufmerksamkeit ganz besonders bannte. Die Totale fing Caspar Reschke im Hintergrund ein und neben ihm – eine streitlustige Vroni. Sie und ihr CR, ich mochte mir die beiden immer noch nicht richtig vorstellen. Immer wieder verschwanden sie aus der Sicht, wenn die Kamera Christian folgte, dann streifte der Fokus erneut ihre explosive On-off-Beziehung: nicht ganz live, aber in Farbe. Ich konnte nur schwer ausmachen, worum es ging. Wenn ich die Lautstärke bis zum Äußersten aufdrehte und mich nur auf die Hintergrundgeräusche konzentrierte, nahm ich Fetzen wie »Kackviecher« wahr, die Vroni Reschke entgegenschleuderte, »… längst weg sein …«, zeterte sie, und Reschke hielt kühn dagegen: »… nicht anders geht …«, » … ein bisschen Geduld …«, » … schon bald …« und irgendetwas noch, was ich gar nicht verstand. Als die Kamera beim nächsten Lauf wieder zu den beiden schwenkte, wurde ich Zeuge, wie Reschke seine Liebste der Halle verwies. Vronis Körperhaltung nach zu urteilen, war es mindestens ein »Bratarsch!«-Fall: Die Tür knallte noch lauter als der Luftballon, um den es bei der Übung eigentlich ging.

Trotz des ganzen Wirbels blieb das Pferd völlig unbeeindruckt.

Was war da nur passiert?

Nein, nicht im Video.

Bei der Sache mit meiner Plane.

Ich wählte Marcels Nummer. So richtig bewusst wurde es mir erst, als ich seine »private« Stimme hörte, die mir ein bisschen Hoffnung gab, angehört zu werden.

»Leg nicht auf!«, stieß ich außer Puste hervor, als hätte ich in den wenigen Sekunden, die er gebraucht hatte, um abzunehmen, einen Marathon hinter mich gebracht.

»Hä?«

»Ich habe eine Frage, nur eine Frage! Du kennst doch Christians Pferd, oder? So ein bisschen?« Okay, es waren zwei Fragen und keine von beiden war die entscheidende.

Ich hörte, wie er die angehaltene Luft langsam entweichen ließ. »Sabrina Zeissner, nehme ich an?«

»Ich will nur mit dir reden!«

»Reden hätten wir bei einem schönen Eis sollen«, hielt er dagegen, unterkühlt, aber immer noch höflich. »Als du mich spontan zu einer anderen Diele geschickt hast, wo ich zwei Stunden auf dich gewartet habe.«

»Was? Nein!«

»Mass-suh?«, meldete im Hintergrund eine dünne Kinderstimme und ließ mich verstummen. »Komm! Komm! Du dra-an!«

»Gleich, Kathi.« Gerade eben noch sanft und geduldig, schlug sein Ton in schonungslos um: »Wie du merkst, muss ich mit meiner Schwester weiter ›Lotti Karotti‹ spielen. Tschüss!«

»Könnten wir vielleicht später …«

»Können wir nicht.« Er legte auf.

Ich blieb sitzen, mein Handy im Schoß, bis Mum nach Hause kam.

»Na ja«, meinte sie nach meinem Bericht, den sie schnell aus mir herausgekitzelt hatte, »viele Wege führen nach Rom, aber für dich geht es am besten querfeldein.«

Querfeldein bedeutete: Wir hatten drei Kindergärten in unserem Kaff. Am nächsten Tag kaufte ich einen süßen Mädchenpulli, schrieb auf den Waschzettel »KATHI« und ging damit direkt zur Leitung der kreischenden und tobenden Minimonster. Ich hätte den Pulli draußen gefunden – ob es im Kindergarten ein Mädchen namens Kathi gäbe, der dieses gute Stück gehören könnte? Der zweite Versuch brachte den erhofften Erfolg: Die Kindergartenleiterin nahm den Pulli, um ihn einer Kathi aus der Marienkäfer-Gruppe zu zeigen. Ich dagegen postierte mich draußen, wo ich so lange warten würde, wie es eben sein musste.

Dabei klang der Plan recht vage: Wenn Marshal seiner kleinen Schwester die nasse Hose wechselte und mit ihr »Lotti Karotti« spielte, dann holte er sie wahrscheinlich auch vom Kindergarten ab. In ihrer Gegenwart würde er mich nicht sofort davonjagen. Einen Versuch war es wert, beteuerte ich mir in Gedanken, womit ich mein erneutes Schulschwänzen rechtfertigte. Zumal mich dort niemand vermisste. Vroni schien wie vom Erdboden verschluckt und die anderen traktierten mich bloß mit Blicken. Inzwischen war das Foto hundertfach geteilt worden und die Kommentare darunter katapultierten den Begriff »Shitstorm« auf eine ganz neue Ebene.

Regen setzte ein. Der Busch, unter dem ich hockte, bot nur wenig Schutz. Ich zog mir die Kapuze über den Kopf, schlang die Arme um meine Beine und beobachtete, wie Mütter mit Kinderwagen, auf Fahrrädern oder in Autos ihre Sprösslinge abholten. Fünfzehn Minuten dieser Warten-vor-der-Kita-Kur, und man war von jeglichen Kinderwünschen nachhaltig geheilt. Wenigstens hörte der Regen wieder auf. Zwischen den Wolken lugte die Sonne hervor und ließ die nasse Straße aufleuchten. Kleine Funken hatten sich im porösen Asphalt gesammelt und zwinkerten mir schelmisch zu. Auch wenn die Strahlen keine Wärme brachten, streckte ich ihnen mein Gesicht entgegen und versuchte auszublenden, wie eklig mir meine Jeans an den Beinen klebte und wie jämmerlich ich unter diesem Busch wirken musste.

Gegen drei Uhr kam endlich Marshal um die Ecke geschlendert und steuerte federnden Schrittes den Eingang des Kindergartens an. Kurze Zeit später tauchte er mit einem kleinen Mädchen auf, das neben ihm hertippelte. Cool hängte er sich ihren pinken Lillifee-Rucksack über die Schulter, nahm Kathi an die Hand und zeigte ihr voller Elan, wie man in Pfützen hüpfte, damit die Spritzer möglichst weit auseinanderflogen. Ich folgte den beiden mit etwas Abstand, bis die Stimmung kippte, weil Marshal mich bemerkte.

»Was willst du hier?« Mit geballten Händen baute er sich vor mir auf. Doch gegen den Lillifee-Rucksack kamen seine Biker-Jacke und das schwarze T-Shirt mit dem gehörnten Schädel einfach nicht an.

Ich konnte mir kaum ein Grinsen verkneifen, während Kathi an seinem Hosenbein zupfte, um endlich weiterhüpfen zu können. Ich zwinkerte ihr zu.

»Reden. Nur reden.« Von ihrem Bruder erntete ich ein ungehaltenes Schnauben.

»Reden? Verpi…« Er schluckte den Rest des Wortes hinunter, doch Kathi nahm den Faden mit Begeisterung auf: »Pisse, Pisse!«

»Hey!« Als hätte jemand einen Schalter umgelegt, klang sein Tonfall gutmütig und endlos geduldig. Er legte seine Hände um ihre Schultern und zwang sie, still zu halten. »Wer hat dir dieses Wort beigebracht?«

»Anton.«

»Ich glaube, ich sollte mit diesem Anton reden.«

Ich hob die Augenbrauen. Es fehlte nur noch, dass ich ihn neckisch anstupste. »Will der harte Rocker jetzt Anstandsdame spielen?«

»Dich hat hier keiner nach deiner Meinung gefragt!«, brummte er.

»Pisse, Pisse!« Kathi hatte sich aus seinem Griff befreit und tänzelte um uns herum, was uns langsam, aber sicher die Aufmerksamkeit mehrerer überkorrekter Mütter einbrachte.

Marshal streckte seine Arme aus und fing sie ein. »Hey, Kleines, soll ich dir ein Erwachsenengeheimnis verraten?« Das Mädchen nickte, so eifrig, dass die Löckchen um ihr Gesicht herumflogen. Er seufzte. »Pisse ist gar nicht so schlimm.

Aber wehe, du sagst ›Rinnie‹. Das ist das schlimmste Blöd-Schimpf-Doof-Wort überhaupt, ehrlich.«

»Rinnie!«, quiekte die Kleine kichernd, und ich musste lachen.

»Oh weia!« Empört schlug Marshal sich die Hände vor den Mund und riss die Augen auf. »Du hast es getan! Das darfst du nicht sagen, schon gar nicht laut!«

Ich kniete mich zu den beiden. Mitten in eine Pfütze, stellte ich fest, aber vielleicht würde es mir den einen oder anderen Sympathiepunkt einbringen. Wenigstens bei dem Mädchen. »Und nachdem das Geheimnis des schlimmsten Blöd-Schimpf-Doof-Wortes gelüftet wurde – was ist, wenn wir das mit einem Eis feiern?«

»Du spinnst wohl!« Ruckartig stand Marcel auf und nahm seine Schwester an der Hand. »Wir müssen nach Hause.«

»Ich will doch nur versuchen, alles zu erklägen.«

»Eis, Eis!«, quietschte Kathi, und ich stimmte mit ein: »Bitte, bitte! Massu! Ich beantworte dir auch jede Frage, die du mir stellst. Ehrliches Krötenwort!«

Vor dieser geballten Frauenpower konnte er gar nicht so schnell davonlaufen, wie er wollte. Spätestens nach hundert Metern hatten wir ihn weichgeklopft.

Die Eisdiele war leer. Wir nahmen an einem kleinen Tisch Platz, wobei Kathi gleich über mich zum Fenster krabbelte und dabei die fröhlich rot-weiß karierte Decke zur Hälfte vom Tisch schob. Die Minivase mit einem trockenen Büschel Heidekraut rettete Marshal geschickt auf den Nachbartisch, doch vor Kathis destruktiver kindlicher Neugier war nichts sicher, wie die Halterung für die Eisempfehlung der Woche leidvoll erfahren musste. Mit der Gelassenheit eines Felsens ignorierte Marshal die kleinen Katastrophen und schlug die Karte auf.

»Du willst mir also jede Frage beantworten, die ich dir stellen werde?«

»J-ja?«

Über den Rand der Karte schaute er zu mir. Ich sah nur seine zusammengekniffenen Augen, die mich an meinem Platz festzunageln schienen, während Kathi flink auf seine Seite krabbelte und ihm über den Arm lugte. »Das! Das! Ich – das da!«

Feierlich hob ich die Hand, um ihn wenigstens ein bisschen milde zu stimmen. »Die Wahrheit und nichts als die Wahrheit. Ich schwöre!«

»Gut. Dann kommt hier die erste Frage.« Geräuschvoll schlug er die Karte zu. »Schoko, Vanille oder Erdbeere?«

Völlig perplex starrte ich ihn an. Was die Desensibilisierung anging, war er ein Profi, zumindest mich betreffend. Die freundliche, schon etwas ältere Kellnerin, froh darüber, überhaupt jemanden zu bedienen, brachte uns rasch die Bestellung: Biene-Maja-Eis für Kathi, Donald-Duck-Eis für Marshal und einen Mokkabecher für mich. Die Wahrheit schmeckte eben nicht nach Zimtschnecken. Während die beiden über ihren Kreationen kicherten und beieinander probierten, kostete ich von meinem Eis. Mhhh! Überhaupt kein Vergleich zu der halb zermatschten Torte, die vor ein paar Tagen zwischen mir und Christian gestanden hatte. Kühn biss ich in eine Kaffeebohne. Zum Glück bemerkte keiner, wie ich sie gleich darauf in eine Serviette ausspuckte. Eindeutig zu bitter, Wahrheit hin oder her.

Apropos Wahrheit: Bring es hinter dich. »Und, keine weiteren Fragen?«, erkundigte ich mich, nachdem ich meine Zunge gründlich abgewischt hatte.

»Doch, doch.« Marcel zupfte der Biene Maja einen ihrer Fühler ab und knusperte mit der Waffel. »Woher der Sinneswandel?«

»Tja.« Weil es keinen Grund mehr gab, etwas zu verheimlichen? Vom Gefühl, am absoluten Ende angelangt zu sein, vollkommen allein dazustehen, von der Zettelflut und Mum brauchte ich ihm nicht zu erzählen. Ich stocherte mit dem Löffel in der langsam schmelzenden Mokkamasse.

Ich schob mir etwas Eis in den Mund, dann holte ich Luft.

»Ich habe mir ein paar Videos von Christians Pferd angeguckt. Es klingt bestimmt komisch, aber ich habe das Gefühl, da stimmt was nicht. Vielleicht bilde ich mir das nur ein.«

»Was denn?«

Zögernd holte ich mein Handy hervor. »Schau es dir an. Das da, genau. Siehst du? Sie zuckt nicht einmal mit der Wimper! Und dieses Pferd soll Christian abgeworfen haben? Man könnte glauben, es wäre an dem Abend ausgetauscht worden!« Hörte es sich verrückt an? Nach einem plumpen Versuch, die Schuld von mir zu weisen? Anscheinend dachte er etwas Ähnliches.

»Was soll das werden? Noch so eine Theorie wie mit den Öko-Freaks?«

»Keine Ahnung.« Ich legte das Handy auf die Tischplatte, gleich neben den Mokkabecher, auf den ich keine Lust mehr hatte. Mein Magen fühlte sich an wie eine Murmel, fest und klein.

»Tsucki, Tsucki!«, quietschte Kathi und tippte mit ihrem klebrigen Vanille-Finger auf das Display, das Christians Pferd in Großaufnahme zeigte.

»Ja, sie ist schon Zucker.« Ich pustete ein paar Waffelkrümel von der Oberfläche. Im Gegensatz zu ihr hatte ich eher Christian im Blick. »Besonders, wenn man die beiden so zusammen sieht, was?«

Erfolglos versuchte Marshal, seine Schwester davon abzuhalten, das Display noch mehr anzudatschen, aber sie gab erst auf, als es ihr gelang, das Video neu zu starten. »Sorry. Kathi ist ein Riesenfan von Sugar Babe, damit könnte sie stundenlang weitermachen.«

»Kein Problem.«

Moment. Mein Gehirn machte eine Vollbremsung.

»Warte, wie hast du das Pferd genannt?«

»Ach, die heißen da alle total abgefahren.« Marshal verdrehte die Augen. »Was ich mir da nur anhören muss: Vater Sable Wind, Mutter Blue Horizon, Oma, Opa, sonst noch was – bei *der* Abstammung würde die Queen persönlich vor Neid grün anlaufen.«

Ich starrte ihn an. »Sugar Babe.« Sämtliche anderen Wörter schienen nicht nur aus diesem Raum, sondern aus dem gesamten Universum verschwunden zu sein. »Sugar Babe!«

Ein Vakuum dehnte sich aus und verschlang absolut alles: Gedanken, Gefühle, die Sprache.

»Hey, alles gut bei dir? Ist was mit dem Eis?«

»Ich glaube, mir ist schlecht«, hörte ich mich stammeln. Das Gefühl, als würde mir die Süße der Sahne mit der Bitterkeit der Bohne hochkommen. Gleich würde ich mich übergeben. Auf die fröhliche, rot-weiß karierte Decke.

»Was ist denn jetzt los? Hey!«

Er rüttelte mich.

»Vroni und Christian!«

Ich musste aufgestanden sein, denn ich hielt mich aufrecht

und klammerte mich an den Tisch, um nicht zurück auf den Stuhl zu sinken.

»Setz dich doch wieder.« Nun redete er mit mir wie mit Kathi: geduldig und sanft. »Es ist vorbei zwischen ihnen. Direkt nach eurem Ausflug hat er mit ihr Schluss gemacht, war ja auch Zeit, wenn du mich fragst. Hat er dir das nicht gesagt?«

Gesagt? Was gesagt? Dass er mit meiner besten Freundin … Vronis Blick, als sie mit einem Kaffeebecher im Krankenhausflur gestanden und uns angesehen hatte – es traf mich wie ein Schlag. »Aber was ist dann mit diesem Caspar Reschke?«

»Mit wem?«

Ich keuchte. »Mir ist nicht gut. Sorry. Ich glaube … ich glaube …« Unwichtig, was ich glaubte oder glauben wollte. Ich wusste es. Irgendwo tief in mir wusste ich es, oder nicht? Nein, niemals. Unmöglich. Ich tastete nach meinem Handy, schnappte mir meinen Rucksack und stolperte hinter dem Tisch hervor in den Gang. Marshal griff nach meiner Hand, doch ich schüttelte ihn ab und lief aus dem Laden. Mit Kathi im Schlepptau, die noch ihre Biene Maja aufessen wollte, war er einfach nicht schnell genug.

Im Moment war es auch sonst keiner.

Im Angesicht dessen, was mich die Straßen entlangjagte.

Wie im Schlaf gelangte ich vor die mayrsche Villa. Auf mein Sturmklingeln am Tor antwortete niemand, also kletterte ich kurzerhand über den Zaun, der mir aus Rache dafür die Jeans am Po aufschlitzte, und sammelte vor Vronis Fenster ein paar Kieselsteine. Einen nach dem anderen warf ich sie hoch und rief ihren Namen. Sie musste da sein! Keine Ahnung, warum ich mir so sicher war. Doch Vroni zeigte sich nicht, auch nicht, nachdem ich die halbe Auffahrt gegen ihr Fenster geschleudert hatte.

Es regnete wieder.

Die Arme um den Körper geschlungen, bibberte ich mich von einem Augenblick zum nächsten. Es war dunkel geworden, und langsam spürte ich meine Glieder nicht mehr, als würde ich mich in der Dunkelheit auflösen.

Bis das Licht der Scheinwerfer mich aufschreckte.

Eine Tür schlug zu, der Motor lief noch, als ich hastige Schritte im Kies hörte.

»Sabriiina.« Cornelia Lichtenwald-nicht-mehr-Mayr. All die i klangen beinahe freundlich und ein wenig besorgt. So kannte ich sie gar nicht, mein Anblick musste wirklich erbärmlich sein. »Was tust du hier?«

Ich hätte gerne mit den Schultern gezuckt, aber mein ganzer Körper krampfte vor Kälte. An reden war gar nicht zu denken.

»Warte. Ich bin gleich wieder bei dir.«

Der Motor verstummte, die Scheinwerfer erloschen. Vronis Mutter kam zurück, half mir hoch und klimperte mit dem Schlüsselbund, während sie versuchte, mich zu stützen und gleichzeitig die Tür aufzumachen. Endlich gelangten wir ins Haus. Durchnässt, wie ich war, tropfte ich bestimmt den ganzen Boden voll, der überall im mayrschen Anwesen aussah, als dürfte man nur in Museumspantoffeln darüberwandern. Meine Schuhe bestanden hauptsächlich aus Matsch und schmatzten bei jedem Schritt, den ich tat.

»Erst einmal musst du aus deinen durchnässten Sachen raus. Ich mache dir etwas Warmes zu trinken. Wo ist Veronika? Was ist passiert?«

Zu viel, einfach zu viel. Aber im Augenblick brachte ich kein Wort heraus, nicht einmal im Telegrammstil. Sie erwartete auch keine Antwort, führte mich Richtung Küche, an der Treppe vorbei –

Abrupt hielt ich an.

»Vrrnni?«

Die Silhouette, die auf den Stufen hockte, rührte sich nicht. Frau Lichtenwald ließ mich los und schaltete den Kronleuchter ein. Aus irgendeinem Grund waren wir im Dunkeln durch die Eingangshalle gelaufen, nun flutete das Licht den Raum und blendete mich.

»Vroni?«, stammelte ich in die unerträgliche Helligkeit.

Sie war es tatsächlich, die da auf der Treppe kauerte und ihre Wange an die Wand schmiegte. Erst jetzt richtete sie sich auf, kam schwankend auf die Beine und stieg Stufe um Stufe zu uns herunter. Kein Wort zu mir – nur Blicke, als hätte sie mich hier schon lange erwartet. Wir waren beste Freundinnen. Wir verstanden uns ohne Worte.

Ihre Mutter schaute uns abwechselnd an. Was ist los? Was

ist passiert? Ihr Gesichtsausdruck hätte nicht lauter schreien können. Doch sie meinte nur: »Geht schon mal nach oben. Ich bringe euch etwas Heißes zu trinken.«

Schweigend drehte sich Vroni um und stieg die Treppe hoch. Ein paarmal taumelte sie gefährlich, als hätte sie … Aber das konnte ich ihr kaum verübeln. Ein paar Schlucke zur Stärkung hätte ich auch nicht ausgeschlagen. Im Zimmer angelangt, holte sie einen Frottee-Bademantel aus ihrem Kleiderschrank und warf ihn mir zu. Ungeschickt fing ich ihn auf und drückte das Knäuel an mich.

»D-danke.«

»Ich nehme an, den kannst du gut gebrauchen.«

»Stimmt«, morste ich mit meinen klappernden Zähnen, schlüpfte aus meiner Kleidung und wickelte mich in den flauschigen Stoff, der nach ihrem geliebten Karamell-Cappuccino roch. Mit Schuss. In der letzten Zeit musste sie Unmengen davon konsumiert haben, besonders vom Schuss – der Geruch hatte sich mit jeder Faser verwoben. Dabei hätte ich bei ihr sein sollen, sie von Dummheiten abhalten, ihr zuhören, ihr beistehen.

»Genug geschnüffelt?« Ihre Worte verströmten den Charme von Trockeneis. Egal, wie sehr ich mich in den Mantel wickelte, wärmer wurde mir nicht, zu witzeln wie in den alten Zeiten, versuchte ich dennoch:

»Klar. In der letzten Zeit überlege ich immer öfter, mir den gleichen Weichspüler fürs Leben zu gönnen.«

»Sicher?«

»Nach allem, was passiert ist? Hochprozentig!« Aber mit dem Witzigsein klappte es schon lange nicht mehr. »Warst du die ganze Zeit zu Hause? Hast du meine Nachrichten bekommen? Du bist seit Tagen wie vom Erdboden verschluckt. Aber jetzt weiß ich, warum. Ich weiß alles! Vroni, es tut mir so leid.« Ich hörte mich reden und reden und kam mir so einsam vor, in diesem Zimmer, das irgendwo in Vronis »Cute!«-Phase stecken geblieben zu sein schien. Wieso war es mir nicht früher aufgefallen? Dabei sagten die Fotos, in kitschige Bilderrahmen gefasst und auf der Kommode wie eine Soldatenreihe aufgestellt, schon alles: Vroni beim Schaukeln im heimischen Garten, als das Spielgerüst noch stand; die ganze Familie, glücklich, in einem Kroatien-Urlaub – Vroni sommersprossig und mit einem fiesen Sonnenbrand; Vroni bei der Kommunion; Vroni-Mami-Papi-Bild während einer Wanderung; noch mehr Vroni-Mami-Papi, mit kindlichen Strichen gemalt.

Ein dicker Kloß in meinem Hals. »Du wünschst dir, dass sie wieder zusammenkommen, stimmt's?«

»Ja«, sagte sie, gedehnt und heiser. Wie Amy Winehouse, Whitney Houston und Liza Minnelli in einem. Wenigstens die Letzte lebte noch. »Ja. Ich war die ganze Zeit zu Hause.«

Ich biss mir auf die Unterlippe.

»Und meine Nachrichten?«

»Habe ich bekommen.«

Sollte ich es wagen?

Vielleicht. Ja. Bestimmt.

»Wir müssen darüber reden. Ich glaube, das ist das einzig Richtige, oder?«

»Reden?« Mit verschränkten Armen ließ sie sich auf die Bettkante sinken. »Ach so, reden. Worüber denn?«

»Na, über Christian. Über deinen CR.« Und über alles andere, was ich versäumt hatte. Aber in meinem Kopf herrschte Chaos: nichts mehr als Erinnerungen, Blicke, Andeutungen.

Ich hätte es wissen müssen, ich hätte es einfach wissen müssen!

»Er ist nicht mein CR. Wie es aussieht, ist er jetzt deiner. Oder hat er dich inzwischen auch schon abserviert? Ach, komm schon! Was guckst du so?«

»Das … mit dem Foto auf der Facebook-Seite – warst du das?«

»Was für ein Foto meinst du denn?« Sie angelte nach ihrem Rucksack, der auf dem Nachttisch lag. Eines der gerahmten Bilder fiel herunter, das Glas knackte. Ich hob es auf, wollte es ihr reichen, doch sie riss es mir aus den Händen, zog ihr Handy hervor und schwenkte es vor meiner Nase. »Dieses etwa?« Christian und ich, im Bett. »Oder dieses?« Ein Wisch mit dem Finger über das Display: Christian und ich, vertraut über eine Mokkatorte gebeugt. »Vielleicht meinst du aber auch dieses hier.« Christian und ich, seine Hand greift nach hinten und berührt meine, während ich seinen Rollstuhl schiebe.

Schon wieder merkte ich, wie mir die Tränen in die Augen stiegen. Ich spürte seine Berührung. Ich vermisste ihn so schrecklich, und ihn zu vermissen, während Vroni mich so anschaute, war mehr, als ich ertragen konnte. »Es tut mir leid, Vroni. Das alles wollte ich nicht. Ich hätte doch nie …«

Es gab zu viel, was ich nie hätte … und trotzdem getan hatte.

»Vroni, du glaubst gar nicht, wie sehr ich mir wünschen würde, das alles in Ordnung zu bringen!«

»Ach, halt die Klappe. Ich hasse dieses Arschloch, zufrieden?« Wenigstens ein Lächeln hatte sie für mich übrig, ein groteskes, aufgesetztes Lächeln, das mich hilflos machte und mir Angst einjagte. »Was ist? Du wolltest doch die Wahrheit. Die

Wahrheit … die war dir doch immer besonders wichtig. Die Wahrheit ist: Ich habe ihm jeden Tag Mokkabohnen ins Krankenhaus geschickt. Als eine Erinnerung an all das Schöne, das wir hatten. Aber offensichtlich hatten wir nichts Schönes. Die Wahrheit, Rinnie, ist bitter, ganz egal, wie sehr man versucht, sie mit einer Schokoglasur zu überziehen. Ich bin gleich am nächsten Tag hingefahren, um ihm beizustehen. Ich habe seine Eltern und das Personal angefleht, ihm zu sagen, dass ich da bin. Aber er wollte mich nicht sehen. Und als ich endlich zu ihm durfte …« Es klopfte an der Tür. »Was ist denn, verfickt noch mal?«

Ihre Mutter kam mit einem Tablett herein, auf dem zwei dampfende Jumbotassen den Duft nach Karamell-Cappuccino verströmten. »Alles gut bei euch?«

Ich hätte es ihr nie zugetraut, Worte wie »verfickt« so routiniert zu überhören.

»Mutter, wir unterhalten uns gerade!«

»Das ist schön.« Ihr Blick fiel auf das Foto mit dem angeschlagenen Glas. Eine Scherbe fehlte. »Ist wirklich alles in Ordnung hier?«

Na, noch hatten wir nicht vor, uns damit die Pulsadern aufzuschlitzen. Hätte ich geantwortet. Normalerweise. Aber heute war nichts normal.

»Ja-ha!«, stöhnte Vroni.

»Dann ist es gut.« Ihre Mutter stellte das Tablett auf dem Bett ab. Als sie ging, ließ sie die Tür einen Spalt offen. Was Vroni dazu veranlasste, aufzuspringen und sie mit einem Knall zuzuschlagen.

»Wo waren wir? Ach ja. Bei der Geschichte, wie ich mich Tag für Tag zu einer Vollidiotin gemacht habe. Ich wusste ja nicht, dass er inzwischen zu einem Zimtschnecken-Liebhaber mutiert ist!«

»Ich hatte keine Ahnung, Vroni.«

»Nein, das hast du nie. Was weißt du überhaupt noch über mich? Ich bin dir doch scheißegal, seit er dich zu seinem Rollstuhlschieber auserkoren hat!«

»Vroni, das stimmt doch nicht!«

»Ach, nicht? Wo warst du, als wir angefangen haben, unsere Sachen in Kartons zu packen, um auf meinen Vater Druck auszuüben? Wo warst du, als meine Mutter verkündet hat, dafür zu kämpfen, dass ich ihren Mädchennamen tragen kann? An dem Tag, als ihr zu eurem Ausflug aufgebrochen seid, wollte ich ihm die letzte Chance geben.« Vroni langte zur Kommode, öffnete eine der Schubladen und holte einen Flachmann heraus. »Weißt du, was er mir gesagt hat, als ich ihn zur Rede gestellt habe?«

»Dass es vorbei ist?«, flüsterte ich. *Habt ihr darüber geredet, was gestern war? Als sie gegangen ist, wirkte sie ziemlich neben der Spur.* Und ich, die Blitzbirne, dachte, er meinte die Sache mit dem Haus.

Sie prostete mir mit dem Flachmann zu, trank einen Schluck, den Rest kippte sie in ihren Cappuccino. »Er und ich … wir hatten etwas Besonderes, Rinnie. Er war immer da, von Anfang an. Zusammen haben wir uns geborgen gefühlt. Und nun kann er das alles nicht mehr gebrauchen? Aber dich – dich kann er offensichtlich gut gebrauchen. Was bist du dann für ihn, was ich nicht sein kann?«

»Ich weiß es nicht. Wir sind einfach nur …«

Wir sind einfach nur.

Alles und gar nichts.

Vieles gleichzeitig und etwas dazwischen.

Und inzwischen rein gar nichts.

Für ihn war ich doch schon längst gestorben!

»Wenigstens weiß ich, was du für mich bist.« Sie trank den Cappuccino auf ex. Dabei musste sie sich den Mund verbrannt haben, aber mit solchen Kleinigkeiten hielt sie sich nicht auf. »Eine hinterhältige Schlange, das bist du. ›Schieß den Typen auf den Mond‹«, äffte sie mich nach, »das war doch dein Rat, oder etwa nicht? Guck nicht so. Ich habe keinen Blackout, jetzt wird mir erst klar, warum du so erpicht darauf warst, dass ich mit ihm Schluss mache.«

»Wie konnte ich das wissen? Du hast mir doch nie erzählt, wer er ist, dein CR!« Nun war die Luft raus, und ich hatte nichts, womit ich mich noch hätte rechtfertigen können.

»Tu nicht so scheinheilig.«

Aber ich wollte es nicht wahrhaben: »Was war denn mit diesem Video?«

»Welches Video?«

»Als du dich mit Caspar Reschke gestritten und er dich aus der Halle geworfen hat?« Ich angelte nach meinem Handy und rief das Filmchen auf. Vroni riss mir das Telefon aus der Hand und betrachtete die Aufnahmen.

»Ach das. Wir waren verabredet. Christian und ich. Aber dieser Altsack musste ihn ausgerechnet dann für sein Scheißvideo einspannen. Ich bin ausgerastet, das ist alles.«

»Aber du hast mich im Glauben gelassen, dass CR dieser Reitlehrer ist!«

»Genau. Und du hast so wunderbar mitgespielt. Der Unfall kam dir doch geradezu gelegen, stimmt's?«

»Was?« Ich taumelte zurück, prallte gegen die Kommode.

Noch ein gerahmtes Bild polterte herunter, eine Vroni-Mami-Papi-Zeichnung. Blieb aber heil, die schöne Strichmännchen-Welt.

»Komm schon, Rinnchen. Wollten wir nicht offen und ehrlich zueinander sein? Meinst du wirklich, Christian hätte dich auch nur mit dem Hintern angesehen, wenn seine Aussichten auf eine glorreiche Zukunft nicht so drastisch auf den Rollstuhl reduziert worden wären?«

»Vroni, ich schwöre, ich wollte nicht, dass er verletzt wird. Es war nur ein Unfall! Nichts als ein verdammter Unfall! Niemand wollte ihm etwas Schlechtes, das weißt du doch, das hast du selbst gesagt, erinnerst du dich noch? Du hast das gesagt! Oder hast du mich da auch angelogen?« Ich schrie sie an.

»Weißt du, was, Rinnie?« Ihre Nasenflügel bebten. »Ich glaube, es ist genug Wahrheit für diesen Abend. Es wäre mir lieb, wenn ich dich nicht mehr sehen müsste.«

Was hatte ich erwartet? Worauf gehofft? Was ich getan hatte, konnte nicht verziehen werden, egal, wie viel man darüber redete und was man erklärte. So einfach war das.

»Und jetzt? Einfach nur tschüss?«

»Du hast es erfasst. Tschüss.«

Sie sah nicht einmal auf, als ich ging.

»Ich mache einen Marzipan-Mandel-Hefezopf«, begrüßte mich Frau Lichtenwald in der Küche, beide Hände in einer riesigen Schüssel. Der Duft nach dem frischen Teig machte mich schwindelig. »Magst du mir sagen, was bei euch los ist? Geht es Veronika gut? Habt ihr über ihren Vater gesprochen?«

»Nein.« Eine Antwort auf alles.

Oben klirrte und polterte es. Der Geräuschkulisse nach unternahm Vroni gerade die Entkernung ihres Zimmers. Wie in Trance wischte Frau Lichtenwald ihre Hände an ihrer Schürze ab. Dann wurden ihre Bewegungen wieder emsig, als sie mich aus der Küche scheuchte. Sie redete hastig und wirr, während es oben immer mehr wütete, vermutlich nicht zum ersten Mal in den letzten Tagen. Das Einzige, was ich verstand, war:

Es ist besser, wenn du gehst.

Du musst gehen, Sabrina.

Jetzt.

In den Morgenmantel gewickelt, streifte ich durch die Straßen. In meinem Kopf türmten sich alle möglichen Gedanken, während ich keinen einzigen davon zu fassen bekam. Als wäre das, was ich sonst meinen Verstand schimpfte, ein Fass mit nicht fachgerecht entsorgten Chemieabfällen, in dem bei kräftigem Umrühren undefinierbare Substanzen an der Oberfläche auftauchten.

Es war spät und schon bald konnte ich nicht mehr weiter. Keine Ahnung, wie ich es schaffte, nach Hause zu gelangen. Erschöpft lehnte ich mich gegen die Eingangstür und lauschte den Stimmen dahinter. Mum? Und hoffentlich nicht Berni. Ihn kennenzulernen, wäre zu viel für diesen Tag. Ob Mum für mich die Katzenklappe offen gelassen hatte?

Nein, hatte sie nicht.

Mit Fingern, die nichts mehr fühlten, drückte ich auf die Klingel. Sofort hörte ich hastige Schritte, das Lärmen des Schlosses, mit dem Mum einfach nicht fertigzuwerden schien – dann riss sie die Tür auf.

»Wir haben uns solche Sorgen gemacht!« Schon fiel sie über mich her, drückte und knuddelte mich wie ein lang vermisstes, aber doch noch heimgekehrtes Kätzchen.

Ich musterte ihr bleiches Gesicht, konnte aber darin nichts außer großer Erleichterung erkennen. Sie war tatsächlich einfach nur froh, mich wiederzusehen. Über das heutige Schwänzen war sie wohl nicht informiert worden, und wo ich mich die ganze Zeit herumgetrieben hatte, spielte im Moment anscheinend auch keine Rolle. Dennoch befreite ich mich aus ihrer Umarmung und trat einen Schritt zurück.

»Und mit *wir* meinst du wen genau?«

»Na, mich und deinen Klassenkameraden. Er hat im Treppenhaus auf dich gewartet, als ich von den Mayrs zurückgekommen bin. Veronikas Mutter hat hier angerufen, aber ich war noch auf der Arbeit, und als ich nach Hause gekommen bin und den Anrufbeantworter abgehört habe, bin ich sofort hin. Aber sie meinte, du wärst schon gegangen, und da habe ich ihn auf den Stufen entdeckt …«

»Halt, langsam!«

»… und du warst noch immer nicht da, also sind wir erst einmal hiergeblieben, und irgendwann fingen wir an, uns Sorgen um dich zu machen, und du warst wie vom Erdboden verschluckt, also sind wir abwechselnd suchen gegangen …«

Während sie noch redete, hastete ich an ihr vorbei ins Wohnzimmer, in dem es sich auf unserem Sofa …

… Marshal gemütlich gemacht hatte.

»Hi«, lächelte er mir zu, als würde die Silbe nur aus seinem breiten Lächeln bestehen. Der hiesige Kirchenchor vermisste bestimmt schon sein eifrigstes Mitglied. Aber mit den Blicken, die er mir zuwarf, verstieß er eindeutig gegen das wichtigste

Gebot: Du sollst nicht töten. »Wo bist du denn die ganze Zeit gewesen?«

»Nordic walken.« Im Gegensatz zu Vroni, die in meiner Situation eher Johnny Walker bevorzugt hätte. »Hab mich verlaufen.«

»Na dann.« Ächzend hievte sich Marshal auf die Beine. »Ich werde jetzt lieber gehen. Es war schön, Sie kennenzulernen, Frau Zeissner. Sabrina? Genieß den Rest des Abends.« Und erst da bemerkte ich Christians Pullover in seinen Händen. Oh, Kacke.

Er war in meinem Zimmer gewesen, und während Mum die Stadt nach mir absuchen musste, hatte er den Pulli gefunden.

»Du mieser Heuchler!« Mit voller Kraft stieß ich ihn in die Brust. Mum schnappte erschrocken nach Luft, er taumelte und fiel zurück auf das Sofa, das unter ihm protestierend quietschte.

»Ach, wer hat denn damit angefangen?« Sein Tonfall traf mich, als wollte er mich auswringen, mein Innerstes nach außen stülpen.

»Was ist denn hier los?«, mischte sich Mum ein, doch Marshal fiel ihr ins Wort: »Jetzt ist es aus, Sabrina!« Ruckartig kam er auf die Beine. »Ich werde es Christian sagen. Was du getan hast, wie du ihn belogen und manipuliert hast – eben alles, und du wirst mich nicht aufhalten! Dieses Mal nicht! Das hier«, er drohte mir mit dem Pulli, »ist der Beweis! Na, was sagst du dazu?«

Einen Moment lang schaute ich ihn einfach nur an. Wie recht er hatte und wie viel es ihm bedeutete. »Dass Christian es weiß. Er hat sich erinnert, auch an den Pulli. Du musst nichts mehr beweisen.«

Ich sah, wie seine Wut verpuffte. Wie alles, was ihn aufrecht hielt, von ihm abfiel, wie hilflos er mit einem Mal wirkte. Genau wie ich.

»Was?« Er senkte die Hände, noch ein bisschen, und der Pulli würde seinen Fingern entgleiten und auf den Boden fallen.

Ich nahm ihm das gute Stück weg, faltete es zusammen und legte es ihm in die Arme. »Hast schon verstanden.«

»Und jetzt ist Schluss hier. Sabrina braucht Ruhe, sie ist völlig durchgefroren.« Wie ein Kampfhuhn plusterte sich Mum vor ihm auf, sie war nicht mehr zu bremsen. »Raus mit dir!«

»Frau Zeissner …«

»Na los! Wird's bald?« Schon lustig, wie dieser große Junge vor einer kleinen Frau mit einer zerrupften Marilyn-Monroe-Nostalgie-Frisur zurückwich und über die Schwelle stolperte, wo sich unser Linoleum ein Stück vom Boden löste. Vielleicht sollte ich ihm zu Hilfe kommen. Aber ich war so müde und Mum kam gerade erst in Fahrt. »Ich will dich hier nie wiedersehen. Wie du mich ausgenutzt hast, wie du …«

»Das wollte ich doch nicht!«

»Ach wirklich? Was wolltest du dann, als du mich angelogen hast, von wegen, du machst dir große Sorgen um Sabrina? Ihr Zimmer durchsuchen, das wolltest du, was?«

»Schon in Ordnung, Mum.« Ich legte einen Arm um sie und hielt sie zurück, bevor sie ihm mit ihren Fingernägeln ins Gesicht sprang.

»Ich wollte das wirklich nicht«, beteuerte er, jetzt mir zugewandt. »Als du aus dem Eiscafé gelaufen bist – ich wollte einfach wissen, was los ist. Also bin ich später hergekommen, um mit dir zu reden. Deine Mutter hat mich reingelassen. Und dann – keine Ahnung, die Tür zu deinem Zimmer stand offen, und ich habe den Pulli an diesem Frosch gesehen und eins und eins zusammengezählt.«

»Schildkröte.«

»Ob du es wolltest oder nicht, es ist schon spät«, beschloss Mum einigermaßen besänftigt. »Rinnie muss aus diesem Bademantel raus und ein Bad nehmen. Ja, ich glaube, das würde dir guttun, Schatz.«

Wir standen da, aneinandergelehnt wie zwei Schwestern. Jedem Anschein nach trug sie sogar mein cremefarbenes Shirt. Mir war ja gar nicht klar gewesen, wie sehr ich diese Momente vermisst hatte. Wie froh ich war, dass ich sie wiederhatte. Auch wenn alles andere in meinem Leben nicht unbedingt cremefarben aussah. »Marcel und ich sollten uns aussprechen, Mum. So wie du und ich uns ausgesprochen haben. Verstehst du?«

Sie zögerte, schaute von mir zu Marshal und wieder zu mir »Na dann. Tee? Kaffee? Heiße Hühnerbrühe?«

Ihr Blick sprach Bände. Ich fror erbärmlich, mein Haar klebte mir am Kopf wie eine aus dem Klo gezogene Perücke. Außerdem hatte ich kaum etwas gegessen.

»Hühnerbrühe wäre nicht schlecht.« Ich winkte Marshal in die Küche und deutete auf unsere Eckbank, auf die er kaum passte. Ich setzte mich ihm gegenüber und sammelte mit der Fingerkuppe ein paar Krümel auf, die wohl vom Frühstück übrig geblieben waren. »Hat Christian es dir wirklich nicht gesagt? Dass ich diese Plane aufgehängt habe?«

»Er redet ja mit keinem. Eigentlich überhaupt nicht mehr.«

Meine Finger verharrten. »Geht es ihm gut?«

»Ich weiß es nicht. Sehen will er auch niemanden mehr.«

»Mist.«

Was machst du nur? Ich habe Angst um dich! Ich rieb mir die Schläfen. Wenn Gedankenübertragung auf dem Stundenplan gestanden hatte, dann hatte ich wohl gerade geschwänzt. Ich hätte ihn niemals so vor den Kopf stoßen sollen, ich hätte ihn nicht mit alldem allein zurücklassen dürfen. Ein paar weitere »Ich hätte nie …« gesellten sich fröhlich dazu und schwirrten beharrlich durch meinen Schädel, der gleich zu platzen drohte.

»Womöglich braucht er nur ein bisschen Zeit.« Mum holte ein Glas mit konzentrierter Hühnerbrühe aus dem Schrank, kippte die Flüssigkeit randvoll in meinen I-Ah-Becher und stellte ihn in die Mikrowelle. Sie war eben eine Optimistin.

Schwungvoll schlug sie die Mikrowellentür zu.

»Warten Sie!« Marcel sprang auf und holte den Becher wieder heraus. »Das geht doch nicht. Haben Sie vielleicht Suppengrün?«

»Vielleicht.« Etwas überrumpelt kniete sich Mum vor unseren Vorratsschrank und starrte ihn an, als könne sie durch das Birke-Imitat sehen. Müde war anscheinend nicht nur ich. »Muss ich gucken.«

Als sie endlich den Schrank öffnete, purzelten ihr Kartoffeln entgegen und eine Dose Champignons dritter Wahl. Energisch wühlte sie aus den Tiefen des Schrankes eine gekeimte Zwiebel heraus. Fast mit der gleichen Verbissenheit, wie Christian in seinem Schrank gewühlt hatte, als würde davon alles abhängen.

Was war da noch einmal mit der Decke? Ich hätte ihm besser zuhören sollen, statt mit allen Mitteln verhindern zu wollen, dass seine Erinnerungen zurückkamen. Jetzt blieben mir nur Bruchstücke, die nicht zueinanderpassen wollten.

Im Gemüsefach des Kühlschranks fand Mum drei schrumpelige Möhren. »Ich fürchte, mehr habe ich nicht.«

»Wird schon gehen.« Marcel schnappte sich ein Schneidebrett und ein Messer aus der Spüle, wusch sie gründlich ab und machte sich ran ans Gemüse. »Was hat er dir denn gesagt? Als er sich erinnert hat, meine ich?«

Vor meinem inneren Auge tauchte Christians Gesicht auf, dieser Blick, mit dem er mich angeschaut hatte. »Sein Pferd sei geländesicher. Absolut zuverlässig. Man könnte glauben, ich hätte seiner Schuggi etwas Schlimmes unterstellt. Ach ja, und er sprach wieder von dieser Decke.« Ich stützte meinen Kopf mit beiden Händen, seufzte. »Er wollte es einfach nicht glauben, denke ich.«

»Welche Decke?«

Mum reichte ihm eine Pfanne. »Die, die ihr im Stall gesucht habt, stimmt's, Schatz?«

»Er hat sie gesucht, ja.« Die Zwiebeln und die Möhren brutzelten im heißen Fett. Der herrliche Geruch nahm mich vollkommen ein, und das nagende Gefühl im Magen verkündete nachdrücklich, wie hungrig ich war. Ich schloss kurz die Augen. »Mhhh. Du kannst kochen?«

»Wenn Kathi aus dem Kindergarten kommt, muss sie ja was essen.«

»Aha. Und was machen dann deine Eltern?«

»Paps ist viel unterwegs. Wenn wir Glück haben, sehen wir ihn am Wochenende. Er ist Fernfahrer. Mama ist Krankenschwester. Manchmal hat sie schon krasse Schichten, also müssen wir uns irgendwie arrangieren. Habt ihr Suppennudeln?«

Suppennudeln hatten wir nicht. Aber eine Handvoll Fussili,

ein bisschen Penne und ein Büschel Spaghetti. Marshal verdünnte die Brühe mit Wasser und ließ den nudeligen Fund darin aufkochen.

»Kann man dich adoptieren?«, seufzte Mum. Ihr Bauch verausgabte sich in seiner Vorfreude auf Essbares nicht wesentlich leiser als meiner.

Marcel lachte, sein privates, warmes Lachen, das ich bis jetzt nur in der Gegenwart seiner kleinen Schwester gehört hatte, und beobachtete zufrieden die blubbernde Brühe. Dann wurde sein Blick wieder scharf. »Was war denn da mit der Decke?«

»Keine Ahnung.« Ich versuchte, mich auf den Besuch im Stall zu konzentrieren, mir jede Einzelheit in Erinnerung zu rufen, aber es gelang mir nur schwer. »Mir ist aber seit diesen Videos was anderes nicht aus dem Kopf gegangen. Das Pferd … Ich könnte schwören, dass es nicht vor irgendeiner dämlichen Plane scheuen würde. Am Abend des Unfalls war es allerdings so komisch drauf.«

Marcel setzte sich zu mir. »Wie meinst du das?«

»Es tänzelte herum, bockte, es war irgendwie ganz von der Rolle. Ich weiß noch, wie Christian sich bemüht hat, es zu beruhigen.«

»Noch vor der Sache mit der Plane?«

»Ja.«

Seine Finger trommelten auf der Tischoberfläche. Dann fing er an, mit den Fingernägeln zu knacken. Wie damals im Treppenhaus. Heute machte es mich nicht weniger verrückt. »Ich habe Kathi ein paarmal auf Schuggis Rücken gesetzt. Ich hätte es nie getan, wenn sie nicht das ruhigste Pferd wäre, das ich kenne. Okay, ich kenne nicht viele. Aber dass sie so aus dem

Häuschen ist – und du bist dir wirklich, wirklich sicher, dass nicht die Plane daran schuld war?«

»Genau das ist der Punkt. Irgendetwas stimmt da einfach nicht. Warte mal.« Ich holte meinen Laptop und rief das Video mit den Tüchern auf. »Siehst du? Da!«

Knicks-knacks.

Während das Gemüse auf dem Herd etwas zu durchgebraten zu riechen begann. Mum sprang auf und schabte das Ganze von der Pfanne in den Suppentopf.

»Warum soll die Plane das Pferd dann so erschreckt haben?«

Kein Knacken mehr.

Marcel stand auf und machte ein paar Schritte durch die Küche, dann setzte er sich wieder. »Ich habe mich so auf diese Plane konzentriert, dass alles andere keine Rolle mehr gespielt hat. Aber vielleicht war sie gar nicht das Problem.«

»Was dann?«

»Wer weiß. Ihm stand ja dieses Turnier bevor. Frag mich nicht, irgendwas Wichtiges. Landesdings. Chris hat seit Wochen von nichts anderem geredet, ich konnte es schon nicht mehr hören. Jeder wusste, wie viel ihm daran lag, dort gut abzuschneiden. Nein, nicht nur *gut*. Wenn es um Christian ging, war *gut* nie gut genug. Und plötzlich dreht sein Pferd durch. Verstehst du?«

»Nicht ganz. Du glaubst doch nicht, dass jemand ihn sabotieren wollte? Im Stall?«

»Keine Ahnung, aber er hat mir einmal von diesem Mädchen erzählt, das dort rausgemobbt wurde. Angeblich auch eine supertalentierte Reiterin. Eine schräge Geschichte, wenn du mich fragst. Es ging so weit, dass ihrem Pferd falsches Futter vorgesetzt wurde, ihre Sachen wurden aus dem Schrank geklaut, Pflegemittel wurden ausgetauscht, irgendeine Creme geschmiert, die nicht verwendet werden durfte – ihre Stute hat einen schlimmen Ausschlag bekommen, war eine Weile überhaupt nicht reitbar.«

Ich schreckte hoch, die Müdigkeit war wie weggeblasen. »Die Salbe!«

»Hm?«

»Ich weiß nicht, ob das etwas bedeutet, aber Christian hat eine leere Dose gefunden, die nicht hätte leer sein sollen. Irgendwas für die Durchblutung, Capsi-schieß-mich-tot. Wie ging es mit dem Mädchen weiter? Ist sie noch im Stall? Vielleicht weiß sie was?«

»Nein. Christian hat sich total für sie eingesetzt und sich damit nicht unbedingt Freunde gemacht. Aber irgendwann war es dem Mädel zu viel. Die ist da längst raus.«

»Meinst du, jemand wollte ihm für die Geschichte eins auswischen? Direkt vor seinem wichtigen Turnier?«

»Das wäre echt heftig. Aber … was hältst du davon, wenn wir der Sache morgen im Stall auf den Grund gehen?«

»Wir zwei?« Überrascht sah ich zu ihm auf. »Zusammen?«

Marcel zuckte mit den Schultern. »Warum nicht? Vielleicht erinnerst du dich noch an etwas, was uns helfen kann. Vielleicht hast du jemanden gesehen.«

»Meinst du, Christian würde das wollen?« Jetzt war ich es, die an den Fingernägeln puhlte. Schlechte Angewohnheiten waren offensichtlich ansteckend. »Dass wir da weiterbohren?«

Knicks-knacks.

Marcel hob die Hände. »Wir können ihn schlecht fragen. Er redet ja nicht mehr mit uns. Also: Was sagst du? Bist du dabei?«

»Ja.«

Einige Zeit lang starrten wir uns an.

Bis das Zischeln auf der Herdplatte uns aus unseren Gedanken riss. Wenn es ums Kochen ging, war auf Mum kein Verlass. Marcel sprang auf und schnellte zum Topf. Für einen Moment waren sogar die Plane, das Pferd und der Stall vergessen. Ein paar Minuten später gab es eine leckere Suppe.

Am nächsten Tag setzte sich Vroni auf den von mir am weitesten entfernten Platz. Gleich in der ersten Pause hatte sie sich eine neue beste Freundin auserkoren: Zoé Riemann, mit der sie besonders laut und fröhlich lachte, wenn ich in ihre Nähe kam. Erst mittags gelang es mir, Vroni allein abzupassen. Sie hatte sich im Schulkiosk einen Kakao gekauft, und ich musste mich an sie anschleichen, damit sie keine Gelegenheit hatte, mir auszuweichen.

»Was willst du?«, fuhr sie mich an, sobald sie mich entdeckt hatte.

»Dir alles erklären. Wie es wirklich war.« Ich trat auf sie zu und wurde sofort von »Hypnotic Poison« umhüllt, heute stärker denn je. »Und fragen, ob bei dir alles in Ordnung ist. Vroni …«

»Für dich Veronika.« Sie schüttelte die Kakaoflasche auf. »Du hast ja Nerven! Na los. Heul doch, entschuldige dich, dann schick ich dich zum Teufel und hab wieder meine Ruhe.«

»Ich hätte nicht im Traum daran gedacht, etwas mit deinem Ex anzufangen. Er war bloß ein Junge auf einem Pferd, dem ich vor die Füße gefallen bin.« Ich musste schnell, sehr schnell reden, bevor ich platzte oder sie mich davonjagte. »Mehr nicht. Zumindest nicht am Anfang. Erst später hab ich gemerkt, dass ich ihn mochte. Viel mehr, als ich es erwartet hatte. Viel mehr, als ich es zugeben konnte.«

»Und du denkst, das macht jetzt alles wieder gut?« Sie nippte an ihrem Kakao. Ihre Stimme klang ausgelaugt.

»Nein, es macht nicht alles wieder gut.« Ich stöhnte. »Wieso überhaupt CR? Bei CS wäre ich doch eher draufgekommen.«

Sie nahm noch einen Schluck. »Was, das weißt du nicht? Na, das sagt schon einiges aus. Er heißt Rubens mit dem zweiten Vornamen, weil seine Mutter voll auf den Typen abfährt.«

»Auf welchen Typen?«

»Auf den Maler, was denkst du denn? Rubens-Dings-Dalí oder so.« Sie giggelte und verschluckte sich.

»Wenn ich geahnt hätte, wer CR ist, dann wäre alles anders gekommen. Meinst du nicht auch?«

»Dass alles meine Schuld ist? Nein, meine ich nicht.«

»Das will ich doch gar nicht sagen!«

»Was dann?« Sie knallte die Flasche auf den Tresen. Sogar die Verkäuferin schreckte zusammen und murmelte etwas wie »Mädchen, Mädchen, beruhigt euch«, aber Vroni war niemand, der sich von Fremden etwas vorschreiben ließ. »Mag sein, dass er für dich nur ein Junge auf einem Pferd war, für mich war er jemand, zu dem ich mitten in der Nacht durch ein Loch im Zaun klettern konnte, wenn meine Eltern sich wieder mal anbrüllten. Jetzt habe ich niemanden mehr! Offensichtlich bin ich dazu veranlagt, Menschen zu verlieren, denen ich vertraue.«

»Und deshalb hängst du mit Zoé rum? Weil du ihr nicht vertrauen musst? Ihr nichts zu erzählen brauchst? Vroni! Du kannst nicht alles wegtrinken und weglachen. Rede darüber, wenn nicht mit mir, dann wenigstens mit deiner Mutter! Mit irgendjemandem, der dir helfen kann!«

»Noch ein guter Rat von dir? Lass stecken!« Sie schulterte ihren Rucksack.

»Nein, warte!« Ich griff nach ihrer Hand. »Ich kann doch nicht einfach zusehen, wie du dich kaputtmachst!«

»Das übernimmst du lieber selbst, was?« Sie schlug meinen Arm weg und schubste mich mit voller Wucht gegen die Kioskauslage.

»Hey, das geht jetzt zu weit!«, rief die Verkäuferin, mit einer Greifzange bewaffnet, mit der sie sich für ihre belegten Brötchen in jeden Kampf zu stürzen gewillt war. »Aufhören, sofort!«

»Sie hat angefangen.« Vroni lächelte schief. »Ich habe gehört, sie hat schon mal jemandem die Nase gebrochen.« Vertraut, fast so wie früher, beugte sie sich zu mir. »An deiner Stelle würde ich die Schule wechseln«, flüsterte sie mir ins Ohr, und nun roch ich deutlich, dass der Gang zur Schule mehr als nur Kakao von ihr gefordert hatte. »Damit du nicht zusehen musst, wie ich mich angeblich kaputtmache. Halt dich fern von mir, Bitch.«

Ich war froh, als der Schultag endete und ich endlich wegkonnte. In Ruhe unter einer Kastanie auf Marshal zu warten – wer hätte gedacht, dass es das Beste sein würde, was mir ein Tag einmal bescheren würde. Ich schlug mein Mathebuch auf. Viel bekam ich nicht mit, aber es wirkte abschreckend genug, dass sonstige Schüler einen Bogen um mich machten.

»Na, wie geht's?« Annabelles Gesellschaft hatte ich am wenigsten erwartet. Mathe war für sie ein noch größeres Gräuel als für mich. »Harten Tag gehabt?«

»Du hast ja keine Ahnung.« Oder vielleicht doch? So ziemlich jeder durfte mitbekommen haben, wie mir »Hau ab, Bitch« folgte, wohin ich auch ging. »Glaubst du das, was über mich erzählt wird? Dass ich dieses Bild gepostet habe?«

»Sollte ich?« Sie hob ihre fein gezupften Augenbrauen.

Ich wandte mich wieder dem Mathebuch zu. »Keine Ahnung. Mach, was du willst.«

Im Grunde hatte ich nicht einmal versucht, gegen das Tuscheln vorzugehen und die Gerüchte richtigzustellen. Nun bemühte ich mich darum, Annabelles Anwesenheit zu ignorieren. Leider dachte sie nicht daran wegzugehen, und dass man in einem Buch völlig versinken konnte, war nur eine Redewendung. Ich blieb, wo ich war, genauso wie sie.

»Wenn es dich beruhigt, ich glaube nicht, dass du es warst. Ist nicht dein Stil. Da kommt mir eher jemand ganz anderes in den Sinn.«

Geräuschvoll schlug ich das Buch zu. »Jetzt lass Vroni aus dem Spiel! Sie hat doch schon genug um die Ohren!«

»Vroni, soso.« Sie lachte. »Hab ich mir doch gleich gedacht.«

Ich hatte keine Chance mehr, sie von dem Gedanken abzubringen. Zum Glück kam Marshal endlich heraus. Er stürmte auf Annabelle zu, packte sie von hinten und wirbelte sie durch die Luft mit einem völlig überdrehten »Naaaaaaa?«. Kichernd strampelte sie mit den Füßen, bis er sie freiließ, sie zu sich drehte und ihr einen Kuss auf die Nasenspitze setzte. Von alldem fiel mir sogar das Mathebuch aus den Händen.

»Seid ihr zusammen oder wie?«

»Ich glaube schon, oder?« Neckisch stupste sie Marshal an.

»Und was ist mit unserem Vorhaben, zum Stall zu gehen? Seit wann läuft denn da was zwischen euch?«

»Seit dem Unfall«, gab Marshal zu.

»Seit der Grundschule!« Annabelle zwickte ihn in die Seite. »Jetzt sag nicht, dass die Spinne in meiner Federtasche kein Liebesbeweis war!«

»Okay, okay, seit der Grundschule! Aber in der letzten Zeit waren wir viel zusammen. Ännchen hat so etwas wie eine Expertenrolle in Reitfragen übernommen.«

Ännchen. Wenn sie so etwas duldete, dann musste es wahre Licbe sein. Unglaublich, dass ich nichts davon mitbekommen hatte. Aber wenn sie mit ihm unter einer Decke steckte, erklärte das zumindest, wie der Zettel damals an Vroni vorbei den Weg in meinen Rucksack finden konnte.

»Du hast doch nichts dagegen, wenn sie mitkommt, oder?«, fragte Marshal. Nein, in ihrer Gegenwart wieder einfach nur Marcel. »Sie kennt das Mädchen, das rausgemobbt wurde. Außerdem wird uns ein bisschen Fachhilfe nicht schaden, schätze ich.«

»Du reitest?« Skeptisch wanderte mein Blick ihren Körper entlang, aber sie lachte nur, als probe ich gerade für den »Quatsch Comedy Club«. Wenigstens war sie ein dankbares Publikum.

»Ja. Aber ich habe kein eigenes Pferd. Nur eine Reitbeteiligung. So überrascht?«

»Du wirkst einfach nicht so, als würde es zu deinen Hobbys gehören, dir Pferdemist aus den Haaren zu bürsten.«

Annabelle verdrehte die Augen, darauf bedacht, auch dann hübsch auszusehen. »Die Hälfte der Mädels in unserer Klasse reitet oder würde es gern versuchen. Manchmal glaube ich, du lebst hinter einem Berg.«

»Jetzt sag nicht, dass dieses herausgemobbte Mädchen in unsere Klasse geht.«

»Lena heißt sie, und nein, ich habe sie erst kennengelernt, als sie mit ihrem Pferd in unseren Stall gewechselt hat. Sie hat mir erzählt, dass Wiebke ihr das Leben schwer gemacht hat, das ist die Frau des Stallbesitzers, und wen die nicht mag, der bleibt nicht lange. Mit Lena ist sie öfter aneinandergeraten, und es wäre ein kurzes Spiel gewesen, wenn Christian sich nicht eingemischt und alles nur noch schlimmer gemacht hätte.«

»Das verstehe ich nicht.«

»Seine Eltern sponsern ziemlich viel.« Sie zuckte mit den Schultern. »Sie können ihn nicht einfach so rauswerfen, und wenn er sich für jemanden einsetzt, wird's halt kompliziert. In der Reiterszene ist nicht alles eitel Sonnenschein und in diesen Fünf-Sterne-Ställen kann es richtig übel werden. Also fingen diese Schikanen an, alles eher hinterrücks. Wiebke zog noch ein paar Leute auf ihre Seite, und spätestens als die Gesundheit des Pferdes auf dem Spiel stand, wurde es Lena zu bunt und sie ist zu uns gegangen.«

»Aha. Und nach dieser Geschichte war Christian Wiebke auch ein Dorn im Auge. Richtig?«

»Kann sein. Man hört so einiges.« Verspielt zupfte sie an ihren Haarspitzen. Meine Güte, sie müsste sich doch nicht mehr so ins Zeug legen! Ein Blick auf Marshal genügte, um zu begreifen, dass er ihr längst verfallen war. Hatte ich auch so dämlich ausgesehen, als ich mit Christian …

Ich verbot mir den Gedanken.

»Na gut. Bringen wir es hinter uns.« Ich schob mein Mathebuch in die Tüte, die ich heute mit mir herumschleppen musste – mein Rucksack lag noch bei Vroni –, und stand auf. »Mal sehen, was wir finden.«

Wiebke war nicht im Stall, wurde uns gesagt, dafür aber Maria, ihres Zeichens Wiebkes beste Freundin. Wir fanden sie am Putzplatz – die Adele-Version zu Pferd, die ich sofort erkannte.

Wir beobachteten, wie sie ihren Rappen anband und erst einmal Bürsten und Striegel sortierte, die im Putzkasten trotz seiner vielen Fächer einen unordentlichen Haufen bildeten. Ein Wunder, dass der Deckel zuging.

Ich winkte Marshal zur Seite. »An dem Tag, als ich die glorreiche Idee hatte, eine Öko-Botschaft an die Wand zu sprayen, hat sie mich angequatscht. Sie und Wiebke, nehme ich an. Die beiden wollten über Christian reden.« Ich hielt inne. Glaubte er mir? Dass ich mich einfach verrannt und nur deshalb zur Farbdose gegriffen hatte?

Was auch immer er darüber dachte, er ging nicht darauf ein. »Und was haben sie gesagt?«

»Weiß ich nicht mehr. Ich war zu beschäftigt damit, meine Spuren zu verwischen. Wenn man nur noch davonläuft, fallen einem nur selten Einzelheiten auf.«

»Okay. Rede du mit ihr. Wir schauen uns im Stall um, vielleicht hat jemand etwas gesehen.« Er gab Annabelle ein Zeichen und die beiden schlenderten davon. Man hätte glauben können, ein Pärchen wäre auf einem romantischen Ausflug und nicht Sherlock Holmes und Dr. Watson *on tour*. Hoffentlich schauten sie sich tatsächlich nach Hinweisen um und nicht nach einem geeigneten Plätzchen für eine Knutschorgie. Moment, war ich etwa neidisch? Dazu bestand überhaupt kein Grund. Was Christian und ich hatten, war mehr als eine oberflächliche Knutscherei, es war …

… vorbei.

Die ganze Sache rief in mir eindeutig zu viel hervor, was verschlossen und vergessen gehörte.

Eine Weile sah ich Maria dabei zu, wie sie ihr Pferd striegelte. Mit kreisenden Bewegungen arbeitete sie sich vom Hals zur Schulter, ab und zu klopfte sie die komische Bürste aus und machte weiter, konzentriert wie bei einer Meditation.

»Ein hübsches Pferd haben Sie da.« Ich kam näher. Ein unverfängliches Thema – gar nicht so schlecht für den Anfang, nur war das leider auch schon alles, was ich in Bezug auf ein Pferde-Gespräch anzubieten hatte.

Sie drehte sich um, lächelte flüchtig und tätschelte dem Rappen den Rücken. »Ja, Barón ist schon ein Feiner.«

»Ein … äh … Hannoveraner?« Die einzige Rasse, die ich bis jetzt kannte. Alles andere fiel dank Bio unter »Einhufer«.

»Ein PRE.«

»Ein Pre-Hannoveraner?«

»Ein Andalusier!«

»Oh. Und ich bin … Dings … Christians Freundin.«

Die letzten Worte hatte ich geflüstert. Christians Freundin. Als ginge es dabei ebenfalls um eine interessante Rasse. Das dachte die Frau wohl auch, wenn ich ihren abschätzenden Blick richtig deutete.

»Wir haben uns schon einmal getroffen, wissen Sie?«, schob ich rasch hinterher, um sie milde zu stimmen. Immerhin war sie das letzte Mal sehr gesprächig gewesen.

»Kann sein. Wie geht es ihm?«

»Er ist auf einem guten Weg, ja. Ich will nur ein paar Sachen von ihm abholen. Wissen Sie zufällig, wo die Satteldecke ist, die er am Tag seines Unfalls benutzt hat?«

Unverfänglich konnte man das nicht mehr nennen, doch die Frau zuckte mit keiner Wimper. »Woher soll ich das wissen?«

»Keine Ahnung. Ich dachte, Sie könnten mir vielleicht etwas sagen. Ihre Freundin, Wiebke, war an dem Tag doch auch noch da, oder nicht?«

»Entschuldige, aber ich muss mich um Barón kümmern.« Sie drehte sich zu ihrem Pferd, striegelte ihn, so heftig, dass er unruhig wurde und dem Werkzeug zu entkommen versuchte, was der Strick nur bedingt zuließ.

Und nun? Aus dem Augenwinkel inspizierte ich ihren Putzkasten. Aber mit all den Bürsten, Schwämmen und Döschen kannte ich mich nicht aus. Also redete ich einfach drauflos: »Benutzen Sie auch die Caps… nein, wie heißt sie noch? Das Zeug halt für die Durchblutung. Christians Salbendose ist leer.«

»Keine Ahnung, wovon du sprichst. Hab ich noch nie gebraucht.«

»Sorry.« Ich schob mir die Hände in die Taschen. Unschlüssig wippte ich auf den Fußballen, schaute immer wieder zum Putzkasten. Bei Lena sollten die Pflegemittel ausgetauscht worden sein. Ob es einen Sinn machte, die von Christian durchzugehen? Wenn seine Eltern ihm das Zeug kauften, wüssten sie vielleicht, was ihm gehörte und was nicht.

»Möchtest du noch etwas?« Marias ruppige Stimme holte mich aus den Gedanken.

»Nein, nein. Ich dachte nur, Sie wüssten vielleicht etwas über den Unfall. Womöglich ist Ihnen etwas aufgefallen?«

»Ich weiß, was geredet wird!« Sie warf die Bürste in den Kasten und fuhr zu mir herum. Dieses Mal bemerkenswert flink. So ein Adrenalinschub konnte Erstaunliches vollbringen. »Dummes Zeug nämlich! Das kannst du deiner Freundin da ruhig sagen.«

Vroni? Überrascht sah ich mich um.

Nein, nicht Vroni.

Marshal und Annabelle waren wieder da, Marshal hatte sich

eine Satteldecke unter den Arm geklemmt, und Annabelle hielt die leere Salbendose, die sie mir fragend zeigte. Ich nickte zur Bestätigung.

»Was schnüffeln die hier herum?«, setzte die Frau nach. Wenn sie sich in Rage redete, bekamen ihre Wangen rote Flecken und in den Mundwinkeln bildeten sich winzige Speichelbläschen. Marshal zog Annabelle außer Sichtweite, doch der Adele-Verschnitt rief ihnen lauthals hinterher: »Die Welt ist eben klein und lästerfreudig! Dass dieser blöde Gaul den Ausschlag bekam, war nicht Wiebkes Schuld, hört ihr? Und jetzt verschwindet!«

»Sugar Babe hatte einen Ausschlag?«

»Cassy.« Die Frau trat gegen den Putzkasten, dass es schepperte und ein paar Bürsten herausfielen. Empört warf der Rappe den Kopf hoch und schnaubte. »Jede Wette, diese Brandt hat das Futter selbst verwechselt und wollte es uns in die Schuhe schieben. Sie hat ständig so ein Zeug gemacht. Die Hinterlassenschaften ihrer Stute in der Reithalle nicht weggeräumt, und wenn doch, die Geräte liegen gelassen, wo es gerade passte. Oder sie hat vergessen, einen Sack mit Futter hinzustellen, und sich durch den halben Stall gebettelt, ob ihr einer Mineralfutter geben kann. Ich habe ihr gleich gesagt: Mit deinem Pferd stimmt was nicht, es hat einen Ausschlag. Aber Mademoiselle war ja beratungsresistent. Höher, schneller, weiter. Nur das war ihr wichtig. Dass ihre arme Stute dann bockt und sich nicht reiten lässt, ist doch kein Wunder. Ein Glück, dass nichts passiert ist. Solchen Leuten sollte man kein Tier anvertrauen, so ist es doch!«

»Christian auch nicht?«

Sie machte ein schwer einzuordnendes »Pft!«, hockte sich

hin und begann, den Kasten zu ordnen. »Christian – der war … *ist* anders.«

»Und was ist dann passiert? Ich meine, mit Sugar Babe?« Ich kniete mich zu ihr, sammelte die Sachen, die herausgefallen waren, und reichte sie ihr. »Kann es sein, dass sein Pferd auch irgendeinen Ausschlag bekommen und ihn deshalb abgeworfen hat? Kriegen Pferde nur ihr eigenes Futter oder wird generell etwas vom Stall bereitgestellt? Kann es sein, dass da was nicht okay war?«

Zu viele Fragen. Nicht nur mir schwirrte der Kopf davon.

»Wenn Sugar Babe einen Ausschlag gehabt hätte, wäre Christian niemals ausgeritten. So einer ist er nicht. Das Pferd war in Ordnung, es war die Plane, okay?« Sie machte den Deckel zu. »Und jetzt entschuldige mich.«

Annabelle und Marshal warteten draußen auf mich. Annabelle saß auf einem Holzzaun, zwischen ihren Lippen steckte ein Grashalm. Marshal hatte ihr sein Käppi übergestülpt, und so verbreitete sie lässiges Cowgirl-Flair, das sie mit einem haltlosen Kichern zunichtemachte. Marshal hielt sie fest, einen Arm um sie geschlungen. Manchmal beugte er sich so tief zu ihr, dass sich ihre Nasen berührten, und flüsterte ihr etwas zu, was sie noch mehr zum Kichern brachte.

»Hast du etwas erfahren?«, fragten die beiden unisono, als sie mich bemerkten.

Ich zuckte mit den Schultern. Dass ich doch schuld war? Mehr hatte das Gespräch nicht zutage gefördert. Aber ich klammerte mich dennoch an meine Theorie. »Nehmen wir an, dass Schuggi genauso wie Lenas Pferd auf etwas reagiert hat. Vielleicht konnte sie deswegen nicht geritten werden? Andererseits ist diese Maria davon überzeugt, dass Christian das gemerkt hätte.«

»Stimmt schon.« Marshal lachte. Mit einem Arm stützte er sich am Zaun ab. »Als Sugar Babe sich Nasenrotz oder so eingefangen hatte, wollte er bei ihr im Stall übernachten.«

»So lustig ist der Rotz nicht.« Annabelle schnippte ihm spielerisch gegen die Nasenspitze und legte die Arme um seinen Hals. »Kann echt gefährlich werden. Aber das klingt wirklich nicht nach Christian, ein angeschlagenes Pferd rauszujagen.«

»Ich weiß.« Also doch nur die Plane? Ich setzte mich zu Annabelle auf den Zaun, um nicht gänzlich außen vor zu sein. »Vroni hat sich auch immer aufgeregt, dass ihm seine Schuggi wichtiger als alles andere war. Und was machen wir jetzt?«

Marshal tauschte mit Annabelle einen raschen Blick. Die Art von Blick, die mir noch weniger gefiel als ihr Herumgemache.

»Hey, führt ihr etwas im Schilde?«, protestierte ich.

»Ruhig, Brauner.« Grazil rutschte Annabelle auf den Boden und betrachtete die Dose in ihren Händen. »Mhhh, wo genau warst du an dem Tag noch mal?«

»Na, draußen!«

»Was im Stall vorging, hast du also nicht gesehen.«

»Ich habe auf gar nichts geachtet, sondern Vroni gesucht.«

»Vroni also.«

Wie sie ihren Namen betonte … »Nun lass sie doch endlich zufrieden! Sie musste sich mit Christian aussprechen, das ist alles! Du würdest das verstehen, wenn du wüsstest, was bei ihr gerade los ist!«

»Schon gut, schon gut.« Sie warf die Dose Marshal zu, der sie geschickt auffing. Die beiden gaben wirklich ein tolles Paar ab, auch darin, einander die Bälle zuzuspielen.

»Du brauchst nicht gleich auf die Barrikaden zu gehen«, stimmte Marshal mit ein. »Sie war da, um mit Christian zu reden, aber hat sie etwas Verdächtiges gesehen?«

Nachdenklich wickelte Annabelle eine ihrer Haarsträhnen um den Finger. »Wie blöd, dass sie erst nach der ganzen Sache auf diesen Dachboden geklettert ist, oder? Sie war direkt über den Boxen, sie hätte etwas mitbekommen können!«

»Soweit ich weiß, hat sie zuerst auf dem Dachboden gewartet, und als Christian nicht gekommen ist, hat sie sich betrunken und ist wütend aus dem Stall gestürmt.« Ich seufzte. »Wobei – was genau da nun stimmt, bin ich mir nicht mehr sicher.«

»Dann könnte sie also doch was gesehen haben!«, riefen Annabelle und Marshal einstimmig. Wie lange mussten sie dafür üben? Den Kniff beherrschten sie perfekt.

»Auch wenn sie etwas gesehen hat, wird sie mir nichts sagen. Im Moment ist sie nicht gut auf mich zu sprechen.«

»Das gibt's doch nicht!« Mit einer Hand schlug Marshal gegen den Zaun. Ich musste mich festhalten, um oben zu bleiben. Wenn er zornig war, bogen sich die Balken.

Annabelle zupfte beruhigend an seinem Ärmel. Anscheinend war sie eine der wenigen, die diesen menschlichen Chinaböller in die Hand nehmen und ihn löschen konnten. »Vielleicht kann ich auf der Party etwas aus ihr herausbekommen.«

»Stimmt auch wieder«, brummte er gutmütig, und schon klebten die beiden wieder aneinander.

»Was für eine Party?«, unterbrach ich die romantische Idylle, viel zu schnippisch, wie es mir auffiel, und spätestens da wurde mir klar: Ich *war* neidisch. Und verzweifelt.

»Na, für Christian, weißt du noch?« Annabelle lächelte, aber es galt nicht mir. »Dieses Wochenende. Vroni mag Partys. Sie ist dann ganz locker drauf. Wenn wir ins Quatschen kommen, sagt sie uns vielleicht etwas.«

»Wenn sie ganz locker drauf ist, bedeutet das meistens nichts Gutes!«

»Entspann dich.« Sie lehnte ihren Kopf an Marshals Brust. »Wir werden nur mit ihr reden, mehr nicht.«

»Na dann.« Entspannen … Wenn es um Vroni und Partys ging, war das eine Sache der Unmöglichkeit. »Aber ihr passt auf sie auf, oder?«

»Klar.«

Mein Spaziergang im Bademantel war nicht spurlos an mir vorübergegangen. Husten und leichtes Fieber setzten ein, weswegen Mum mich zu Hause ließ, wo ich in Ruhe über alles nachdenken konnte. Das Einzige, was ich ertragen musste, waren ihre medizinischen Fertigkeiten, die sie an mir zelebrierte. Vom hausgemachten Rettichsirup über Kartoffelwickel bis zu einer showreifen Jonglage mit Globuli-Kügelchen – ich ließ alles über mich ergehen, bis sie endlich zu ihrer Schicht flitzen musste und ich mich so weit gesammelt hatte, um noch einmal zum Reitstall aufzubrechen. Mit etwas Glück würde ich dort auf Reschke treffen und könnte ihn über die Vorfälle mit dem falschen Futter ausquetschen.

Das große Aufgebot an parkenden Autos mit Aufklebern wie »Jörn-Marius« oder »Rosalind-Esmeralda an Bord« warnte von Weitem, dass das Betreten des Geländes nur auf eigene Gefahr erfolgte. Die Luftballons am Tor setzten dem Ganzen das Krönchen auf: Kindergeburtstag-Alarm! Wofür man zwei Reitlehrer und unzählige Helfer benötigte, um die zwischen den aufgestellten Heuballen tobende Kinderhorde im Zaum zu halten. Ich entdeckte Caspar Reschke mitten im Gewusel. Eine Horde Kids belagerte ihn und sein Pony, und wie es aussah, würde er nicht allzu schnell Zeit für mich entbehren können. Außer ich stellte mich in der Reihe auf wie die schreienden Knirpse, denen er gerade etwas über »Poco Poco« zu erzählen versuchte. Aber in der Sonne ging es mir schon bald deutlich schlechter, ich ließ den Trubel hinter mir und begab mich in den Stall zu Sugar Babes Box. Sie begrüßte mich mit einem wachen Blick und neugierig aufgestellten Ohren. Das Stroh auf dem Boden schien frisch eingestreut zu sein, das Tageslicht, das durch die großzügige Fensterfläche hereinfiel, zeichnete alles weich und heimelig.

»Hey, du«, raunte ich heiser, das besondere »Hey, du«, das einmal Christian und mir gehört hatte und jetzt einfach nur einsam klang.

Mit ihren gutmütig-braunen Augen sah die Stute mich an. Dann streckte sie mir ihren Kopf entgegen und prustete in meine Handfläche. Es kitzelte.

»Selten eine schönere Begrüßung gehabt. Was dagegen, wenn ich ein Weilchen bei dir bleibe?«

Das Pferd machte nicht den Eindruck, gegen den Vorschlag protestieren zu wollen, also setzte ich mich vor der Box auf den Stallboden und zog die Beine an. Draußen verausgabten sich die Party-Kids, hier drin kam mir das Getümmel weit entfernt vor. Ich fühlte mich getröstet und geborgen. Kein Wunder, dass Christian nach den Streitereien mit Vroni hier Zuflucht suchte.

»Vermisst du ihn auch so sehr?«

Nach einem kleinen Zögern schien die Stute zu nicken. Ja, wir verstanden uns.

Es war still um uns geworden. Nur ab und zu hörte man ein Schnauben oder ein Scharren mit den Hufen in der Einstreu. Ich hatte gar nicht gemerkt, wie die Kinder gegangen waren, vielleicht war ich gar eingenickt, von dem dumpfen Gefühl in meinem Kopf eingelullt. Hoffentlich hatte Reschke es den Kids nicht gleichgetan und ich würde ihn noch für meine Fragerunde erwischen.

»'tschuldige, muss los!«, warf ich der dösenden Sugar Babe zu und sprang auf die Beine. Trotz der ruckartigen Bewegung nahm Schuggi meinen überstürzten Aufbruch gelassen hin. Ich drehte mich um – und prallte gegen Reschke, der einen Eimer fallen ließ und selbst beinahe hinterhergepoltert wäre.

»Du schon wieder!«

Langsam entwickelte es sich zu meinem Hobby, Menschen anzurempeln. Vielleicht sollte ich es lieber mit Häkeln versuchen. In der letzten Zeit hatte ich diese »Oh nein, die schon wieder!«-Gesichtsentgleisungen zu oft gesehen. Reschke machte eine Miene wie ein schrumpeliger Apfel.

»Sorry.« Überall lagen grüne Pellets verstreut. Ich stellte den Eimer auf und begann, die Dinger aufzusammeln. Was mir nur schwer gelang, da meine Finger mir nicht gehorchten, danebengriffen und jede Bewegung sich plump anfühlte. »Die Guten ins Töpfchen, die Schlechten ins Kröpfchen, richtig?«, witzelte ich und musste husten bis zur Erschöpfung.

»Oh Mann, du kannst einen ja echt fertigmachen. Geht es dir gut?«

Ich nickte nur.

»Na dann.« Gelassen holte er einen Besen und fegte die Pellets zusammen. Ich musste nur zusehen.

»Futterzeit?«

»Ja.«

»Ich habe von Cassy gehört, die wegen eines falschen Futters einen Ausschlag bekommen haben soll.«

Sein schrumpeliges Apfelgesicht zog sich noch mehr zusammen, der Mund machte dicht wie eine zugeschnappte Auster. Wohl ein Typ Mann, der sich aus dem Zoff heraushielt und anscheinend leise Anstalten machte, das Weite zu suchen.

»Nur eine Frage«, setzte ich nach, wobei meine kratzende, auch so schon kaum verständliche Stimme zu kippen drohte, »kann es sein, dass Schuggi etwas Ähnliches hatte und an dem Tag von Christians Unfall deshalb schlecht drauf war?«

Vor einer Box blieb er stehen. »Ich habe die Stute eine Stunde vor dem Unfall gesehen. Ihr hat nichts gefehlt.«

»Also doch die Plane? Trotz des ganzen Gelassenheitstrainings?«

»Sicher ist man nie.«

Das war's also. Ich hatte gehofft, ich hatte wirklich geglaubt, dass meine Plane nur ein ärgerlicher Störfaktor gewesen war. Doch langsam musste auch ich die Wahrheit akzeptieren. Wie hatte Vroni es ausgedrückt? Ohne jegliche Schokoglasur: Ich war es.

»Allerdings hat das Pferd gereizte Haut auf dem Rücken gehabt, als es zurückkam. Nichts Schlimmes, vielleicht hätten wir es nicht einmal gemerkt, wenn der Arzt es wegen der Wunde nicht gründlich untersucht hätte.«

»Das bedeutet …?« Schon wieder musste ich husten. Er wartete geduldig, bis mein Anfall vorüber war.

»Vielleicht war etwas in der Decke, was unter dem Sattel gescheuert hat. Kann passieren. Ist schon längst wieder weg.«

Mit schwungvollen Schritten schlenderte er davon, während der Eimer in seiner Hand quietschte. Sugar Babe sah den Pellets interessiert hinterher, aber sie waren wohl nicht für sie bestimmt. Als Reschke aus dem Sichtfeld verschwand, trafen sich unsere Blicke wieder.

»Was war nur mit dir los?«

Das Pferd blickte mich stumm an, dann wandte es den Kopf ab.

»Du bist ein bisschen wie ich«, seufzte ich. »Kennst die Wahrheit, sagst sie nur keinem.«

Aber so treu, so sanftmütig, wie sie zu mir schaute, konnte man ihr nichts Böses unterstellen.

»Ich weiß«, flüsterte ich ihr zu. »Ich weiß.«

Es ist nicht deine Schuld – das darfst du einfach nicht denken. Und ich konnte langsam auch keinen klaren Gedanken mehr fassen.

Als Mum nach Hause kam, beschloss sie, nicht weiter auf den Rettich zu setzen, sondern mich gleich mit dem Hustensaft auszuknocken. Trotz ihrer strikten Verordnung absoluter Bettruhe schaffte ich es, einen Telefonhörer und meinen Laptop an ihr vorbeizuschmuggeln. Während sie im Wohnzimmer nach weiteren Wundermitteln gegen meine Erkältung suchte, schlug ich mich mit den Stichwörtern »Pferd«, »Rücken« und »wund« herum, und als mir im Kopf so schummerig wurde, dass ich nicht einmal »Schabracke« fehlerfrei tippen konnte, wählte ich Marshals Nummer.

Er war nicht da.

Dafür versprach mir seine Mutter, ihm sobald wie möglich auszurichten, dass ich angerufen hatte. Im Hintergrund hörte ich etwas brutzeln, und Wirbelwind-Kathi hatte anscheinend mitbekommen, wer angerufen hatte.

Vor Begeisterung quietschend verkündete sie, welche Blöd-Schimpf-Doof-Wörter sie inzwischen noch kannte. Ihre Mutter kam fast nicht mehr hinterher, sich für jedes davon zu entschuldigen.

Marshal rief gegen zehn Uhr abends zurück. Seine Stimme klang aufgekratzt und gleichzeitig müde, er redete schnell, weil irgendwer von ihm wissen wollte, wohin jetzt mit dem ganzen Bier. »Hab nicht viel Zeit. Was ist denn?«

»Ich habe mit Christians Reitlehrer gesprochen«, krächzte ich. Meine Stimmbänder hatten schon längst Feierabend gemacht. »Hast du mit Christian geredet?«

»Keine Chance.«

»Dann schnapp dir Annabelle und untersuch mit ihr die Decke. Reschke meinte, die Haut auf Schuggis Rücken sah gereizt aus. Vielleicht war etwas in der Decke, was an der Stelle gescheuert hat. Oder der Sattel saß nicht richtig.«

»Du meinst, es war *seine* Schuld?«

»Nein, natürlich nicht! Ich meine doch nur, dass es erklären könnte, warum das Pferd so komisch drauf war und er unbedingt die Decke prüfen wollte, denkst du nicht auch?«

»Ist das dein Ernst?« Das Aufgekratzte in seiner Stimme schlug aus, nicht einmal das Bierproblem war noch wichtig. Er brüllte direkt in meinen Kopf: »Ihm vorwerfen, er hätte den Sturz selbst verursacht, weil er mit einem Mal unfähig war, sein Pferd richtig zu satteln? Das willst du?«

»Jetzt beruhig dich mal! Denk nach: Er hatte sich gerade mit Vroni gestritten. Vielleicht war er nicht ganz bei der Sache.« Die Worte kamen mir so bekannt vor. »Genau! Reschke hat es doch auch erwähnt. Als ich Schuggi im Stall besucht habe! Er meinte, er hätte Christian davon abhalten sollen auszureiten. Christian war mit den Gedanken woanders! Das erklärt doch so einiges!«

»Geht's noch? Das klingt ja echt toll: selber schuld, dass du dir den Rücken gebrochen hast.«

»Aber was ist …«

Aufgelegt.

… wenn es die Wahrheit ist? Ich drückte das Telefon gegen meine Stirn. War ja super gelaufen, ganz im Stil des Mädchens, das mit einer blöden Plane auf Bäume kletterte. Mit dem Hörer im Griff ließ ich mich zurück ins Bett fallen.

Ich verschlief den nächsten Tag und wachte nur auf, weil es nervtötend klingelte. Schwammig erinnerte ich mich daran, wie Mum gefragt hatte, ob es mir gut genug ginge, damit sie zur Arbeit konnte. Bestimmt bloß ein Kontrollanruf von ihr. Es klingelte und klingelte, ich schaffte es nicht einmal, die richtige Taste zu finden, und drückte blindlings herum. Endlich.

»Sabrina?«

»Wer ist da?« Die Stimme kam mir bekannt vor, aber mein zermürbter Verstand weigerte sich, bei diesem Quiz mitzumachen.

»Annabelle.«

»Belle …« Meine Zunge verknotete sich endgültig. Eine Notiz an mich selbst: Verständliche Laute von mir zu geben, zählte im Moment nicht zu meinen Stärken. Wie spät war es eigentlich?

»Sabrina? Es geht um Vroni.« Im Hintergrund: Musik, lautes Gegröle. »Es ist … Ich weiß gar nicht, wie ich das sagen soll …«

»Ich auch nicht.« Mein Kopf … Ich tastete nach dem Tee, der irgendwo neben meinem Bett stand. Ein Schluck genügte. E-kel-haft. Vielleicht schon von vorgestern, ich war mir nicht einmal mehr sicher, wie lange ich schon in diesem Bett lag.

»Sie wollte nicht mit mir reden, faselte etwas von einem Blackout – ich kam einfach nicht zu ihr durch!« Tapfer kämpfte Annabelles Stimme gegen den Geräuschpegel an. »Jedenfalls … Marcel will sie abfüllen.«

»Was?« Ich nahm noch einen Schluck Tee. E-kel-haft. Hatte ich wohl vergessen.

»Er hat ihr Wodka ins Bier gemischt, meinte, er müsse sie nur ein bisschen lockerer machen. Ihr helfen, alles zu erzählen. Ich habe ihm gesagt, dass das zu weit geht. Aber er hört nicht auf mich!«

»So 'n …schloch!«

»Ja. Nein, darum geht es nicht!« Schluchzte sie gerade? »Er hat mich so schrecklich angeschrien, Rinnie, das hat er noch nie gemacht! ›Willst du ihm auch sagen, dass es seine Schuld war? Tu dir keinen Zwang an.‹« In ihrer Marshal-Interpretation war sie nicht sonderlich überzeugend. Zumindest nicht, wenn sie dabei so flennte.

»Euer erster Streit. Juhu!«

Stille. Vielleicht hatte sie aufgelegt. Oder ich träumte mir wirres Zeug zusammen. Dass Annabelle mich anrief, dass Marshal dabei war, Vroni betrunken zu machen … Alles in allem genug für einen Albtraum.

»Es geht nicht um mich oder um ihn. Es geht um Vroni. Sie hat schon was intus. Und wenn Marcel nachlegt … Ich mache mir Sorgen, ich will nicht, dass ihr etwas passiert. Sie braucht Hilfe, Sabrina. Hilfe. Ich mein's ernst. Hörst du?«

»Hab's verstanden. Bin gleich da.«

Ich spülte eine Paracetamol-Tablette mit Hustensaft runter und schlüpfte in meine Klamotten. Mir war heiß, als ich durch die Nacht hetzte und die Luft mir bei jedem Atemzug in die Lunge schnitt.

Für seine Party war Marcel in eine verlassene Scheune eingebrochen, die einem Bauern am Stadtrand gehörte. Die Techno-Musik knallte weit über die einsamen Felder hinaus, ein paar Gestalten mit Bierflaschen in den Händen zuckten draußen im Takt der Musik. Ich wagte ein paar Schritte ins Innere des Schuppens, wurde sofort angerempelt und beiseitegedrängt.

Die Luft war erfüllt vom Geruch schwitzender Menschen, zu alldem mischte sich eine noch weniger appetitliche Note, die ich nicht näher definieren wollte. Jemand drückte mir einen Plastikbecher in die Hand, gleich darauf wurde ich zur anderen Seite gestoßen und spürte das Gebräu lauwarm in meinen Ausschnitt fließen. Mit zwei Fingern versuchte ich, das nasse Shirt weg von der Haut zu halten und mich durch die grölende Menge der Feierwütigen zu kämpfen.

»Vroni? Hat jemand Vroni gesehen? Veronika Mayr? Weiß einer, wo Marshal steckt?«

Ein Kerl deutete nach oben.

»Was?«, brüllte ich durch das Dröhnen der Beats zu ihm, doch er zappelte bereits weiter im Rhythmus der Musik. Ich sah mich um.

Etwas abseits führte eine Leiter nach oben, also zwängte ich mich zwischen den verschwitzten Leibern hindurch und griff nach den Sprossen wie ein Schiffbrüchiger nach Treibgut. Nach einer kleinen Verschnaufpause kletterte ich hoch. Die Musik durchdrang jede Diele und schien direkt in meinem Schädel zu pulsieren, vor meinen Augen drehten sich die Wände und Menschen: Marshal, mit einer Satteldecke im Arm, Vroni, die sich wie ein trotziges Kind die Ohren zuhielt, ein paar Schaulustige – ich lehnte mich gegen einen Stützbalken, dann glitt ich zu Boden. Ich musste mich ausruhen. Dann würde ich Vroni von hier wegbringen. Irgendwie. Allzu weit reichte mein Plan leider nicht.

Ich hielt die Augen geschlossen, dann spürte ich, wie jemand an meiner Schulter rüttelte. Vor mir kniete Annabelle, sie hatte ihre Hände um meine Wangen gelegt und hielt meinen Kopf hoch. »Was ist denn mit dir los? Du siehst echt nicht gut aus. Hier, trink was.«

Reflexartig wich ich zurück – das Gebräu in meinem Ausschnitt war mir noch zu gut in Erinnerung.

»Das ist nur Wasser, wird dir guttun.« Sie führte einen Becher an meine Lippen.

»Danke.« Ich spülte meinen Mund aus. Keine Ahnung, warum ich in Annabelle bloß ein Modepüppchen gesehen hatte. Sie war jemand, der sich wirklich Sorgen machte, und ihr war es egal, wie dabei ihre Frisur saß.

»Besser?«

Ich nickte.

»Dann tu was!«

»Was denn?«

»Egal, was.« Sie deutete zu Vroni, die wie gerupft dastand, mit verschmiertem Make-up und Klamotten, die aussahen, als hätten sie zusammen mit ihr bereits mehrere Nächte durchgeravt.

»Wie viel hat sie schon getrunken?«

»Ich fürchte, genug. Als sie das letzte Mal so dicht war, mussten wir sie von einer Autobahnbrücke pflücken, wo sie die rasenden Glühwürmchen unter ihr beobachten wollte. Weißt du noch?«

Ich wusste.

»SAG ENDLICH, WAS DU UND DEINE VERFLUCHTE FREUNDIN DORT WIRKLICH ANGESTELLT HABT!« Gegen Marshal kam nicht einmal der pulsierende Beat an und mein Kopf war bereit zu explodieren. Ich tunkte meine Finger ins Wasser und wischte mir über die Stirn.

»Er hat in der Decke einen abgebrochenen Fingernagel gefunden«, brachte mich Annabelle auf den neuesten Stand. »Im Fliegenpilz-Style. Er sagt, er hätte bei dir im Zimmer auch welche gesehen. Ist das wahr?«

Mein Herz hämmerte im Takt der Musik. Ich hatte zwei Packungen French Nails gekauft, für sie und mich als Partnerlook, weil ich wusste, dass es ihr gefallen und von ihren Problemen zu Hause ablenken würde. Doch meine Maniküre auf Vordermann zu bringen, hatte ich nie geschafft.

»Vroni!«

Ihr verlorener Blick streifte mich. Panisch, rasend – ich fühlte sie, diese Enge, die sie immer fester umschloss, je länger sie mich anschaute. Ich packte den Balken, zog mich hoch. »Vroni …«

»Du wills' die Wah-wahrheit hörn?«, rief sie, laut und aus letzter Kraft, und es war, als galten ihre Worte mir allein. »Gerne doch! Die Wahrheit is' …«

Sie gluckste – oder würgte, in ihrem Zustand fast dasselbe. Die Enge, die Panik … als stünde ich in einem Krankenhauszimmer und würde in Christians bestürztes Gesicht blicken.

Nur dass Vroni in meins schaute. »Einer musste ihn doch von seim hohen Ross holen. Ihm bisschen Feuer unterm Arsch machen. Pfeffer in den Hintern blasen. Oder nich?«

»Hör auf, Vroni!«

Doch sie hörte mich nicht. Taumelte. Lachte noch lauter. Ein gezwungenes, dreckiges Lachen, das uns allen zeigen sollte, wie egal ihr alles war. »Er hat ss-sich nur für sich interssiert. Der K-kackfrosch. Der blöde Gaul war ihm wichtiger als alles andere! Er sagte, er sei's leid. Zu reden. Mit mir zu reden. Leid!« Das letzte Wort schien sie herausspucken zu wollen. Dann sackten ihre Schultern nach vorne. Ich stolperte auf sie zu, packte sie an den Armen, doch sie stieß mich beiseite.

»Lass mich in Ruhe! Ihr alle! Ihr habt ja keine A-ahnung, ihr wisst nicht das Geringste! Was glotzt ihr so? Lasst mich zufrieden, hab ich ge-gesagt!« Sie fuchtelte mit den Händen, um jeden auf Abstand zu halten, dann fuhr sie herum und lief schwankend davon. Einen Augenblick später tauchte sie in der Dachbodenluke unter, dann hörte ich ein Poltern.

Keiner von uns rührte sich. Nur die Musik bebte lebendig und rasend um uns herum.

Überrumpelt blickte Marshal zu Annabelle. »Ich dachte … ich … ich habe ihn in der Decke gefunden. Was hat sie damit gemacht, was hat sie nur damit gemacht?«

Die leere Dose. Meine Finger, die brannten. Vielleicht hatte ich es laut gesagt.

»Capsaicin«, flüsterte Annabelle, so dicht an meinem Ohr, dass ich ihren Atem spürte. »Für bessere Durchblutung.«

Ich bekam kaum Luft. Alles drehte sich, immer schneller. »Wir müssen sie finden! Bevor sie etwas wirklich, wirklich Schlimmes anstellt.«

»Ich … Meinst du echt? Das konnte ich doch nicht … ich wollte das nicht … ehrlich nicht …« Marshal. Noch immer mit der Decke in den Armen.

Annabelle drückte meine Hand. »Ich trommele alle zusammen, die uns helfen können, sie zu suchen. Vielleicht will sie zum Stall. Oder zu Christian ins Krankenhaus. Oder nach Hause. In der Bahnhofstraße ist die nächste Tankstelle, vielleicht versucht sie da, sich Alkohol zu besorgen. Fällt dir noch etwas ein?«

»Der Dorfteich.«

Wenn gar nichts mehr ging. Wenn man am Ende war. Ich hatte meine Post-it-Zettel. Sie alle ihre Entchen, die im schwarzen Wasser mit ihr herumschwammen.

In meinem Kopf rauschte alles, ich sah kaum noch etwas um mich herum, nur die Dunkelheit, in der ab und zu Scheinwerfer der vorbeifahrenden Autos aufblitzten.

»Vroni!«, brüllte ich in die ruhende Stadt, um mein hämmerndes Herz zu übertönen. »Vroni!«

Da! Endlich. Ich stürmte auf das Geländer des Dorfteichs zu, hielt mich fest. »Vroni!«

»Al-le mei-ne Ent! Chen!«, wehte die nächtliche Brise den Gesang zu mir herüber. Der blonde Schopf sah aus wie eine Boje, die verloren herumtrieb. Vronis Bewegungen wirkten hektisch, wollte sie zu mir oder weg?

»Vroni! Hörst du mich?«

»Schwim-men aufm See, schwim-men aufm See …«

»Es! Ist! Arsch! Kalt! Komm raus da!«

»Schwim-men … alle mei-ne Entchen …«

»Bitte! Komm endlich raus!«

»Köpfchen in das … Was-ser …«

Sie tauchte unter. Ein letztes Plätschern drang zu mir, bevor sie im Schwarz des Teiches verschwand. Stille. Und nichts als das dunkle Wasser, das regungslos vor mir lag.

»Scheiße, Vroni! Ich hab doch bloß Seepferdchen.« Ich

sprang in den Teich. Meine Klamotten saugten sich augenblicklich voll, umschlangen mich wie Seetang, zogen mich hinunter. Ich schlug mit den Armen und Beinen gegen die Wasseroberfläche, strampelte, röchelte. Vroni! Halte durch!

Da war sie wieder. Direkt vor mir. Bloß ein, zwei Meter Unendlichkeit.

»Köpf-chen in das Wasser, Schwänz-chen in die Hööööh …«

Ich würde es schaffen. Bestimmt. Ich musste es schaffen.

»Vroniiiee …« Jeder Atemzug zerriss mir die Brust. Ich kämpfte um jeden Laut. Um jeden Zentimeter über dem Wasser. Um jeden Schluck Luft.

»Al-le mei-ne Ent! Chen! Schwim-men auf dem Seeeeee …«

Ich packte sie. Wir würden es schaffen, ja, wir würden es schaffen. Vroni, hörst du mich? Wir werden nicht in diesem Tümpel ertrinken!

Sie legte einen Arm um mich, stützte mich und spuckte mir verspielt einen Wasserstrahl ins Gesicht. »Ach, Rinnchen-Mumpfel. Was machssu nur für Sa-sachen.« Ihr betrunkenes Kichern drang an mein Ohr, beinahe kicherte ich mit ihr – weil alles so irre war.

Weiter, weiter. Der Schlamm unter meinen Füßen. Irgendwo darin versank mein Schuh. Ich strampelte noch heftiger, streckte meine Hand nach dem Ufer aus. Ein Grasbüschel in meiner Faust … geschafft. Fast geschafft. Vroni zog mich heraus, ich wälzte mich auf den Rücken und schnaufte um mein Leben. »Geht's noch?«

»Was-s denn?« Sie legte sich zu mir, kuschelte sich an meine Seite und blickte dem Himmel entgegen. Sie hatte nackt gebadet. Wenigstens zitterte sie genauso sehr wie ich. »Vollmond.« Ihr Finger zeigte in die Schwärze über uns.

»Andere schlafen unruhig. Im schlimmsten Fall verwandeln sie sich in Werwölfe. Aber sie baden nicht in einem verdammten Teich!«

»Du bist so 'ne Spießerin, Rinnchen.«

»Hallo?« Ich drehte mich auf die Seite, um sie anzuschauen. Nein: anzuschreien. Erst jetzt erfasste ich mit all meinen Sinnen, wie viel Schiss ich wirklich hatte, sie zu verlieren. »Wir haben uns Sorgen um dich gemacht! Und wie es aussieht, nicht umsonst! Marcel …«

»Er hat keine Ahnung, was? Du hast keine Ahnung. Annabelle – die hat nie Ahnung.«

»Niemand hat eine Ahnung. Schon kapiert.«

»Ich wollte nicht, dass ihr es …« Sie schnappte nach Luft. Verschluckte sich. »Ich wollte nicht, dass *du* erfährst, was ich … Du solltest es nicht erfahren, du … nicht!« Sie krampfte. Von der Kälte oder vom Weinen, das nicht rauskonnte. »Du nich, du nich. Ich konnt einfach nich' mehr, verstehste?«

»Deshalb wolltest du nicht darüber reden? Und als Marcel versucht hat, mich allein zu erwischen, da warst du immer da. Und die Sache mit dem Café? Warst du das auch?«

Sie nickte mehrfach. Was sich kaum vom Krampfen oder Zittern unterschied. »H-hab mir so 'ne App geladen. Um Nachrichten zu schi-schicken. Als wärnse von dir. Und dich dann abgepasst, du wolltest mit ihm reden, ich weiß es, ich hab den Zettel gesehen! Ich hab ihn aus dem Müll gefischt. Wusste ich doch, dass da was faul war, wie du dreingeguckt hast.«

»Also doch. Du hast dafür gesorgt, dass er am falschen Ort auf mich wartet. Richtig?« Als würde aus all dem Gestammel noch eine andere Erklärung hervorgehen, die mein schmerzender Kopf hätte verarbeiten können.

Sie giggelte, was auch schon alles sagte. Dann legte sie mir ihre eiskalte Hand an die Wange und drehte mein Gesicht zu sich. Ihr fiebriger Blick schien mich zu hypnotisieren. »Ich konnte doch nicht auch noch dich verlieren, wenn ich schon … Nein, du wirst es nicht verstehen.«

»Dann erklär es mir!«, flennte ich, ließ nicht zu, dass sie ihre Hand von meiner Wange nahm.

»Er ha-hat alles kaputt gmacht. Sogar das zwischen dir und mir. Siehst du es nich? Ich h-hasse ihn, Rinnchen, ich hasse ihn so sehr! Er hat a-alles zerstört. Alles. Wann bin ich ihm nur zu viel geworden? Ich, mit all meinen Problemen?«

Ihr Make-up war völlig zerflossen und hatte auf den Wangen schwarze Rinnsale hinterlassen. Nur der Lippenstift leuchtete revenge-rot, aber er war ja auch wasserfest. Ich musterte ihr Gesicht, ihr blasses, irgendwie geschundenes Gesicht.

»Was ist an dem Abend wirklich passiert? Du erinnerst dich doch daran, oder?«

»Du … du glaubst nich, wie sehr … ich mir wünsche, ich hätt wirklich ’nen Filmriss … alles wech … wie ausgelöscht. Nichts, nada, njet.«

»Erzähl es mir. Ich will es hören, von dir. Alles, was passiert ist.« Wollte ich es wirklich? Ich war mir nicht sicher. Ich war mir in nichts mehr sicher, als hätte sich mein Hirn schon längst in Grießbrei verwandelt. Aber ich musste mich zusammenreißen und für sie da sein.

»Hältst du mich fest?«, wimmerte sie.

Stumm nahm ich sie in den Arm. Dieses kleine, zitternde Bündel Mensch. Und sogar in meinem Arm, dicht an mich gedrückt, fühlte sie sich an, als hätte sie niemanden mehr auf der Welt.

Ihr Haar roch nach moderigem Teichwasser. Ihre Finger tasteten nach meinen Armen, als müsste sie sich vergewissern, dass ich wirklich da war, dass ich sie nicht losließ.

»Ich hab seine Satteldecke mit so 'ner Salbe eingerieben. Rinnie, ich wollte doch nicht …« Sie schluchzte und drückte ihr Gesicht in meine Brust, ihre Worte waren kaum noch zu verstehen: »Er sollte nur einmal im Leben auf die Nase fallen. Und. Von seinem Gaul. Runterkommen.«

Zusammen sackten wir zurück ins Gras. Unsere Körper wärmten sich gegenseitig.

»Er h-hat mich verraten. Es hat sich so angefühlt. Als hätt er mich verraten. Und das nach all dem, was wir zusammen hattn.«

»Scht. Beruhige dich. Alles wird gut, alles wird gut.« Meine Klamotten waren klatschnass, aber ich versuchte trotzdem, sie in meine Jacke zu wickeln. Es war nicht einfach. Schon gar nicht, wenn meine Glieder sich so erfroren anfühlten. Sie wehrte sich, als müsse sie sich nicht nur für jedes Wort überwinden, sondern auch jede Berührung wieder an sich heranlassen.

»Weissu, wie oft meine Mutter Migräne hatte?« Sie klammerte sich an meine Jacke. »Oder wie oft sie versucht hat, mich mit Antipasti vollzustopfen? Dann rief ich ihn an, und er sagte nur: Bin gleich da. Kaum war ich die Treppe runtergelaufen, stand er vor der Tür und holte mich zu sich nach Hause. Wo ich eine Familie hatte. *Seine* Familie.«

Ich wischte ihr über die Wangen. Es war nicht mehr das Teichwasser, es war körperwarm. Sie weinte. Ganz echt, gelöst und ohne zu giggeln.

»T-thresa kann nicht kochen, aber sie kann witzige Sachen

erzählen, da habn so Gedanken halt keine Chance. Sein Vater sagt eigentlich nicht viel. Aber er k-kann Mau-Mau, da kommste nich' an. Ich hab mir geschworen, wenigssens ein Mal gegen ihn zu gewinnen. Ich glaube, er schummelt. Aber die Chance dazu werde ich wohl nicht bekommen, oder? Ich werde dort nicht mehr willkommen sein.« Sie drehte ihr Gesicht dem Himmel entgegen. Meine Wange dicht an ihre gedrückt, fühlte ich ihre Tränen, die meine Haut kitzelten und langsam erkaltend in mein Ohr kullerten. Sie schluchzte, und ich drückte sie, als müssten wir beide uns aneinander festhalten.

»Sein Bett steht unter so 'nem angeschrägten Glasdach, Rinnie. Hastes gesehen? Wenn man die Rollläden hochmacht, kann man den Himmel sehen. In klaren Nächten kommt's einem vor, als würden die Sterne in einem endlos-zufriedenen Meer wie funkelnde Entchen hin und her treiben, hin und her. Hin. Und her. Du musst es gesehen haben. Es ist so friedlich da, verstehst du?«

Sie schob ihre Finger zwischen meine. Ich kannte es, dieses Gefühl der Geborgenheit, die verflochtenen Finger: ihre, meine, unsere. Ich hielt ihre Hand und hoffte, ich konnte ein bisschen von dem zurückgeben, was Mum mir geschenkt hatte, als nichts mehr ging.

»In diesem Bett habe ich ihn geküsst.« Ihre Hand zuckte. »Ich habe ihn geküsst, hörst du?«

»Scht.« Ich ließ sie nicht los. »Alles gut.«

»Wir … wir haben so einiges in diesem Bett angestellt, Rinnie. Er war doch alles, was ich hatte! Was sollte ich denn sonst tun?« Mit einem Mal war sie völlig klar. So ganz ohne lallen, ohne kichern und weinen. »Irgendwann bekam ich nur noch zu hören: ›Muss zu Sugar Babe. Das Pferd bewegen.‹ Schuggi hier, Schuggi da – an dem Abend, da dachte ich … wenn nur diese Schuggi nicht wäre … dann hätte ich ihn zurück! Also bin ich zum Stall gefahren und hab gesagt: entweder der Gaul oder ich. Weißt du, was er darauf geantwortet hat?«

Ich musste nicht lange überlegen, auch nicht bei meinem Grießbreikopf. »Der Gaul?«

»Nicht einmal das. Er sagte, ich soll runterkommen und nüchtern werden. Runterkommen – das würde ihm auch nicht schaden, dachte ich. Da hab ich diese Decke genommen und …« Sie wandte den Kopf ab. »Du weißt schon.«

Ich sah in den schwarzen Himmel, der sich so kalt und einsam über uns erstreckte.

»Ich glaube, ich verstehe«, sagte ich. »Wirklich. Aber du musst damit nicht allein fertigwerden. Niemand sollte mit so etwas allein fertigwerden müssen. Ich bin für dich da, Vroni, ganz egal, was kommt.«

»Liebst du ihn?«

»Das ist nicht wichtig, Vroni. Was jetzt viel wichtiger ist …«

Sie legte ihre Finger auf meinen Mund. »Ich kann dein Herz klopfen hören. Und gerade eben klopfte es ein bisschen mehr. Du liebst ihn, oder?«

Ich schluckte. »Ja. Ich glaube schon.«

Sie bettete ihren Kopf zurück auf meine Brust. »Ich auch«, murmelte sie beinahe tonlos. »Hassen tu ich ihn aber trotzdem. Rinnie? Rinnie, ich will nach Hause. Mir ist total kalt. Bringst du mich bitte nach Hause?«

Ich hielt ein Auto an. Der Fahrer war ein junger Mann, allein unterwegs. Aus den Lautsprechern verausgabte sich Bushido in schlechten Reimen – ungefähr so begannen die gruseligsten Fälle, die später eine ganze Nation erschütterten. Aber die Wahrscheinlichkeit, dass der Fahrer ein gesuchter Serienkiller war, der zwei durchgefrorene Mädchen im nächsten Wald bei lebendigem Leib verscharren würde, war nach einer raschen Zusammenfassung der bisherigen Ereignisse doch ziemlich gering. So langsam müssten dem Universum die Fiesheiten auch mal ausgehen.

Der Fahrer entpuppte sich als netter Kerl. Nach einer Viertelstunde hatte er mich und Vroni vor der mayrschen Villa abgesetzt und schenkte uns zum Abschied zwei Fisherman's Pastillen. Nach Bushido hallte nur noch ein wenig Heino durch die Gegend, bis alles verstummte und die Rücklichter in der Dunkelheit verschwunden waren.

»Danke.« Mit einem Mal ganz hektisch, drückte Vroni mich an sich. »Sag keinem, was passiert ist, okay? Bitte versprich mir, dass du keinem was davon erzählst!«

Die gute, alte Vroni war wieder zurück, die Vroni, die einem keine Zeit für Zweifel oder Sorgen ließ und einen so fest drückte, dass die Luft wegblieb. Trotzdem erwiderte ich ihre Umarmung.

»So kann ich dich nicht gehen lassen, das ist dir doch klar, oder?«

»Red keinen Stuss!« Sie schob mich ein Stück zurück.

Im warmen Auto war mein Kopf endgültig matschig geworden, aber noch war ich bei Sinnen. »Wird deine Mutter keine Fragen stellen, wenn sie dich so sieht?«

»Ach, sie hat sich bestimmt was für die Nacht eingeworfen, so schnell bekommt sie nichts mit.« Sie zerwuschelte mein Haar. »Du hast es versprochen, ja?«

»Warte mal.«

»Ach, Rinnchen.« Sie stupste mich an. Ganz die unbeschwerte Freundin, die ich kannte. Und die sie nicht sein musste. »Egal, wie viele Christians zwischen uns stehen, auf dich ist doch immer Verlass, oder? Ach ja, ich habe dein Handy im Klo versenkt. Sorry! Es waren zwölf entgangene Anrufe drauf. Und unzählige Whatsies. Mit Videos von kaputten Socken oder so.«

Sie zwinkerte mir zu und kletterte über den Zaun, kurz darauf hörte ich ihre schnellen Schritte auf dem Kiesweg und sah, wie sie im Vorbeigehen die eine oder andere Solarleuchte aus der Halterung kickte. Woher nahm sie bloß ihre Energie?

»Vroni!« Umständlich kletterte ich ihr hinterher, rutschte ab und schrammte mit meinem Arm an einem der gusseisernen Stäbe. Oben angelangt, wälzte ich mich auf die andere Seite und fiel in den Kies. »Vroni, warte! Du solltest jetzt nicht allein sein.«

Sie drehte sich um. »Ich bin doch gar nicht allein, du dumme Nuss!«

Genau. Du bist eines dieser fröhlichen Quietsche-Entchen, die sich an die Oberfläche kämpfen, um von den Wellen hin und her geworfen zu werden.

»Wenn du jetzt so gehst, dann schon. Dann bist du allein.« Schwer atmend lehnte ich mich gegen eine der Säulen, die das Vordach des mayrschen Anwesens stützten. »Ich weiß das. Ich weiß, wie allein man dabei sein kann, wenn man nur davonläuft.«

Sie betrachtete mich, fast mitleidig. Ich wollte noch etwas sagen, ich wollte noch so viel sagen – doch uns wurde geöffnet, obwohl wir gar nicht geklingelt hatten. »Veronika! Oh mein Gott, was ist nur passiert?«

»Nichts!« Vroni schob sich an ihrer Mutter vorbei und tippelte zur Treppe.

Ich blieb auf der Schwelle zurück. Matschig fühlte sich inzwischen nicht nur mein Kopf an. Ich war froh, dass ich mich am Türrahmen festhielt. »Frau … Lichtenwald? Können wir reden?«

»Meine Güte, Sabrina! Weißt du, wie spät es ist?«

»Nein. Es geht um Vroni.« Kraft für mehr Überredungskünste hatte ich nicht. Zum Glück machte sie mir Platz, schloss die Tür hinter mir und lehnte sich mit dem Rücken dagegen. Ich ließ ihr Zeit, sich zu sammeln. Sie begleitete mich in die Küche, wo sie anscheinend dabei war, ein Kartoffelgratin zuzubereiten. Nachts, gefühlt halb zwei in Deutschland. Alles wie immer. Zumindest im mayrschen Universum.

Ich ließ mich auf einen Stuhl fallen, zum Stehen fühlte ich mich zu wackelig auf den Beinen. Vronis Mutter nahm mir gegenüber Platz. Ihre unruhigen Finger glätteten die schneeweiße Tischdecke, als gäbe es da tatsächlich etwas zu glätten. »Na, worum geht es, Sabrina?«

In der Tür erschien Vroni. Ich sah sie aus dem Augenwinkel, sah, wie verraten sie sich fühlte. Du hast es versprochen!, funkte ihr Blick zu mir herüber.

»Komm.« Ich klopfte auf den freien Platz neben mir. »Ich glaube, du solltest mit deiner Mutter reden.«

»Ach, du meinst, ich habe es nicht versucht?«, gab sie schnippisch zurück und wandte sich zum Gehen.

»Ich bleibe da«, flüsterte ich ihr zu und hoffte, sie würde mich hören. »Wenn du willst, bleibe ich da, solange du mich brauchst. Aber *rede* mit ihr. Bitte!«

Wir sprachen von Tetrapak-Wein, von CR, dem Spackentoast, und von den Küssen unter dem angeschrägten Glasdach. Wir sprachen von Quietsche-Entchen, von Vronis Vater und von Migränen, gegen die kein Kartoffelgratin half. Wir sprachen von Schuggi, von meiner Plane, von Marcel und von der Party. Eigentlich redete Vroni, denn ich hatte schon nach den ersten Sätzen den Faden verloren. Es war alles so durcheinander in meinem Kopf. Bestimmt brauchte ich nur noch eine Paracetamol, dann würde es schon gehen. Vronis Mutter schien auch einiges zu brauchen, vermutlich etwas Stärkeres als Paracetamol. Ich sah nur ihre Augen, ihre riesengroßen, erschrockenen Rehaugen, die uns anstarrten.

»Veronika ist … in den Teich gesprungen?«

Ich schluckte. Der bittere Belag auf meiner Zunge schmeckte nur noch nach Medizin. Und ein bisschen nach Modder. »In den Teich. Ja.« Ich kratzte noch ein paar Gedanken zusammen. »Um mit den Entchen …«

zu …

schw…

»Ich glaube mir ist ein bisschen …«

Schwin…

Lückenhaft erinnerte ich mich daran, wie ich im lichtenwaldmayrschen Auto mit der bis zum Anschlag aufgedrehten Heizung nach Hause gefahren wurde. Ich hockte allein auf dem Rücksitz und zitterte, Vronis Mutter sagte kein Wort. Oder es war in meinem Delirium an mir vorbeigerauscht. Gleich im Flur zog Mum mir die nassen Klamotten aus, stülpte mir meinen Pyjama über und verfrachtete mich ins Bett. Ich hörte, wie sie in der Küche einen Wasserkocher aufsetzte und mir mindestens eine Zisterne Tee kochte. Wir hatten allerlei wunderbare Sorten zur Auswahl: »Heißer Hugo«, »Himmelszauber«, »Süßer Teufel«, aber wenn mich meine Geschmackssinne nicht täuschten, hatte sie sich für die Kreation »Alte Sportsocken« entschieden.

Am nächsten Tag ging es zum Arzt, der bei mir eine akute Bronchitis (oder etwas Ähnliches, jedenfalls was mit Husten) diagnostizierte und mir zusammen mit Mum strikte Bettruhe verschrieb. Zwei Wochen verbrachte ich mit dem Gefühl, überfahren und ausgekocht worden zu sein.

Von Vroni hörte ich nichts. Dafür hatte Mum einige Male mit Frau Lichtenwald telefoniert und so erfuhr ich von einem vereinbarten Termin bei der Familienberatung. Frau Dr. Bach hieß die noch ein bisschen vage Hoffnung. Immerhin durfte Vroni ihren mayrschen Nachnamen behalten, ganz ohne Versuch, bei ihr doch noch »Lichtenwald« durchzusetzen, und das war auch ein Grund zur Freude.

Als ich einigermaßen auf die Beine kam, fuhr ich ins Krankenhaus. Ich musste ihn sehen, mit ihm reden, wenigstens ein letztes Mal, bevor er mir endgültig ein »Ich hasse dich« ins Gesicht schleudern würde. Ob er von Vroni wusste oder nicht – ich war diejenige, die ihn die ganze Zeit belogen und ihn letztendlich zurückgelassen hatte. Also musste ich mich ihm stellen. Jetzt.

Die Flure des Krankenhauses fühlten sich beinahe schon heimisch an. Die Dame vom Empfangstresen blickte mitten in ihrem Telefonat auf und lächelte mir zu. In einem vorbeieilenden Mann erkannte ich den Praktikanten, der mir kurz mit »Principles of Clinical Surgery« zuwinkte, bevor das Quietschen seiner Clogs ihn weitergetragen hatte.

Zimmer 7F.18.

Ich klopfte an und spähte durch den Spalt. Durch das gekippte Fenster strömte frische Luft. Es roch nichtssagend krankenhaustypisch. Neben dem geleerten und sperrangelweit geöffneten Schrank entdeckte ich das frisch bezogene, mit einer dünnen Folie behängte Bett. Ich stolperte zurück. Unfähig, etwas zu denken, mich zu bewegen, zu fragen … Keine Ahnung, wie lange ich da gestanden und ins leere Zimmer gestarrt hatte. Ewigkeiten ließen sich so schlecht in Zeitangaben pressen.

»Wusstest du es nicht?« Neben mir tauchte die Pflegerin auf, die uns damals zum Ententeich begleitet hatte.

Ich hielt sie am Zipfel ihres Kittels zurück, bevor sie davonlaufen konnte. »Was? Was ist mit ihm passiert?« Es war, als würden die Worte mir den Boden unter den Füßen wegreißen. Um mich herum war kein bisschen Luft und alles wie in Watte gepackt, unecht und weit, weit weg.

»Entspann dich.« Sie lachte. »Mit ihm ist alles in Ordnung. Er wurde entlassen.«

»Er ist zu Hause?«

»In der Reha, nehme ich an.«

»Wo?« Ich zwang mich durchzuatmen. Alles gut. Nichts Schlimmes passiert. »Und für wie lange?«

»Kann ich dir so gar nicht sagen. Ein paar Monate wird er bestimmt brauchen.« Sie zwinkerte mir zu. »Die vergehen sicher schneller, als du denkst.«

Ein paar Monate … Für eine Ewigkeit gab es also doch Zeitangaben.

Endlich schaffte ich es, mein Fahrrad abzuholen. Es hatte noch mehr Rost angesetzt, aber jetzt war es ein Leichtes, Tag für Tag zum Stall zu fahren und Sugar Babe dabei zu beobachten, wie sie zurück zu ihrer Form fand. Wie sie immer agiler wurde und voller Ungeduld darauf wartete, dass jemand zu ihr kam und sie holte. Ich war dabei, als Reschke mit ihr die ersten Schritte aus der Box versuchte, die nicht bloß zum Verbandwechsel führten. Ich durfte mit, als er sie in die Halle zum Longieren mitnahm oder ihr nach und nach die Welt hinter den Stallwänden zeigte.

Wann immer ich konnte, fuhr ich zum Stall und fieberte dem Augenblick entgegen, wenn der Mann mich mit ihr allein ließ. Es war inzwischen unser Ritual geworden: Nach den Übungen durfte ich mit ihr zusammen sein. Wenn ich ihr meine Hand zum Beschnuppern hinhielt oder ihr über den Nasenrücken streichelte, so wie Christian es bei unserem heimlichen Besuch im Stall getan hatte, fühlten wir uns beide ihm nahe, so nah, wie es uns möglich war. Ich freute mich über jeden ihrer Fortschritte, und eines Tages fragte Reschke mich, ob wir sie zusammen auf die Koppel bringen wollten. Ich stand am Zaun und konnte mich kaum daran sattsehen, wie stolz sie über die

Weide schritt, wie losgelöst und frei ihre Bewegungen waren. Wenn *er* es nur sehen könnte …

»Hey, du.«

Einfach nur:

Hey, du.

Dunkles Haar, die Grübchen, die mich anlachten – und ein Rollstuhl.

Ich taumelte gegen den Weidenzaun. Zum Glück war der ohne Strom. Dafür spielte mein Herz Kammerflimmern.

»H-hey, d-u.« Ich verschluckte mich an den Konsonanten bei dem kläglichen Versuch, meiner Stimme etwas Festigkeit zu verleihen. »Wann bist du aus der Reha raus? Wie … wie …«

… geht es dir?

»Noch gar nicht.«

»Was machst du dann im Stall?«

Er legte den Kopf etwas zur Seite und lächelte mir verstohlen zu.

»Hab gehört, dass du hier öfter bist.«

»Und da bist du aus der Reha ausgebrochen?« Ich wusste nicht, wohin mit meinen Händen. Wohin mit mir. Ein bisschen unwirklich, ihn so vor mir zu sehen. Als wäre nichts geschehen, als hätten die vergangenen Wochen uns nicht getrennt. Es konnte unmöglich real sein, denn ich hatte es mir zu oft vorgestellt, genau so. »Wer hat sich dieses Mal breitschlagen lassen, dein Komplize zu sein?«

»Ich habe hart verhandeln müssen, aber es hat sich gelohnt.« Er deutete zum Tor, wo neben ein paar Autos der Normalsterblichen ein anthrazitfarbener Audi parkte. Mums Fiat passte bestimmt auf seine Rückbank. Und unsere ganze Wohnungseinrichtung in den Kofferraum. An seine Motorhaube lehnte sich ein drahtiger Mann, an ihn gekuschelt stand eine zierliche Frau, die mir voller Hingabe zuwinkte. Ich winkte zurück.

»Und du bist wegen mir hierhergekommen? Nicht wegen Sugar Babe?«

Er deutete zur Stute, die gerade mit Marias Andalusier Nase an Nase stand und ihn zart anschnaubte. »Wie es aussieht, begrüßt sie gerade ihren Freund. Meinst du nicht, wir sollten den beiden ein wenig Privatsphäre gönnen? Gehen wir ein Stück.«

Verlegen trat ich von einem Bein auf das andere, ein halber Schritt zu ihm, ein halber Schritt zurück. Ich wusste noch immer nicht, wohin … mit uns.

Er runzelte die Stirn. »Okay, ›Schiebst du mich ein Stück?‹ klingt nur halb so mannhaft, aber wenn du es unbedingt korrekt brauchst, dann nennen wir es halt beim Namen. Na, was ist? Trau dich, das verlernt man nicht so schnell.«

Ich trat hinter den Rollstuhl, umschloss die Griffe und gab ihm einen Schubs. Christians Körper ruckte nach vorne. »Langsam, langsam – die Bremse!«

»Sorry.« Endlich klappte es einigermaßen. Ich mühte mich den Schotterweg entlang – es war schwer, sein Gefährt zwischen den Schlaglöchern zu manövrieren und dabei nicht jedes zweite zu erwischen. »Wohin jetzt?«

Er deutete zur nächsten Biegung.

»Da ist doch nichts.« Natürlich war da was. Aber ich wollte nicht hin. Hilfe suchend blickte ich zu seinen Eltern, aber sie taten ihr Bestes, uns nicht zu viel Aufmerksamkeit zu widmen. Ich biss mir auf die Lippe. »Bist du dir sicher?«

Er langte nach hinten und tätschelte meine Hand. »Alles gut. Wir schaffen das. Ich muss die Stelle sehen, wo es passiert ist. Ich glaube, ich bin bereit dafür.«

Hatte er »wir« gesagt? Als ich mir unser Zusammentreffen in Gedanken ausgemalt hatte, hatte ich mich kein einziges Mal getraut, ihn von »uns« sprechen zu lassen. Und nun sagte er es, einfach so.

»Was ist?«

»Nichts.« Ich räusperte mich. Auf dem Asphalt ging es leichter. Beinahe geräuschlos glitt der Rollstuhl den Weg entlang.

»Ich glaube, ich habe mich noch gar nicht entschuldigt, oder?«, hörte ich ihn leise fragen.

Ich stutzte. »Wofür denn?«

»Zum Beispiel dafür, dass ich einen Apfel nach dir geworfen habe.«

Ich lachte und beugte mich zu seinem Ohr. »Hab ich dir nicht gesagt, dass ich mich gut ducken kann?«

Da sah ich ihn, den Stein, und das Lachen blieb mir in der Kehle stecken.

Christian legte die Hände auf die Greifreifen, nahm Schwung und rollte hin. Eine Weile sah er den Stein nur an, dann strich er über seine Oberfläche, erforschte mit den Fingern jede Unebenheit, jede Kante.

»Ein Stein.« Er senkte den Arm. »Einfach nur ein Stein.«

Ich kam näher. Mir war gar nicht bewusst gewesen, dass ich stehen geblieben war.

»Manchmal habe ich von ihm geträumt«, redete er gedankenverloren weiter. »Wie er auf meinen Beinen liegt, wie ich unter ihm hervorkriechen will – und es nicht schaffe. Ich dachte, er wäre größer.«

Ich hockte mich neben ihn und strich ihm vorsichtig über das Bein. Er würde sie nicht bemerken, diese Berührung, aber mir bedeutete sie viel. Hier bei ihm zu sein und ihn anfassen zu können – ich hatte nicht geglaubt, dass es noch möglich sein würde.

»Was ist eigentlich mit meinem Pulli? Hoffentlich ist er inzwischen gewaschen und wartet ordentlich zusammengefaltet auf mich. Oder darf ich ihn noch immer nicht erwähnen, ohne dass du austickst?«

Meine Hand verharrte. Ich spürte seinen Blick auf mir, da war es fast schon leichter, den Stein anzusehen. »Tut mir leid. Ich weiß, das sage ich zu oft in letzter Zeit.«

»Es tut dir leid, weil du den Pulli noch immer nicht gewaschen hast oder weil du einfach so davongelaufen bist?« Seine Stimme gewann immer mehr an Leichtigkeit, der Stein … Es schien wirklich bloß ein Stein zu sein.

Ich schmunzelte. »Beides. Es ist einfach so aus mir herausgeplatzt, alles, was ich nicht sagen konnte, und plötzlich wusste ich nicht mehr, wohin. Du hast mich so angesehen …«

Er stupste mich an. »Na, wie hätte ich dich sonst ansehen sollen? Ich habe nur nach meinem Lieblingspulli gefragt und du bist ausgerastet.«

»Ich habe irgendwie … Panik gekriegt«, stammelte ich.

»Aha. Und ich fragte mich, welcher wilde Affe dich da gebissen hat. Weißt du, was völlig verquer war? Als mir der Pulli eingefallen war, erinnerte ich mich eigentlich nur daran, dass dir kalt war, und an das Gefühl, dass ich nicht einfach so weggehen wollte. Und wie ich noch dachte, dass ich dich bestimmt wiedersehen würde, wenn du mir meinen Pulli irgendwann zurückbringen musstest.« Tief atmete er durch. Seine Stimme wurde wieder sicherer. »Ich wusste nicht einmal, ob es wirklich meine Erinnerung war oder ob ich es mir einfach eingebildet habe, weil ich so oft an dich denken musste.«

Ich drückte meine Stirn gegen meine Knie und versteckte mein Gesicht vor ihm. Es fühlte sich so heiß an, als bekäme ich wieder Fieber. »Dann hätte ich also weiter die Klappe halten können?«

»Bestimmt. Dann hätten wir noch ein paar Tage mehr zusammen gehabt, was?«

»So bin ich eben. Ein bisschen wie ein durchgehendes Pferd. Aber jetzt erinnerst du dich an alles, oder?«

»Ja.«

»Das mit der Plane …«

»Ist unwichtig.« Ich spürte seine Hand auf meiner Schulter, den Daumen, der mich sacht streichelte. Ich wagte kaum, mich zu bewegen.

»Hat Marcel es dir erzählt? Was er herausgefunden hat?«

»Nein. Nachdem du weggegangen bist, wollte ich mit keinem reden. Ich musste so einiges sortieren, die Gedanken, die Erinnerungen, die nach und nach zurückkamen – wie ich mich mit Vroni gestritten habe und sie davongestürmt ist. Wie ich ihr zum ersten Mal nicht nachgelaufen bin. Wie ich die Decke gesucht habe und sie neben meinem halb geleerten Schrank fand.« Seine Mundwinkel spannten sich an. Als müsste er sich zwingen weiterzusprechen. »Ich war so sauer auf sie, ich wollte einfach nur weg. Mir ist nicht einmal aufgefallen, dass neben der Decke die geöffnete Dose mit der Salbe lag. Ich war echt neben der Spur.«

»Deshalb hat Reschke gemeint, er hätte dich davon abhalten sollen auszureiten.«

»Tja. Nach einer Viertelstunde habe ich bemerkt, dass etwas nicht stimmt. Ich wusste nur nicht, was. Ich bin gleich zurück, sie wurde immer nervöser – und plötzlich bist du mir vor die

Füße gefallen. Da hat ihr Rücken bestimmt schon höllisch gebrannt. Kein Wunder, dass sie gebuckelt hat, als ich aufsteigen wollte. Das Schlimme daran: Irgendwann im Krankenhaus, da habe ich tatsächlich begonnen, an ihr zu zweifeln. Das werde ich mir niemals verzeihen.«

»Und Vroni? Kannst du ihr verzeihen?«

»Vielleicht. Ich weiß es nicht.« Mit der flachen Hand klopfte er auf den Stein. Zumindest in seiner Geste schwebte etwas Versöhnliches mit. »Irgendwann.«

»Sie hat mir nie erzählt, dass du ihr CR bist.«

Er verzog das Gesicht. »Mir war gar nicht bewusst, dass ich ihr *CR* bin. Das klingt ja wie JT oder ET und schrammt nur knapp an Kevin vorbei.«

»Dabei ist das doch so offensichtlich, Christian *Rubens* Steggen«, lachte ich.

Statt einer Erwiderung schlug er sich eine Hand vors Gesicht.

Ich zögerte. »Magst du mir erzählen, wie es war? Als ihr zusammen wart?«

»Sie macht schwere Zeiten durch. Sie brauchte jemanden, der ihr zuhört. Und wir waren immerhin gut befreundet. Keine Ahnung, wann genau es mehr wurde. Plötzlich haben wir uns geküsst und Händchen gehalten und alles. Aber es fühlte sich nicht richtig an, nichts davon war richtig. Wenn wir uns getroffen haben, musste sie reden, über ihre Probleme, die mit uns nicht weniger geworden sind. Oft war sie auch schon angetrunken, und ich konnte nichts tun, um sie davon abzubringen. Es ging nur auf und ab, und ich habe mir eingeredet, dass sie mich braucht. Im Krankenhaus … da war es leicht, den Schlussstrich zu ziehen. Und unglaublich feige.«

»Feige waren wir alle.« Mein Blick glitt seine unbeweglichen Beine entlang. Die Jeans war am rechten Schienbein ein wenig hochgerutscht. Keine Schuhe an den Füßen. Seine Hand lag noch immer auf meiner Schulter. »Und jetzt?«

»Ich weiß es nicht. Ein paar Zimtschnecken vielleicht?«

»Solange du mir nicht mit einer Mokkatorte ankommst …« Ich lehnte mich an ihn. Nun lag seine Hand nicht bloß auf meiner Schulter – er umarmte mich. Ich schmunzelte in mich hinein. »Du hast übrigens kaputte Socken. Und keine Schuhe.«

»Ich habe prima Socken. Die sind so klasse, dass ich dir sogar Videos davon geschickt habe!«

»Mein Handy ist hinüber. Hat eine Seebestattung bekommen. In einem Klo.«

»Wie schade. Ich wollte, dass du meine Socken als Erste bestaunst.«

Ich seufzte, als er seinen Arm von mir nahm. Mit einem Mal wirkte sein Gesicht angestrengt und konzentriert, und da – da sah ich es. Wie sein großer Zeh, der durch das Loch in seiner Socke lugte, ein wenig zuckte.

»Oh mein Gott!« Ich schnappte nach Luft. Nicht heulen, bloß nicht heulen … wenn ich jetzt damit anfinge, würde ich nie aufhören können. »Angeber!« Meine Stimme bebte verräterisch. »Und die Phantomschmerzen?«

»Es waren keine. Es war das Gefühl, das in die Beine zurückkehrte. Zuerst die Schwere, dann dieses Kribbeln, als wären sie nur eingeschlafen.«

»Einfach so?«

»Einfach so.«

Ich boxte ihm in die Schulter. »Als Évariste Galois bist du

vielleicht ein Hit, aber Google macht auch aus dir noch lange keinen Hippokrates.«

Er lachte auf. Aber nur kurz, bis der Ernst in seine Stimme zurückkkehrte. »Meinst du, wir kriegen das hin?«

»Was denn?«

Eine Weile sahen wir uns einfach nur an.

»Für den Anfang?« Er hob die Augenbrauen. »Zusammen ein paar Zimtschnecken zu essen. Vielleicht verrate ich dir dabei sogar meinen dritten Vornamen. Ich finde, wir sind definitiv so weit dafür.«

Danksagung

Als Erstes möchte ich ganz herzlich meinen wunderbaren Autorenkolleginnen danken, die mich während der Arbeit so sehr unterstützt und mir in schwierigen Phasen immer wieder Mut gemacht haben: Lisa-Marie Dickreiter, Barbara Slawig, Claudia Brendler und Stefanie Ross.

Für die fachliche Hilfe in Pferdefragen danke ich Isabel Prestin und Tina. Ihr habt mir die spannende Reiterwelt ein großes Stück nähergebracht.

Für die schnelle Hilfe in zahlreichen medizinischen Fragen geht mein großer Dank an Yvonne Wüstel und ihren Mann. Ich danke Euch für Eure Geduld, für die zahlreichen Details und ausführlichen Beschreibungen der medizinischen Vorgänge.

Ein herzliches Dankeschön geht an meine Testleser, die ganz tapfer die unzähligen Versionen dieses Textes ertragen haben. Insbesondere an Anja Helmers, die bestimmte Szenen sicherlich über fünf Mal lesen musste.

Ganz besonders möchte ich aber meiner Lektorin Marion Perko danken, ohne die dieses tolle Projekt nie entstanden wäre. Danke Dir für Deinen scharfen Blick, Dein Fingerspitzengefühl und Deine unendliche Geduld!

Die Autorin

Christina Michels hat schon im Grundschulalter ihre Mitschüler mit selbst geschriebenen Märchen verzaubert. Ihren Traum vom Schreiben hat sie nie aufgegeben und später ihr Hobby zum Beruf gemacht. Nach einer Zwischenstation in Berlin lebt sie heute mit ihrem Mann und ihren zwei Kindern in Schleswig-Holstein.

FSC
www.fsc.org
MIX
Papier aus verantwortungsvollen Quellen
FSC® C083411

CPi
Mehr Bäume.
Weniger CO_2.
www.cpibooks.de/klimaneutral

Natürlich magellan©

Säurefreies und chlorfrei gebleichtes FSC®-Papier
Klimaneutral produziert
Dispersionslack auf Wasserbasis
Klebstoff lösungsmittelfrei
Zellophanierfolie ohne Weichmacher
Hergestellt in Deutschland

1. Auflage 2016

Umschlaggestaltung: Christian Keller
unter Verwendung von Motiven von iStock/kite-kit
ISBN 978-3-7348-5603-7

www.magellanverlag.de